岩 波 文 庫

32-287-1

アイルランド短篇選

橋本槇矩編訳

岩 波 書 店

目　次

西の国のプレイボール——序にかえて

アイルランドの西部、クレア州に「バレン」と呼ばれるところがある。石炭紀にできた石灰岩の、面積が五〇平方マイルにも及ぶカルスト台地である。見渡すかぎり広がる石灰岩の凹凸の上を歩いていると不思議な気分になる。岩の裂け目には色とりどりの植物がきれいな花を咲かせていて、大西洋から吹いてくる潮風に揺れている。岩の裂け目というよりは多孔質の他の物体、例えば、石灰岩でできた巨大なヘチマの表面のようなものを思い浮かべたほうが早い。その孔の中にナチュラリストが目を輝かせるような草花がたくさんある。もっと顔を孔に近づけると蜂たちの羽音が聞こえる。孔の中が蜂のための音楽ホールのようになっているのだ。また場所をかえ、別の孔を覗き込むと、水の音がする。長い時間をかけて石灰岩を溶かしてきた雨が地下水となって縦横無尽に流れているに違いない。天然の水琴窟《すいきんくつ》のような響きの孔もある。こちらは水の音楽ホールのようだ。またバレンには有史前のケルンや小さなドルメンが無数にある。そしてまったく人気《ひとけ》がない。真夏の暖かな陽射しを浴びたバレンを歩くのは別の惑星の上にいるような気分だった。バレンで、かつて犬の散歩中にケルト美術の傑作であるゴージット（金の首飾り）を拾ったアイルランド人がいたらしいのだが、それも夢の中の話のようだ。

ふと頭をあげて沖を見ると、海の彼方に三つの島が見えた。変な形をしている。斜めに傾いた岩棚が三つ、海から突き出たように見える。地図を開いて見ると、どうもアラン島らしい。こんな具合にアラン島に初対面するとは驚きだった。J・M・シングの『アラン島』で有名な島、ゲール語が存続し、アランセーターでも知られた島。そういえば、数日前に何かの本で、アラン島にはクロムウェルの精鋭軍としてアイルランド遠征にきたイギリス人の何人かが居残って、島の人と混血したと知ったばかりだった。あらためてバレンの風景を見渡すと、木が一本もない。カトリックのアイルランド人に対する殺戮《さつりく》を続けたクロムウェル軍が「西部にはアイルランド人を吊す木もなければ、溺れさせる水もなく、埋める土もない」と言ったとか。わたしはバレンで思わずアイルランドの悲惨な歴史を思い出してしまったのだった。「キサーナ」とか「ガル・オグラ」とゲール語で呼ばれるアイルランド兵士たちの血がバレンに染み込んでいるような気がしてきた。歴史と眼前の風景が二重写しになって見えると同時に、逆に人間のむごい所業と自然の営みとの深い断絶を意識せざるを得なかった。人間の所業と自然の営みを結び付けるにはそれこそ、魂の輪廻転生《りんねてんしょう》を信じ、バレンの蜂を妖精であるとか、「キサーナ」の生まれ変わりであるとかいうような古代的な想像力を必要とするのだろうが、わたしにはそのような想像力は欠けていて、ふたつのものは分裂したままだった。しかし歴史と風景の二重写しはたちどころに消えた。人に呼びかけられたような気がしたからだ。現実の八月の陽光の中に白く輝くバレンにはわたし以外だれもいないはずだった。だれかが知らぬ間《ま》に近くに来たのだろうか。わたしは頭をあげてあちらこちらを見回した。やはりだれもいない。錯覚かと思い、クレイン・ビルという可憐な花を写真におさめていると再び声がする。わたしは遠くまで視線を延ばした。沖合に二艘の小船があった。なんとその声は、海のはるか彼方からバレンを越えてわたしの耳に届いた漁師たちの声だったのだ。アイルランドでは遠くの音がこんなにも近くに聞こえるのに驚いた。騒音の多い日本ではあり得ないことだ。ともあれ、妖精の存在を信じていないわたしに聞こえたのは人間の声であることに間違いはなかった。なにしろ、はるか沖合の漁師の姿のほかに人影はなかったのだから、そう信じるほかはない。

それから数日して、アラン島のうちの最大の島、イニシモアに渡った。八月のことで、例のごとく観光客が多かった。わたしは自転車(アイルランドの自転車は緑色だ)を借りて、有史前の要塞と海に落ち込む断崖で有名なダン・エンガスに向かった。「ゴールダ」と車体に大きく表記があるアイルランドのパトカーが若いアメリカ女性たちを乗せて、ドライヴ気分で走っているのを見て、こんな島では事件もなくて暇なのだろうな、と勝手な想像を膨らませた。途中、ダン・エンガスに近づいた頃、そのまま観光客の群れと一緒に流れていくのはつまらないだろう、よし、少し旅行客の入り込まないところへ行ってやろうと思い、左手の小路にそれた。狭い島のこと、石垣にはさまれた小路はすぐに行き止まりになった。わたしは自転車を石垣《ヘッジ》(アイルランドではヘッジといっても生け垣ではなく、石垣のこと)に立て掛けて、かってに囲い地に入った(翌日、バレンの別の場所で知らない間に私有地に入り、箒《ほうき》を持った所有者の婆さんに追いかけられた。やはり侵入者《トレスパッサー》になるのはやめたほうがいい)。丹念に積み上げられた石によって囲われた土地は本当に狭い。日本家屋の六畳間くらいの広さのものさえある。この中で牛や山羊《やぎ》を飼っているのだ。生活の厳しさが思いやられた。むかし読んだ本の中に、アラン島の畑の土の苦労のことが書いてあった。作物(主としてジャガイモ)を作ろうにも土がない。岩の窪《くぼ》みから寄せ集めたわずかの土に海藻を混ぜて畑に入れる。ほんとうに土一升、金《かね》一升というわけで、土泥棒というのがいたらしい。ともかく、足元は石だらけで草に乏しい。そのような囲い地をいくつか抜けていくと、海に出た。島はバレンと同じ、石灰岩でできていると旅行案内には書いてあるが、海岸で見た岩は層を成した泥板岩《でいばんがん》が海底から隆起したような形をしていた。わたしは海辺の岩に座って右手の遠方の崖をスケッチした。のちに確認すると、それはわたしが知らぬ間に見ていたダン・エンガスであった。

さて、来たルートを逆にたどって、自転車に再びまたがり小路を走っていくと、数軒のキャビン(アイルランドの農家は規模はいろいろだが、やはり、イギリスのようにコテージというよりは一間《ひとま》か二間《ふたま》しかない小屋が多いのでキャビンというほうがよい)が集まっている地区を通りかかった。そこで何気なく旅行案内書を開くと、偶然にもその小屋のひとつが本書にも作品を収録したリアム・オフラハティの生家であった。イニシモアが彼の生まれた島であることは知っていたが、なかば忘れかけていたこの作家のことがいろいろと脳裏に浮かんできた。わたしのアイルランド文学との出会いは、W・B・イェイツでもなく、ジェイムズ・ジョイスでもなく、学生の頃、神田で手に入れた短篇集『春の播種《はしゅ》』(初版というのに魅力を感じたこともある)を書いたオフラハティであった。平凡なタイトルに惹かれて買って読み始めると、アイルランドの農民の生活や動植物のことが細密画のように描かれていた。読後感は、アイルランドの田舎には貧しい農民と寂しく厳しい自然以外は何もないのだな、というものだった。それは浅い印象だったが、何もない自然の中で、海鵜《うみう》やアナゴ、野生化した山羊、ミソサザイやブラックバードの生態をじっと凝視するオフラハティの視線だけは強く印象に残った。孤独と自然――アイルランドについて何も知らない学生の目には、アイルランドの西部に「文化」は皆無なのだと思われた。事実、後になって読んだジョイスも、ある文章でアイルランドの西のほうには虚無と死しかないようなことを書いていた。死と静寂と雪、「倶會一處《くえいっしょ》」という言葉がふさわしく、死者たちの眠る西方についてジョイスは「死者たち」の最後で感動的な雪の風景を描いているが、それを除くとアイルランドの西部について現代英語で表現しえた作家は、詩人は別にして、寡聞《かぶん》にしてオフラハティ以外は知らない。アラン島では、近代的な文化が欠落した環境、厳しい自然の中で、人間も動物並みの本能で生き延びなければならない。猥雑なものがそぎ落とされて、輪郭のはっきりした人間像がそこには浮き出てくる。虚飾、俗物根性、偽善、出世欲、金銭欲、情欲、権力欲、このようなものが腐葉土のように積もり積もった歴史と文化のある階級社会が長篇小説には必要である。しかし、このような社会のなかったアイルランドの作家の荒削りの一刀彫りのような人物造型、自然描写には短篇小説がふさわしい。本短篇選にオファハティの作品を二篇いれたのはそんな経緯による。

先に述べたように、オファハティも短篇の題材にたくさんの動物や鳥を用いている。『とんでもないアイルランド人』という珍書の中で著者のウォルター・ブライアンはアイリッシュ・ユーモアを披露している。「イギリス人は動物が好きだ。しかし動物のほうはアイルランド人が好きだ」というわけで、植民地時代のアイルランドの貨幣にはイギリスのキングやクイーンの肖像が用いられていたが、一九二八年以降の新貨幣（新貨幣企画委員会の会長は詩人のイェイツだった）の表側はジョイスの「二人の色男」にも登場するアイリッシュ・ハープ、裏側にはアイルランドを代表する様々な動物がデザインされている。オファハティは友人のオフェイロンに「雌鶏が道を横切るさまを描くことができるなら一人前の作家になれる」と語ったそうだが、本書の「妖精のガチョウ」のガチョウの描写はまさしくオファハティの本領を示した好個の見本である。

アラン島では、ダン・エンガスを見物した後、わたしは再び海岸に降りた。地元の子供たちが海水浴をしていた。わたしは当然ながら水着がない。しかし子供たちが泳ぐさまを見ていて我慢できなくなり、パンツひとつで海に飛び込んでみた。思っていたより、はるかに温かだ。アイルランドに来る数週間前に、ポルトガルのリスボン近郊の海で泳いでみた。さぞかし温かだろうと思って入った海の水は想像以上に冷たく、すぐに鳥肌が立った。それにくらべると、アラン島の夏の海は温かい。きっとメキシコ湾からの暖流の影響がポルトガルよりもアイルランドにもたらされているからだろう。その後、その小湾にあったアイルランドの小舟、カラハをスケッチしてから、わたしは帰りの船の便に間に合うように、ぬれたパンツをはいたまま自転車を走らせた。

その晩、宿泊中のゴールウェイのホテル近くのパブへギネスを飲みに出かけた。グラスを片手にアイルランドの伝承音楽のセッションを柱に寄り掛かって聴きながら、何気なしに壁に貼ってあるヨーロッパの地図を見た。どこか変だ。まだ酔っていないはずだから、こちらの酔眼のせいではない。よく見ると、ブリテン島が消えているのだ。「俺たちの考えるヨーロッパ地図」とあるその地図から、ブリテン島がすっぽりと消えて跡形もない。そしてアイルランドとヨーロッパの間の広い空隙には「アイリッシュ・シー」と黒々と書かれている。俺たちはブリテンなしでもEUの一員として立派にやっていけるのだという気概をみごとに表した地図だった。イギリス人は一本取られた。わたしもアイリッシュ・ユーモアに脱帽した。かつて、アイルランド人はイギリス人に「善良なる田舎者」(オフラハティは good-natured buffoon と書いている。わたしは失礼ながらバフーンという発音に馬糞を思い浮かべて苦笑してしまう。善良とは、黙ってイギリスの不在地主に地代を払い続けてきたからだ)と呼ばれたが、そんな時代はとうの昔だ。それに、ウルフ・トーンに代表される歴代の有名な反逆者や、アイルランドの独立のために奮闘したパーネルのような政治家を見れば分かるように、彼らは決して善良だけが取り柄ではなかった。今では「ケルトの虎」といわれるアイルランドの文学も映画も音楽も元気がいい。こんな時代にはもっとアイルランドの短篇小説が紹介されてもいい。そう考えて本短篇選を企画した。

二〇〇〇年六月

訳　者

リメリック手袋

マライア・エッジワース

1

日曜日の朝、すばらしい秋日和《あきびより》だった。ヘレフォード・カテドラルの鐘が鳴り、お洒落をした町じゅうの人々が教会に集まり始めていた。

「おーい、かあさん、フェーべ、鐘が鳴っているぞ。二人ともまだ支度ができていないのか、私は聖堂番だというのに」なめし皮屋のヒル氏は階段の下から叫んだ。

「私は支度できているわ」フェーベは答えた。階段を降りてきた彼女はとても清楚《せいそ》で明るい様子だった。厳格な父親もしかめ面をするわけにはいかず、手袋をはめている娘を見て「手袋はもっと早くはめておかなければいけないな」とだけ言った。

「もっと早くですって!」すっかり身支度を済ませたミセス・ヒルが階下に降りてきて言った。「こんな手袋をはめるなんて馬鹿よ。特にカテドラルへ行くときは。」

「私にはとてもいい手袋に見えるがなー。まあ、こんなところで手袋だなんだと馬鹿な話なんかしているより、時間どおりに信徒席に着いて私らにふさわしい模範を示すほうが大事だ」とヒル氏は答えた。

彼はカテドラルへ行くために妻と娘に腕を差し延べたが、フェーベは真新しい手袋をはめるのに忙しく、妻のほうはその手袋が気に入らず、二人とも差し延べられた腕を取らなかった。ミセス・ヒルは再び応戦した。「どうせ私の言うことは馬鹿ですよ。でも私だって人並みの洞察力はあります。冬に私たちのなめし皮の作業場からいなくなった犬がどうなったか教えたのは私じゃなかったかしら？　聖堂番のあなたにカテドラルの礎石の下の穴を教えたのも私でしょう？　そうでしょう、あなた？」

「しかし、おまえ、それがフェーベの手袋となんの関係があるのかね？」

「あなたは盲目なの？　あれがリメリック手袋[1]なのを知らないの？」

「それがどうかしたのかね？」妻の機嫌が悪いときは、ヒル氏はできるだけ平静を装った。

「それがどうかしたかですって！　リメリックはアイルランドにあることを知らないの？」

「知っているとも。」

「それではあなたは、そのうち私たちのカテドラルが爆破されて、しかもその犯人と娘が結婚するのを見たいとでもおっしゃるの？　あなたは聖堂番なのよ。」

「なんてことを！」彼は息を詰まらせて、鬘《かつら》を直した。それから自分を取り戻すと、「でも、おまえ、カテドラルはまだ爆破されたわけではないし、娘も結婚したわけじゃない」と言った。

「そうね。でも転ばぬ先の杖と言うわ。犬がいなくなる前に言ったでしょう。あなたは耳を貸さなかった。その結果は御覧のとおり。今度もまた同じ目に遭うわよ。」

「おまえの話はとんと分からん」ヒル氏は再び鬘を直した。「犬の場合も今度もだと？　私にはおまえの言っていることが一言も理解できない。はっきり言ってフェーベの手袋のどこが悪いのかね？」

「はっきり言ってあなたは物分かりが悪いのですから、フェーベに誰から貰ったのか聞くといいわ。」

「手袋なんか焼き捨ててしまえばいい。」堪忍袋の緒が切れたヒル氏が聞いた。「フェーべ、誰から貰ったのだ？」

「パパ、ブライアン・オニールさんからのプレゼントなの」とフェーベが小声で答えた。

「アイルランドの手袋商人の！」ヒル氏はおびえた表情で叫んだ。

「そうなの。分かったでしょう、私の言っているわけが」ミセス・ヒルが言った。

「すぐにその手袋を外しなさい！　いいか、フェーベ」彼は断固とした調子で言った。

「初めて会ったときから私はオニール氏が虫酸《むしず》が走るほど嫌いだ。彼はアイルランド人だ。それだけで十分、私は我慢ならん。さあ、すぐに手袋を脱いで！　私が命じたらそうしなければならん。」

フェーベは手袋を脱ぎづらそうにして、手袋をしなくちゃカテドラルに入れないわ、と訴えた。しかし母親がポケットからミトン(2)を取り出したのでこの訴えは退けられた。ミトンは茶色が褪《あ》せてあちらこちらがほころびていた。しかもフェーベの倍の大きさの手に長年伸ばされてきたので、彼女の形の良い腕に掛けられたとき皺《しわ》だらけだった。

「でもパパ、なぜアイルランド人というだけで、オニールさんを嫌うの？　アイルランド人は必ず悪い人だっておっしゃるの？」

ヒル氏はこの質問には答えず、間《ま》をおいてから、カテドラルの鐘が鳴った、と言った。教会の入り口に着くとミセス・ヒルは娘に意味ありげな目配せをして、聖堂番の娘として、あれこれ良い人、悪い人、アイルランド人などを話題にするときではありません、と諭した。

日曜日にみすぼらしい手袋をしてフェーベ嬢が現れた理由を、あれこれ詮索した会衆のことはここでは触れないでおこう。礼拝が終わった後、ヒル氏はカテドラルの礎石の下の穴を調べに行った。ミセス・ヒルは雑貨商人と書籍商のおかみさんたちとカテドラルの境内を散歩した。彼女は友達に「夫を説き付けて娘にリメリック手袋を着けるのをやめさせたのよ」と言って母親としての分別を自慢した。

一方、フェーベは物思いに耽《ふけ》りながら家路についた。なぜ父はアイルランド人だというだけで一度会っただけの人を嫌うのだろう。なぜ母は昨年、なめし皮の作業場からいなくなった犬のことやカテドラルの下の穴のことをしつこく話題にするのだろう。それらとリメリック手袋となんの関係があるのだろう。考えれば考えるほど分からなくなった。彼女は初対面のオニール氏をアイルランド人だからという理由だけで嫌いになったりはしなかったから、犬の失踪《しっそう》やカテドラルの爆破にオニール氏がからんでいると考えることは馬鹿げていると思った。こんなことを考えている間に、数カ月前に焼け落ちたある貧しい家の焼け跡が見えるところに来た。この火事のときに彼女は初めて恋人に会ったのだ。不幸な家の主婦と子供たちを救う優しさと勇気を見て、彼女はそのアイルランド人は良い人に違いないと確信した。

家が焼け落ちた不幸な女はスミスという名前だった。彼女は寡婦《やもめ》で、今は貧民街の狭い路地の奥に住んでいた。なぜフェーベがこの女のことを今思い出したかは詮索しないでおこう。何週間も忘れていたのは悪かった。フェーベはそう考えると、スミスに会いに行って自分が劇の切符を買うために取っておいたクラウン銀貨をあげようと思った。

寡婦の家の台所にいたのは誰あろう、オニール氏だった。「誰もいないと思って来たのよ、スミスさん」と言って彼女は顔を赤らめた。

「あなたにお会いできて本当に嬉しい、ミス・ヒル」一緒に遊んでいた男の子を下ろして立ち上がりながらオニール氏が言った。フェーベは寡婦に向かって話し続けていた。クラウン銀貨を相手に握らせると、また来るわ、と彼女は言った。フェーベの態度がおかしいのに驚いたオニール氏は彼女の後を追って家を出た。「あなたの気に障るようなことを私が何かしたとしたら大変残念です。今、自分では思い当たる節《ふし》がありませんので」そう言いながら、小綺麗な身なりをしたオニール氏はフェーベのくたびれた手袋をじっと見た。彼女は急いで手をひっこめたが遅かった。彼女は生まれつき率直で優しかった。「オニールさん、あなたは私の気に障るようなことをなさってはいません。でも、どういうわけか父と母があなたを嫌っているのです。私にあの手袋をはめてはいけないと言うのです。」

「あなたが、どんな理由にしろ、私に対する意見を変えることはないでしょうが、しかしあなたの御両親が私に偏見をお持ちで、あなたと意見が違うとなると。」

「私は理由もなく自分の意見を変えることは断じてありません。でも、まだあなたという人を十分知るほどお付き合いしていませんし。」

「それでは私の考えを申しましょう。御両親が反対すればするほど、あなたを自分のものにする私の喜びとプライドの満足も大きいのです。あなたが財産を一銭も持っていないとすれば、そのほうがあなたと御両親に、ブライアン・オニールが財産狙いの男ではないこと、そしてアイルランドからイギリスに来るのは一攫千金《いっかくせんきん》を夢見る輩《やから》ばかりだと狭量に考える人を軽蔑していることを証明する、私にとって絶好の機会です。フェーべさん、お互いの気持が分かったでしょう。そのひどい茶色の袋のような手袋を見るのは耐えられません。それは淑女がはめるものではない。ましてや、あなたのとてもきれいな腕にはふさわしくない。リメリック手袋こそあなたの手にお似合いです。すぐにでもリメリック手袋をはめて、あなたの優しい気持を見せてくれるのが当然だと思います。」

「当然ですって！」彼女は生まれて初めてのような憤慨の表情を見せた。「望みます」というのならまだしも、どんな権利があって「当然」と言うのか？

不幸にも、ヒル嬢はアイルランドの語法を十分に知らなかった。アイルランドでは「エクスペクト」はイギリスの「ホープ」の意味であることを。オニール氏は明瞭に「望みます」と言ったつもりだったのだ。しかしアイルランド人にしばしばあることだが、英語の微妙な言い回しが分からないために、最高に礼儀正しいことを言ったつもりが、逆に一番失礼なことを言っていることがある。

ヒル嬢の感情は傷ついた。それまで彼の言葉に彼女が抱いていた好感は帳消しになった。彼女は毅然《きぜん》として言った。「押しつけがましいわ。そうされる理由はありません。気持に反してあなたの言いなりになるのは御免です。一文無しの身の上とはいえ、最初から過大な要求をする人の庇護を受けるのは御免です。誓って申しますわ。あなたの当然の期待がどうあれ、私は断じてリメリック手袋をはめません。」

オニール氏もプライドと毅然とした態度を示した。いや、じつをいうと彼はアイルランド人の場合よくあることだが、プライドが高すぎた。フェーべの冷たい態度にカッとなった彼は、彼女に罵詈雑言《ばりぞうごん》を浴びせた。そして最後に、風見鶏のように意見の方向を変えられる女性とは永遠におさらばだ、と言った。「お嬢さん、ごきげんよう。今後は哀れなオニールとリメリック手袋のことは忘れて下さるよう当然期待(エクスペクト)します。」

オニール氏はあまりに激情に駆られていて、何も目に入らなかった。そうでなければフェーベが風見鶏でないことは分かったろう。怒りに我を忘れているのは自分ではなくフェーベであると思い込んだまま、彼はその場から急いで立ち去った。全速力で疾走している騎手には生け垣も木も家々もアッという間《ま》に後ろに去っていく。しかし現実にはそれらのものはその場所から動いていない。騎手のほうこそ、それらのものから飛ぶように離れていくのだ。

月曜日の朝、香水屋の娘、ジェニー・ブラウンが何やら嬉しそうな顔をしていそいそとやってきた。

「ヘレフォードに素敵なことがあるわ! あら、あなた、ずいぶん悄気《しょげ》た顔をしているのね。あなたも私たちと同じように招待されたんでしょう?」

「招待された? どこへ?」その場に居合わせたミセス・ヒルは自分が招かれていな

い招待のことを聞き捨てならなかった。「ジェニーさん、誰の招待なの？」

「聞いていないのね？　あなたたちこそ真っ先にオニールさんの舞踏会に招かれると皆が思っていたわ。」

「舞踏会ですって？」動揺していたフェーベに代わって母親が叫んだ。「ずいぶんと急なこと！　私たちは聞いていません。」

「それは本当に変ね。フェーベさん、リメリック手袋を貰ったんでしょう？」

「ええ、でも手袋と舞踏会となんの関係があって？」

「大ありよ。知らなかったの？　手袋は舞踏会へのチケットの代わりなの。招待された人は全員、招待状と一緒に手袋を貰ったわ。私の他に二〇人もの女性が招待されたわ。」

ジェニーは真新しい手袋を取り出し、はめてみせた。彼女の手にぴったりだった。彼女は舞踏会に出席する予定の女性たちの名前をあげてみせた。さらに彼女はオニール氏の母親、つまりオニール夫人が大層なご馳走を用意していることを告げた。そして最後に、招待されなかったのは残念ですわ、御同情申し上げます、と述べた。「もう行かなくては。支度がありますから。フェーベさんが行かないときは私が舞踏会の開始の役をするように頼まれたんです。でも、フェーベさんも元気を取り戻してきっと行くでしょう。私たちと同じように手袋を貰っているんですもの。」

ジェニーが去った後、しばらく二人は黙っていた。最初に口を開いたのはフェーべだった。今朝早くに封書が届けられたが、宛名書きがオニール氏の筆跡だったので開けずに送り返したと言った。

フェーベはすでに母に、寡婦の家でオニール氏と会ったことやその後の経緯について話していた。率直に告げられたことが母親の気持を和らげていた。彼女は、ヘレフォードでは誰にも負けないくらい洞察力に富む人であると皆が自分のことを認めてくれるときは本当に気持の良い人だった。しかし彼女は、香水屋の娘が自分の娘を出し抜いて注目を浴びるかもしれないと考えると、良い気がしなかった。オニール氏がフェーベを気に入っていることは間違いない。しかしミセス・ヒルの目標はもっと高かった。彼女は香水屋の妻から、アイルランド人との縁組は悪くはないが良いとも言えないと聞いていた。香水屋の妻は意見を変えたのではないかとミセス・ヒルは思い始めた。なにしろ彼女は、娘のジェニーがオニール氏の舞踏会で花形になることに反対しなかったのだから。

これらの考えがミセス・ヒルの頭の中を素早くよぎった。フェーベの結婚相手の候補者が失われるという心配が生まれると、オニール氏への評価は急に高まった。オークシヨンで競売品がただ一人の値を付けた女性に(本人は不満であり、誰も欲しがらないものを軽蔑している場合であっても)落ちそうになったとき、まさにハンマーが振り下ろされるまぎわに「もっと値を付ける人は?」という声がわき起こる。すると、その品を手に入れたいという彼女の熱望は急に高まり、人に競《せ》り負けないよう、競売品が持つ実際の価値以上の値を付けてしまうものである。

「ねえ、フェーベ、第一におまえはリメリック手袋を貰った。それにあの手紙は招待状に違いない。ジェニー・ブラウンよりおまえのほうが舞踏会の花形にふさわしい。オニールさんが持参金なしでおまえと結婚してくれるというのも立派で優しい。だからあの人が一攫千金を狙うアイルランド人だという噂は怪しいわ。吠え声が迷惑だと言っていたけれど、あの人が犬を始末したのかどうかは分からない。カテドラルの礎石の下に穴を掘ったのがあの人だという理由もない。カテドラルを爆破しようなどと考えるほど悪い人でもないでしょう。仕事も順調に行っていて四、五ギニー分のリメリック手袋を配り、舞踏会をして晩餐《ばんさん》を出すくらい余裕がある。アイルランド人だというのは、あの人の落ち度ではないわ。さあ、だからおまえ、手袋をして舞踏会に行くのは大賛成だわ。お父さんには私から言って同意を取り付けておくわ。私はこれからオニール夫人を訪問して、あなたとブライアンとの喧嘩をとりなしておきます。恋人はすぐに仲直りできるものよ。そうすれば、元どおりすべてがうまく行くでしょう。そしてジェニーが偽善的な慰め顔で私たちのところに来る必要もなくなるわ。」

これだけペラペラとおしゃべりをしてから、ミセス・ヒルはフェーベからの返答を一言も聞かないうちに急いで夫を捜しに行った。しかし夫に同意させるのは思ったほど容易でなかった。彼はなかなか意見を言わない人であった。しかしいったん口にした意見はめったなことで変えることはなかった。今度の場合、彼はこの不幸なアイルランド人に対して二重の偏見を抱いていた。彼はよく行くクラブで、カテドラルの礎石の下の穴について、深刻な事態であること、爆破の陰謀の疑いがあることを厳《おごそ》かに皆に告げていた。中にはこれを聞いて笑い出す人たちもいたが、オニール氏がローマ・カトリックであること、ローマ・カトリックであることは即、邪悪な危険人物であることだという誤解をしている人たちは、聖堂番の意見も尤もだと思った。彼らは、なぜヘレフォードに来たのか、どうして懐が豊かなのか、謎を秘めたアイルランドの手袋商人を見張るべきだと意見を述べた。

舞踏会のニュースは偏見を持つヒル氏には陰謀と思えた。そうとも、アイルランド人は狡猾《こうかつ》なんだ！　しかし多勢に無勢。奴はヘレフォードの善良な人たちをご馳走やダンスや酒盛りで油断させて悪巧みをしようというのだな。奴は私らイギリス人を馬鹿だと思っているらしいが、そうは問屋がおろさないぞ。

このように知恵をめぐらしたヒル氏は、フェーベに手袋を着けて舞踏会に出席させて下さいと頼みに来た妻を、有無を言わさず黙らせた。「舞踏会に行くのは断じて許さん。私の同意を尊重するというのなら、リメリック手袋を着けてはならん。娘にそう伝えるように。万事、私の判断と分別を信じてくれ。ヘレフォードに不穏なことが起きようとしている。しかしこれ以上のことは黙っていよう。これから出かけて私と意見を同じくする、物の分かる人たちに会って相談しなくては。」

ヒル氏は急いで出かけた。ミセス・ヒルは知りたがり屋特有の好奇心に駆り立てられて、居ても立ってもいられなかった。急いでフェーベのところへ戻って、父親の返事を伝えると、町中の知り合いの女たちとのおしゃべりに出かけた。彼女はあることないこと、あらいざらいしゃべった。現実にはありもしない謎を探り出そうと努めたのである。

あらゆる場合に、人の気質が試される試練は付き物である。階級の上下は問わず、フェーベほどこの場の試練に見事に耐えた女性はいない。両親が外出している間に、寡婦のスミスの子供の一人がフェーベに会いに来た。あどけない少女はフェーベに無邪気にお礼の気持を伝えるついでに、オニール氏への褒め言葉を並べた。彼はスミス夫人の変わらぬ友として、火事の一件以来、毎週お金をくれたことなどを話した。「ママはあの人をとても好きです。とてもいい人だから。私たちばかりでなく他の人たちにも親切なの。」

「誰に対してなの?」

「私たちの隣にここ数日滞在している貧しい人なの。名前はよく分からないけどアイルランドの人。昼間は他の仲間と乾草作りに出かけています。アイルランドでオニールさんと知り合いだったみたい。オニールさんはとても良い人だって言ってます。」

少女が話し終えると、フェーベはスミス夫人の子供たちのために作っておいた服を引き出しから取り出して、与えた。リメリック手袋が引き出しに入っていた。フェーベはオニール氏への好意を再び思い出した。オニール氏は、はっきりした理由はないが、どことなくうさん臭いという母親の言葉も思い出した。彼女は手袋の皺を伸ばし、少女が話し続けている間に、日曜日に身につけるバラの葉をその上に散らした。

一方、ヒル氏は意見を同じくするヘレフォードの諸賢諸氏とカテドラルの下の穴について話し込んでいた。舞踏会のことも不気味だった。オニール氏の贅沢ぶり。手袋を気前よく配ることは売る必要がないことである。ということは、手袋商人というのは表向きでじつは危険人物である。これらのことを勘案するとヘレフォードのために一番いいのは、そしてカテドラルを守る唯一の可能な方法は、オニール氏を勾留《こうりゅう》することだ、と賢明な諸氏は決定した。しかしよく考えてみると、彼を攻撃する法的な根拠はない。最後に彼らは弁護士と相談して素晴らしい方法を考え出した。

イギリスの商人と違って、アイルランド人のオニール氏は請求書の支払い期日に無頓着だった。前年、彼はヘレフォードの雑貨屋に支払いを溜めていた。クリスマスに払う現金が手元になかったので、雑貨屋に六カ月期日の手形を振り出した。雑貨屋はヒル氏の求めに応じてその手形を譲渡した。期日が来たのでヒル氏は支払いを求めた。即刻支払わなければその晩にもオニール氏は逮捕されることになった。ヒル氏が、この借用金のことと、オニール氏の手元には常に現金があるという以前の理解とを、どのようにつじつまを合わせたのかは与《あずか》り知らぬところである。しかし怒りや偏見は、とんでもない矛盾を容易に飲み込んでしまうものである。

ヒル氏の雇い人が手形の支払いを求めに訪れたとき、オニール氏はその晩の舞踏会のことで頭がいっぱいだった。彼は予期せざる手形の出現に驚いた。手元に現金はなかった。雇い人をさんざん怒鳴りつけ、雑貨屋となめし皮屋の不親切な紳士らしくない振舞いに文句を言った。「とっとと立ち去れ。こんなときに煩わさないでくれ。今は金を工面できないし、おまえなぞに渡すつもりもない。」

オニール氏の言葉と行為はイギリスの商人の耳には馴染みのないものだった。それはビジネスマンの言葉ではなく狂人の言葉である、と雇い人がヒル氏に告げたのも無理はない。金銭関係の期日を守らないこと、契約を好意や愛情と絡めて扱うやり方は、アイルランドであったならオニール氏の名誉を損なうことにはならなかったろう。なぜなら、アイルランドではそのようなことは日常茶飯事だからである。しかし風習や習慣が正反対の王国であるイギリスでは、オニール氏の国民性の欠点は大目に見てもらえなかった。アイルランド人は、イギリスに移住する前に、両国の商習慣の違いについて残念ながら少し自覚した方がいい。

私たちの物語を進めよう。壮大な舞踏会の晩、パートナーの香水屋の娘を家まで送る途中、オニール氏は不意に肩を叩かれた。「王の名において逮捕する」と告げられたとき、彼はここでは繰り返すのが憚《はばか》られるような汚い言葉を吐きちらした。「いや、私は王の囚人ではない。あのならず者のジョナサン・ヒルの囚人だ。こんなに些細なことでこのように紳士を逮捕できるのはあいつを措《お》いて他にいない。」

ジェニー・ブラウン嬢はエスコートしてくれていた男が逮捕されたのを知って悲鳴を上げた。騒ぎを聞きつけて見物人が集まってきた。

見物人の中にアイルランド人の乾草作りの一団がいた。彼らは一日のきつい仕事を終えて、遅い時刻に近所の酒場で飲んでいた。彼らは一斉に同国人であるオニール氏の味方をして、すすんで役人から救い出そうとした。しかし、オニール氏は幸いにも分別と自制心を失っていなかったので彼らを抑え、自分の生命と評判を大切に思ってくれるなら、どうか自分を守るための手出しはしてくれるなと命じた。

それから彼は男たちの一人を家にやって、母親に事の顚末《てんまつ》を伝えさせた。男はできるだけ早く保釈保証人となってくれる人を捜してほしいと母親に伝えることになっていた。役人たちは、しっかりした人物が保証人になるか、借金が支払われなければオニール氏を捕縛しておくと言った。

オニール夫人は舞踏室の灯を消そうとしていた。そのとき息子の逮捕の知らせが届いた。アイルランド人特有の慌てふためいた悲嘆の声は省略しよう。ダンスに来た多くの友人がヘレフォードにはいるのだから保証人を見つけるのは簡単に思えた。しかし舞踏会で踊るのとその人のために保証人になるのとは別のことである。招待客は全員断わってきた。オニール夫人は(実際自分の身に降りかかれば誰もが同じであろう)驚いた。「わずかの借金のために息子が勾留されるくらいなら、私は質屋を呼んで全財産を売ります。」質屋が夫人の言葉を聞かなかったのは幸いだった。彼女は激昂していたので経済を考えられなかったろう。彼女は同じ通りに住む質屋を呼んだ。借金の三倍の質草を入れて、彼女は息子の釈放のために十分な現金を手にした。

オニール氏は一時間半、勾留された後、借金を払って釈放された。帰宅途中、彼がカテドラルの近くを通ったとき、大時計が刻《とき》を打った。墓地を行ったり来たりしていた男に、オニール氏は二時か三時かと聞いた。「三時だ。しかしまだ何も起こらない。」

オニール氏は他のことで頭がいっぱいだったので、男の台詞《せりふ》の意味を問わなかった。この男は夜番であること、オニール氏の攻撃からヘレフォード・カテドラルを守るために、用心深いなめし皮屋が彼を配置したとは露《つゆ》ほども思わなかった。逮捕の理由が彼をカテドラルから遠ざけることであるのも知らなかった。オニール氏は逮捕から学んだ。彼は利口だった。今後は出費を切り詰めて、紳士の生活ではなく、手袋商人らしく暮らそうと決めた。人気よりは信用を目指そうと決めた。経験から学んだことは、良き友達も借金は払ってくれないということであった。

2

木曜日の朝、なめし皮屋はいつになく上機嫌で目覚めた。異国人によるカテドラル爆破計画を賢明にも未然に発見し、爆破予定のその時刻に巧みに犯人を逮捕できたことでヘレフォード市に貢献できたことが、我ながら嬉しかった。ヒル氏と諸賢諸氏は毎晩教会を徹夜で見張る男が必要なこと、敵の動きを見張り、法的手続きを進めるのに十分な証拠固めを行なって、すべてを市長に報告できるようにすることで意見の一致をみた。

彼と意見を同じくする諸氏とすべてを取り決めた後、ヒル氏は聖堂番の威厳を脱ぎ捨てて、なめし皮屋にもどると仕事場に向かった。皮をなめすのに用いるオークの樹皮の山が地面に倒されて、樹皮が敷地から畑や川のほうまであちこちに散らばっているのを見たとき、彼は仰天した。このときのなめし皮屋の気持は言葉で言い表すことはできない。彼が自分に課した沈黙はいっそう激情を煽《あお》り立てた。これは逮捕されたことに対する復讐としてオニール氏がやったことに違いない！　法的な報復として何ができるか相談するために、ヒル氏は一人で弁護士のところへ向かった。

しかし不幸なことに弁護士は少し前に、遺言状作成のためにある紳士に呼ばれてヘレフォードから離れていた。結果としてなめし皮屋は法的な手続きを延期せざるを得なくなった。

彼が帰宅して、仕事場を行ったり来たりして散らかった樹皮を眺め、損害の額を算定したことなどは省略しよう。ついに空腹があらゆる他の感情を抑える時刻になった。ヒル氏は時計がなくとも時間が来るとぴったり正確に腹が減った。物凄い腹減らしであるために、あまり食欲のない優しい妻の憤懣《ふんまん》を買った。「あなた、そんなに召し上がるのはみっともないわ。他の人と一緒に食事をするときは、がつがつとみっともない食べ方をしないようにあらかじめ何かつまんでおいてね。」

妻に勧められてヒル氏にはずっと続けている習慣がある。それは一緒に食事する他人がいようがいまいが、昼飯三〇分前に台所へ行き、食卓に並べる前の料理を一切れ食べることである。食欲を抑えるために、この日もいつもどおりに台所で口をもぐもぐしていると、女中と料理人が素晴らしい占い師の話をしているのが耳に入った。この占い師こそ誰あろう、ジプシーの王バムフィールド・ムア・カルー(3)の後継者であった。カルーの生涯の冒険談は多くの読者がすでにご存じだろう。後継者の二番目の王も、先代の名声あるいは汚名に与《あずか》ろうとバムフィールドを襲名した。彼は今、ヘレフォードの近郊の森に宮廷を持っていた。多くの召使や徒弟が彼に占ってもらうために出かけていった。いや、その教育程度からしてそこに行くべきでなかったような階層の人々も出かけていった。

この抜け目のない占い師の超能力について、ヒル氏は無数の実例を立ち聞きした。いつものようにつまみ食いをしながら彼は策をめぐらした。昼食の間、ミセス・ヒルがびっくりしたことに、夫はナイフとフォークを置いて物思いに耽っていた。「あらまあ、あなたどうしたの？　目の前のお料理を忘れるほど何を考えていらっしゃるの？」

「おまえ、私らの祖先のイヴは好奇心が強すぎて、その結果は知ってのとおりろくなことにならなかった。私の考えていることはそのうち分かるだろう。しかし今はだめだ。いろいろ詮索するのはやめてくれ。私は自分のことは自分で知っている。今のところそれで十分だろう。しかしこれだけは言っておく。フェーベ、リメリック手袋を着けないのは賢明だった。分かっているとも、最初から私の言っていたとおりになるだろう。私の考えに任せておけ。それで今のところは十分だ。」

厳かな宣言で食事を締めくくったヒル氏は肘掛《ひじか》け椅子に座って午睡《ごすい》を取った。夢の中でカテドラルが爆破され、オークの樹皮が川に流れた。カテドラルは女性用のリメリック手袋をはめた男によって爆破された。樹皮はマトンのステーキに変わった。それを追って泳いでいるのは犬のジョウラーだった。マトンを食べた犬を叩こうとすると、ジプシーの王バムフィールドに変身した。バムフィールドは銀の握り手の付いた馬用鞭をヒル氏の手に握らせて、布告を触れ回る町役人のような大声で三度、オニール氏をヘレフォードの市で鞭打ちの刑にかけよと命じた。しかしヒル氏が鞭打ちを見物しようと窓辺に駆け寄ると鬘が落ちて、目が覚めた。

ヒル氏ほどの賢明さをもってしても、この夢の意味を理解することは難しかった。しかし彼はいつも巧みな技を使って、目覚めているときの決心を確固たるものにしてくれる要素を夢の中に見いだしていた。眠る前に彼は、弁護士がいないならジプシーの王に相談してみようと決心しかけていた。夢を見た後には、いよいよその決心が固まった。よし、バムフィールドから、誰がカテドラルの下に穴を掘ったのか、誰が樹皮の山を倒したのか、誰が犬のジョウラーを殺したのか聞き出してやろう。弁護士に相談せずにオニール氏に尋問してやろう。このことではわが道を行くのだ。今までもそれがベストだった。

夕闇が迫る頃、ヒル氏は占い師に会うために森のほうへ出かけた。バムフィールドは木の枝で作った小屋に住んでいた。この仮の宮殿に入るとき、ヒル氏は身をかがめたつもりだったが十分ではなかった。ほとんど体を二つに折るようにして入るときに髪が小枝にひっかかった。彼の窮地を救ったのはお后《きさき》だった。燃えさしの明りでジプシーの王を見た。薄明りの中で見る王の威厳が彼に畏怖の念を覚えさせた。彼はカテドラルのことも樹皮のこともリメリック手袋のことも忘れて、しばらく言葉もなく立ち尽くしていた。その間にお后はヒル氏のポケットの中身を巧みにすり取った。我に返ったヒル氏は居住まいを正して次のような質問をした。

「理由は分からないが、ヘレフォードに住みついたオニールという危険なアイルランド人を知っていますか？」

「よく知っている！」

「そうですか！　何を知っています？」

「奴が危険なアイルランド人であることだ。」

「そのとおり！　私の樹皮の山を引き倒したのは奴ではありませんか？」

「そうだ。」

「なめし作業場の番犬のジョウラーを殺したのは誰でしょう?」

「おまえが疑っている人物だ。」

「それはカテドラルの下に穴を掘ったのと同じ人ですか?」

「同じだ。」

「どんな目的で掘ったのでしょう?」

「口にしてはいけない目的だな。」

「私には言えるでしょう。私が発見したんですし、私は聖堂番の一人ですよ。カテドラルの爆破計画があるなら私に知らせてしかるべきです。そうすれば私が皆に知らせます。」

さあ、ヘレフォードの諸賢
よく聞けよ、
あの悪人が逃げ出すまで
安穏としていられない。

インスピレーションの人に特有の熱のこもった予言の詩句は、思うとおりの効果を発揮した。ヒル氏はすぐに王の御前を辞した。その見事な御託宣に敬服し、翌朝にはこの重要な発見を市長に注進申し上げようと決めていた。

ヒル氏がこのようにバムフィールドに占ってもらっている間に、戸口(謁見の間《ま》の入り口と言うべきか)にアイルランド人の乾草作りがやってきた。彼は乾草作りの作業をしているときになくした革の財布について相談に来た。この男は先に寡婦のスミスにオニール氏のことを褒めた人物である。彼の名はパディー・マコーマックといい、小屋の入り口に立っているときにオニール氏の名前が耳に入り、一部始終に聞き耳を立てていた。樹皮の山を倒したのはオニール氏だと占い師が言うのを聞いて、彼はいささか驚いた。「あいつの正体は分かった。こう言っても失礼にはならないだろうが、俺のほうがあのことならもっとよく知っている。樹皮の山や犬のことと同様、俺の財布のこともきっと知らないだろう。この金《かね》はポケットにしまっておいてジプシーの王にはやらないことにしよう。おそらく奴はいかさま師だ。しかし奴に言ってやりたいことがある。思いどおりにはさせないぞ。俺の目が黒いうちは罪のないアイルランド人を陥れることは許さない。」

オニール氏がヒル氏の樹皮の山を引き倒したのではないことは、マコーマックが一番よく知っていた。オニール氏が街頭で逮捕されたことに腹を立てて仲間を扇動し、樹皮の山を倒したのは彼だったからである。

アイルランドの低階層の人々には悪徳、美徳の奇妙な混同がある。それは良い教育が欠けているためにに正邪の観念が混乱しているからだろう。樹皮の山を引き倒すという自分の行為がオニール氏の破滅の原因になりそうだと分かったとき、彼は自分の愚行を償うためにできる限りのことをしようと思った。彼は乾草作りの仲間を集めて樹皮の山をその夜のうちに修復する手伝いをさせた。

彼らはヘレフォードじゅうの人が寝ている間に仕事にかかった。彼らは樹皮の積み上げを終えて、パディーが一人でその天辺《てっぺん》に残っていた。そのとき、大きな叫び声が聞こえた。「いたぞ！　ほら！　ほら！」

乾草作りたちは一目散に逃げた。叫びをあげたのはカテドラルを見張っていた男だった。パディーは積み山の上から降ろされて朝まで見張り小屋に入れられた。「良いことをしてこんな目に遭うなら、もう二度とこんなことはしないぞ」とパディーは言った。

地域にマーシャル氏のような治安判事を持つ住民は幸せである。彼は職務に精通しているだけでなく、いくつかの矛盾した証拠の中から真実を見いだす能力、怒りをユーモアに変える巧みな才能を持っていた。マーシャル判事の家を訪れた人はどんなに怒っていても、出てくるときには別人のようだ、とヘレフォードの人たちはよく口にした。

マーシャル判事が朝食を終えるか終えないかという時間に、緊急の用件で話したいという訪問者が現れた。ヒル氏は案内されて、厳かにマーシャル判事の真向かいに座った。

「ヘレフォードに悲しむべきことが起きています。」

「悲しい？　私は楽しいことがあったと聞いているが？　一昨晩に舞踏会があったとか。」

「それがいけないのでして。私のように先が見える人間は皆そう考えています。」

「それがいいんだ」判事は笑いながら言った。「いいんだよ。私のように物事を深く詮索しない人間はみんなそう考える。」

「しかし、判事様、笑いごとじゃありません。失礼ながらそんな暇はないのです。あのいまいましい舞踏会のあった晩に、私がいなければヘレフォードのカテドラルは礎石から吹き飛ばされてしまったかもしれません」なめし皮屋はいっそう真面目な口調になった。

「ほんとかね？　誰がどうやってカテドラルを吹き飛ばすと？　舞踏会のどこがいまいましいのかね？」

ここでヒル氏は、そもそもなぜ自分がオニール氏を嫌うのかという話を判事に聞かせた。ヘレフォードで初めてオニール氏と会ったときの鋭い疑惑を伝えた。今まですでに読者が読んできたような事柄を永々と話した。そして最後に、自分はオニール氏に関する事実をつかんでいるので、この悪者のアイルランド人を即刻尋問にかけて、法に照らして処罰することが望ましいと言った。

「法に照らして処するのは良いが、私が署名し、あなたが宣誓する前に聞かせてほしい。オニール氏に関する事実についてどのようにして確信を持つにいたったのか。」

「それは秘密ですが、あなたにだけは教えましょう」ヒル氏はジプシーの王バムフィールドから聞いた情報を判事に耳打ちした。

マーシャル判事は笑い出した。それから落ち着いて言った。「このことを先に進めなかったのは良かった。あなたがバムフィールドの言葉に基づいて尋問の証言をしようとしていることを知っているのは、幸い私だけだ。生涯あなたは人の冗談の種になったろう。あなたのような真面目な方が物笑いの種になるなんて！」

マーシャル判事は相手の性格をよく知っていた。ヒル氏は何よりも人に笑われるのが嫌いだった。彼は赤面し、鬘を直そうとして、頭の上まで真っ赤であることを見せてしまった。

「判事さん、笑われるのは御免です。私は他の人たちにもカテドラルの下の穴について話しましたが、彼らはそれは大変だ、と私に同調してくれましたけれど。」

「しかし、あなたは彼らにジプシーの王との相談のことを話しましたか？」

「いいえ、それはしていません。」

「それでは、私もこのことは秘密にしておくから、あなたも黙っていて下さい。」

ヒル氏はカテドラルの穴と樹皮の山、樹皮の山と犬のジョウラーのことを話した。話が尽きると判事はヒル氏をやさしく窓のほうに連れていき、手に望遠鏡を握らせ「さあ、何が見えるかね？」と聞いた。ヒル氏が驚いたことには樹皮の山は元どおりになっていた。彼は目をこすりながら言った。「昨晩はなかったのに！　誰か手品師がやったに違いない！」

「いや、手品師ではない。バムフィールドが引き金にはなったがね。実際に山を倒してまた積み直した男を紹介しよう。」

こう言うと、マーシャル判事は隣の部屋のドアを開けてアイルランド人の乾草作りを招き入れた。この男は一時間前にすでに勾留されていた。パディーを捕まえた見張りは、事の次第を伝えるためにヒル氏を訪れたのだが留守だったのだ。

ヒル氏はこの男から事の真相を聞いて驚いた。オニール氏が樹皮の山の事件についてはは無実だと確信した後、ヒル氏は犬の失踪について問いただした。

アイルランド人の乾草作りは前に進み出て、実見した者のみができる身振りたっぷりの様子で語った。「失礼申します。犬についても少し申しあげてえんですが。」

「聞いてやろう」と判事が言った。

「あっしがこの紳士の樹皮の山を倒したのを許してもらえるなら話してもいい。」

「私の犬についてなんでもいいから話をしてくれたなら、樹皮の山のことは許してやろう。積み直したことだしな。さあ言え、オニール氏が犬を始末したのか?」となめし皮屋が言った。

「いいや、そうじゃないです。じつをいうと犬のことはまったく知らねえ。失礼ですが、あなたの名前がヒルさんとおっしゃるんなら、犬の首輪のことは少し知ってると申し上げましょう。」

「私の名はヒルだ。話を続けろ」ヒル氏は真剣に言った。「ジョウラーの首輪について知っているというのだな?」

「旦那、これだけは知っているんで。つまり、あれは町の質屋にある、というか一昨晩はあったんで。あっしはオニールさんが逮捕された晩に、オニールのおかみさんに質屋のユダヤ人のところへ使いにやらされました。可哀そうにおかみさんはあのとき大変困ってたんです。」

「そうだろうな。さあ、首輪はどうなった?」

「旦那、最初から話しましょう。あっしは質屋へ使いに行った。遅かったもんで店は閉まっていました。どうにかして質屋に入り込んでみると、ひょろ長い男の子がいました。男の子は手に持っていた明りを下に置くと、主人を起こしに二階へ上がりました。その間にあっしは店の中を見回しました。古着やぼろ切れなんかがありました。毛織りのトラスティーがありました。」

「トラスティー! なんだね、それは?」

「大きなコートでさあ。店の隅のほうにあるのが目に付いて欲しくなった。そんときは財布に金があると思ったもんだから。畑で財布をなくしちまい、後で見つかったって話はやめときましょう。あっしはコートが自分に合うかどうか見るため、拾い上げて振ったときに、脛《すね》にかつんと当たるものがありやした。ポケットの中に何か入ってたんです。なんだろうと覗いてみると、ハンマーと犬の首輪が出てきやした。これでよくあっしの脛が折れなかったもんです。脛なんかどうでもいいんですが、まだ男の子が降りてくるには間《ま》があったもんで、首輪の名前を読んでみました。二つの名前が彫ってあったんですが、最初のほうはあんまり文字が多くて、あっしにはまったく読めませんでした。もう一つのほうは簡単にヒルと読めました。」

アイルランド人の話し方と身振り手振りがあまりにも面白いので、生真面目なヒル氏もついに笑い出してしまった。マーシャル判事はどのように首輪を手に入れたかを聞くために質屋を召喚した。質屋は判事の態度から見て、牢獄を逃れるには正直に言うしかないと考えた。彼は首輪はジプシーの王バムフィールドから買ったことを告白した。

バムフィールドには令状がただちに発せられた。犬を盗んだジプシーの証言に基づいて無実の人を犯人にする尋問証人になりかかったということが知れ渡る、と考えただけでヒル氏はいたたまれなかった。

判事の前に連れてこられたバムフィールドは萎《しお》れていた。この場合は彼の星占いも無力だった。質屋の証拠は動かせなかった。彼が犬の首輪を売ったことは明白だったので、あとはヒル氏の温情に頼るしかなかった。彼はひざまずいて、犬を盗んだことを告白した。その犬は彼に向かって非常に激しく吠えるので夜の稼業ができなかった。彼は生活のために占いだけでなく窃盗もやっていたのである。

「自分をかばうためにおまえは無実の人に罪を着せた。おまえの邪悪な企みによって無実の人がヘレフォードから追放されるところだった。おまえは犬を盗んだことを隠すために二つの家庭を永遠に反目させるところだった」と今までになく厳しい態度でマーシャル判事は言った。

ジプシーの王はそれ以上の手続きなしに、さっそく牢屋に入れられた。言っておかなければならないのは、判事の手下の者たちが彼の小屋を家宅捜索するとアイルランド人の乾草作りの財布が出てきたことである。親分の逮捕の知らせが伝わると近隣のジプシーは全員逃亡した。

バムフィールドの拘禁令状が準備されている間、ヒル氏は黙って杖にもたれていた。物笑いの種にされるのではないかという心配と生来の勝気がたたかっていた。ジプシーの王に騙《だま》されたという噂が広まるのではないかと思う反面、アイルランド人の手袋商人に対する偏見を捨てる気にもなれなかった。

「しかし判事殿、カテドラルの礎石の下の穴は誰が掘ったんでしょう？　私には未来永劫、謎のままです。この謎が明らかにならない限り、私はこのアイルランド人に好感を持てませんし、カテドラルが安全とも思えません」とヒル氏は長い沈黙の後に口を開いた。

判事はいたずらっぽく笑って答えた。「ヒルさん、まだあの御託宣が利いていると見える。私は暗記してしまったらしい。ヒルさんがどうしてあのアイルランド人を嫌うのか人に聞かれたとき、私はあれを暗唱しよう。」

さあ、ヘレフォードの諸賢
よく聞けよ、
あの悪人が逃げ出すまで
安穏としていられない。

「判事殿、どうかそれを繰り返すのはやめていただければありがたい。人のいるところでジプシーの王のことを話題にしないでいただきたい。」

「それでは私の言うことも聞いてもらえればありがたい。オニール氏は犬殺しでもなければ、樹皮の山を倒してもいないことが分かった以上、カテドラルの下の穴の謎が解けたなら、あなたはアイルランド人というだけであの人を咎《とが》めたりしないと正直に言えるかね？」

ヒル氏は両手で杖を地面に叩きつけて叫んだ。「しかし、まだ謎は解けていない！彼がアイルランド人であるということに対しては言うことはありません。人は神の思し召しの土地に生まれることは私にも分かっています。アイルランド人も他の人間と同じだということは知ってます。私だってそれくらいは分かってますよ、判事殿。イギリスに生まれなかった人を我慢できない、心の狭い無知な人間の仲間じゃありませんとも。アイルランドは今ではわが王国の一部です。生粋《きっすい》のアイルランド人も生粋のイギリス人とほとんど同じだってことは、私は疑っちゃいません。」

「嬉しいね、あなたが生粋のイギリス人、いや人間らしく話すのを聞くのは。あなたはイギリス人らしい歓待の気持を多分にお持ちだから、わが国の正義と善良を信頼して移住してきた罪のない他国の人を迫害することはないと確信しているよ。」

「罪を犯していなければ、外国人を迫害するなんて気はさらさらありません。」

「無実だというだけではなく、助けを必要とする人々にできるだけのことをしてやろうとしている男の善行に報いるのに、悪をもってしてはいけないだろう？」

「それは確かに心ない行為、いいや、スキャンダルというもんだ。」

「それでは、スミス未亡人のところへ一緒に行ってくれるかな。可哀そうに、この前の冬に家が焼けてしまった。近くに宿をとっているこの乾草作りが彼女の居場所に案内してくれるそうだ。」

パディー・マコーマックが初めからすべての話をしてくれるというわけで、尋問の間にマーシャル判事は、オニール氏の人情の篤《あつ》さと人柄の良さを示すいくつかの事例を耳にしていた。「自分でも言い訳するのはなんですが、あっしがオニールさんの逮捕のことを聞いて仕返しに樹皮の山を倒したのは、オニールさんの人柄に惹かれたからなんでがす」とパディーは語った。とりわけオニール氏が寡婦のスミスに示した温情について彼は言及した。マーシャル判事は特にこのことを確かめるために、ヒル氏を同伴してオニール氏の人柄の良さを見せたいと考えた。

事態はマーシャル判事の期待どおりに進んだ。寡婦のスミスと家族は、オニール氏とフェーベのお陰で困窮から救われたことを朴訥《ぼくとつ》に語り、その話を聞いていると心が動かされた。フェーベが褒められたのを聞いて父親は喜んだ。彼の怒りはすでに消えていた。

判事はヒル氏が感激しているこの機会をとらえて言った。「オニール氏とぜひ知り合いになりたいものだ。これほどの人間性を持った人にヘレフォードの住民は歓迎の情を示さなくてはいけないな。ヒルさん、明日、私のところでオニール氏と食事しよう。」

ヒル氏は招待を受けようとして、はたと考えた。カテドラルの下の穴についてクラブでしゃべったことを思い出した。彼はマーシャル判事を脇に連れて行き、囁《ささや》いた。「判事さん、でもまだカテドラルの下の穴の謎は解けていません。」

このとき寡婦のスミスが叫んだ。「あら、メアリだわ。フェーベさんが親切にしてくれた家《うち》の娘です。メアリ、ご挨拶しなさい。今までどこに行っていたの?」

「ママ、フェーベさんに私のネズミを見せていたの。」

「あらまあ! 皆さん、この子は私にネズミを見せたがっているのですが、暇がなくて。なんでネズミなんか好きになるのでしょう。さあ、メアリ、皆さんにおまえのネズミのことを話してごらん。この子はほんのわずかの朝食や夕食のパンから一かけらをネズミのためにとっておくんです。この子と兄弟たちがカテドラルのどこかで見つけたネズミなんです。」

「カテドラルの壁の下の穴から出てきたんだ」と兄の一人が言った。「眺めて遊んでいたんだけど、時々、餌をあげたよ。そうしたらなついてくれた。」

ヒル氏とマーシャル判事は顔を見合わせた。大山鳴動《たいざん》してネズミ一匹とはこのことだ。また馬鹿にされるな、とヒル氏は思った。いち早くヒル氏の心を読んだ判事は、笑いを慎んで相手の不安を救ってやった。判事は真面目な口調で子供に言った。「遊びを台無しにして御免よ。この聖堂番のおじさんは、カテドラルの下の穴は困るんだ。ネズミの代わりに、もしよければ可愛い子犬をあげよう。」

メアリはこの約束に大喜びだった。マーシャル判事の要請に応じて、彼女は皆とカテドラルまで行った。彼らは騒ぎの原因となった穴から少し離れたところで見ていた。メアリがネズミを誘い出した。ヒル氏は弱々しく笑って言った。「ネズミ程度で良かった。クラブには私と同じ意見の者が大勢いる。彼らがオニール氏を疑っていなければ、私もこんなに迷惑をかけなかったでしょう。しかし、クラブの連中はならず者のバムフィールドのことは知らない。どうか彼の占いのことなどは誰にも言わないで下さい。判事さん、いろいろご迷惑をかけて申し訳ありませんでした。」

マーシャル判事は、謎と疑いを晴らすためにかけた時間は惜しくない、と言ってヒル氏を安心させた。ヒル氏は翌日のオニール氏との食事の招待を受け入れた。マーシャル判事は反目する一方の人物、つまりヒル氏に道理を分からせ上機嫌にさせると、今度はすぐにオニール氏との和解の根回しをした。オニール氏とその母親は激《げき》しやすいが寛大な人たちであった。逮捕のことがまだ心にひっかかっていたが、判事が面白おかしくヒル氏の偏見やすべてのことを説明すると、彼らは陽気に笑い出した。フェーベがリメリック手袋をはめてみせてくれるなら、すべてを許し忘れようとオニール氏は宣言した。

翌日、フェーベはリメリック手袋をはめてマーシャル判事の家に現れた。恋人にとって、手袋をしまっておいた間にそれを包んでいたバラの葉の香りほど甘美な香りはなかった。

マーシャル判事は両家を和解させることができて嬉しかった。ヘレフォードのなめし皮屋と手袋商人は敵同士から互いに有益な友人同士に変身した。彼らは経験から、和合して生きることが何より自分たちの利益になることを確信したのだった。

（1）上質の革の手袋で、羊の胎児の皮から作られたといわれている。
（2）イギリスでは一八世紀までの二叉手袋（ミトン）は腕までの長さがあるのが普通であった。

また、指先が自由に動かせるように先端を切った形のものも多かった。

（3）　バムフィールド・ムア・カルー（一六九三―一七七〇？）はデヴォン州の農家に生まれた。学校時代に仲間と共にジプシーの群れに加わり、放浪と詐欺行為をくりかえした。クローズ・パッチの跡を継いでジプシーの王となり、文字どおり波瀾万丈の生涯を送った。

（*The Limerick Gloves*, by Maria Edgeworth）

ワイルドグース・ロッジ

ウィリアム・カールトン

私は無署名の呼び出し状を読んだ。趣旨から判断して、結社の通常の企画や運営にかかわる、ある目的のために招集される特別の集会であると思った。少なくとも言葉遣いからすると、通常の総会ではなくて幹部の臨時招集であるという以外はなんら特別な秘密めいた意味は読み取れなかった。私は自分に呼び出し状が来たことを喜んだ。そこで時間を厳守して出席することにした。いっさい他言は無用と書かれていたが、似たような呼び出し状は過去にもたびたび受け取っていたので奇異には感じなかった。私は「明晩、真夜中、その場にて貴兄に伝えることを熟考し行動するように」という指示に従って出席することにした。呼び出し状を受け取った翌朝、私は起きてからいつもの仕事に取りかかったが、どういう訳か、不吉な嫌な予感を覚えた。脈搏が弱まり、なんとも言えない不安感が取り付いた。顔色が青く、目はどんよりとしていたので、父や兄弟たちは病気だと言った。そのときは私もそのとおりだと思った。高熱に先立つ悪寒のようなものを感じていたからである。私は自分の体験を理解できなかったし、今でもできない。人間性の中には、近づく災厄の恐ろしい悪を予知し、災厄が生み出すセンセーションの暗い予感を捉える神秘的能力があるとしか言いようがない。私には分析も説明もできない。しかしその日、私は身をもって苦痛を体験したが、似たような状況にあった多くの人々も同じ体験をしたことだろう。

真冬だった。陰鬱《いんうつ》で、生まれて初めて経験するような荒れ模様の日だった。黒い雲が周囲の丘に渦巻き、霙《みぞれ》まじりの豪雨が突風にあおられて次々と大地に斜めに降り注いでいた。屋外の牛たちは雨を避けるために野原の静かな一角に身を寄せていた。樹々や茂みは激しく揺すられていた。樹々を吹き抜ける強風がヒューヒューと音を立てるので、私は陰惨な侘《わび》しい気分に沈み込んでいた。

夜の帳《とばり》が下りる頃、嵐は最大限に荒れ狂っていた。月は沈みかかり、風に吹かれた雲の晴れ間からいくつかの星がチラチラと見えた。嵐の勢いが静まらないのなら、罰を受けても構わないから集会には出まいと私は決心した。しかし決められた時刻まではまだ間《ま》があったので今後の天気の様子を見てから決めることにした。

一〇時になった。しかしまだ変化の兆しはなかった。一一時が過ぎた。晴れる可能性があるかどうか見るためにドアを開けた私の足を払い倒すような、雨まじりの強風が吹いていた。とうとう真夜中の一二時が近づいた。あらためて外の様子を調べてみると、風は少し穏やかになり雨はやんでいた。

私はすぐに古い杖を手にとり、外套を着込み、耳まで帽子を下ろして外出した。会合場所はわずか四分の一マイル離れたところだった。

険悪な空模様だった。わずかに空が見える雲間に月光が当たっている辺りは特に陰惨に見えた。微《かす》かにブロンズ色に染まっている雲の裂け目のまわりでは、積み重なる黒雲が目路《めじ》を遮っていた。空が見えるのはそこだけで、地平線にさえも厚い雲が掛かっていた。しかし微かな明るさがあったため、暗い天穹《てんきゅう》に起きている急速な空模様の変化、真夜中の嵐が激しく吹き荒れている様子が時折見えた。

その地方でも人里を離れた場所にあるスレート葺《ぶ》きの屋根を持つ長い小屋に着いた。小屋の下に小川が流れていたが、増水した水が土手を越え、両側の牧場に音を立てて流れ込んでいた。このような晩に見る、むきだしのスレート葺きの小屋の様子は陰鬱だった。私のような、その小屋が通常何に使われているかを知る者にとってはなおさらだった。静かに、そして陰鬱に建つ小屋には、人の生活や享楽の気配が周囲にも中にもまったく見当たらなかった。小屋に近づくにつれて、月が雲間から再び顔を見せて、濡れて光るスレートや死の光沢を放つ窓を照らし出した。眺望のきく地点を離れ、私が折り畳み式のドアを入るときには月明りは徐々に消えていた。そこは教区のチャペルだった。

眼前に現れた光景は建物の外見と一致していただけでなく、暗闇、嵐、真夜中過ぎの時刻とも調和していた。およそ八〇人が祭壇を取りまく円形の段に押し黙って座っていた。彼らは身動きひとつしなかった。私が中に入って進みでると、足音がコツコツと響き渡った。そのために周囲の厳《おごそ》かな秘密めいた雰囲気が強まった。窓はすべて内側から鎧戸《よろいど》が下りていた。祭壇にともされていたロウソクが暗闇をぼんやりと照らし出し、祭壇と段の最上段に座っていた六、七人の男の長い影を作り出し、その影の先はチャペルの向こう端をつつむ闇の中に紛れ込んでいた。段に並ぶ男たちの顔ははっきりとは見えなかったが、特徴のある顔立ちは闇に浮き上がって見えた。教区内の向こう見ずな、ならず者たちの顔ぶれが幾人かそろっていた。祭壇に近い最上段に居並ぶ、おえら方と見られる男たちの目付きには秘めた獰猛《どうもう》な意図の炎がきらめいていた。集まった男たちの熱意が呼び覚ます興奮によって、それはさらに復讐の激しい表情へと昂《たかま》った。彼らは強い決意を固めていた。この世であれ、あの世であれ、自分たちの行為の結果がこの先どうなろうと構わないという強い決意が見て取れた。

私はいつもの集会で陽気な大声の歓迎を受けたものだが、このときはまったく違っていた。座っていた男たちの一人が普通の囁《ささや》き声より低い押し殺した声で「やあ、元気か」と言ってうなずいただけだった。明らかにこの計画の推進者と思われる一団の、立っていた男たちに私は手を強く握られた。険しい思い詰めたような目付きで彼らは私を見た。私が彼らの計画に尻込みしないかどうか、私の目と顔を詮索している目付きである。激しい関心や大きな危険の一瞬が、目や顔やわずかの身のこなしに与える強力な表情には驚くべきものがある。特にある社会的立場にある者たちは、礼儀によって生まれつきの粗野な性質を隠す必要がないだけにことさらである。立っている一団の男たちは一言もしゃべらなかった。彼らの一人一人は私の手をぎゅっと握りしめた。彼らは私をじっと見つめたが、その目付きには酔った仲間意識、「反対すればただではおかないぞ」という決意が読み取れた。もし文字に翻訳すれば「俺たちは復讐を誓った。もし仲間に加わらないなら仕返しを忘れるな」というように読めた。私の手を強く握ると同時に、彼らは共通の絆を私に思い出させるために一人ずつ私とリボン会[1]の秘密の握手をした。その後しばらく、私の指の関節は痛かった。

　しかしその身のこなしが冷静で沈着な最高権威者が一人いた。彼はどのような情勢にも動じずに落ち着きはらって思慮深かった。座っている者たちの沈黙を保ち、立っている者たちの激情を抑制しているのは彼の存在であると私は判断した。彼はそのチャペルの寺子屋で教えている教師だった。日曜日には司祭の助手として働いていた。司祭は優れた好人物だったが、助手の不法な活動と残忍な行為についてはまったく無知だった。

結社の兄弟の契りの儀式が終わると、例のキャプテン(最高権威者を私はこのように呼ぶことにしたい)はかがみ込んで、祭壇の隅にあったウイスキー瓶をワイングラスに当てて満たし、私に飲むように勧めた。私は神聖な神の祭壇でそのような冒瀆《ぼうとく》的行為をすることに本能的な畏《おそ》れを抱いて尻込みし、断固として飲むことを拒否した。彼は私の迷信を穏やかに笑い飛ばして低い声で静かに言った。「雨に濡れた後では、一杯やりたいのじゃないかな。」

「濡れていようといまいと……」私は言いかけた。

「だまれ!」彼は同じ調子で続けた。「低い声で話せ。だがなぜウイスキーを飲まないのだ? おまえと同じ信心深い男たちがここにいる。彼らはウイスキーを飲まなかったというのか? 暖《だん》を取るために害のない一杯のウイスキーを飲むことくらい何でもないはずだ。」

「私は神を信じている。寒さなんかなんともないさ、パトリック」と私は答えた。「ウイスキーは一滴も飲まない、だからそのことはもう言わないでくれ。よかったら自分で飲んでくれ。たぶん飲みたいんだろう？　私は立派な厚い外套を着ている。とても厚いやつだから、どんなに降っても一滴も毛の下にはしみてこない。」

彼は沈着な、鋭い視線を私に向けて言った。

「なあ、ジム、こんな天気の日には酒は良き友だ。手本を見せるために私が飲もう。」そう言うなり彼は瓶の側《そば》のグラスを手に取り、ウイスキーを飲んだ。「今晩初めての酒だ。好機が到来したら誓いを実行する精神と勇気があることをおまえに見せてやるために、こうして飲んでいるんだぞ。」彼はグラスを下に置き、瓶を冷静に祭壇に戻した。

私たちが話している間に、呼び出し状を受け取った連中が続々とこの謎の会合に集まってきた。男たちは祭壇に近づいたとき、それぞれ自分の酒量に応じて二、三杯ずつウイスキーを飲んだ。しかし公正を期するために一言すれば、キャプテンの勧めるウイスキーを飲みたいのだが、神聖な神の家で飲むことを断わった人たちも少なからずいた。そのような細心な男たちにキャプテンはドアの外で飲むことを勧めた。そうすれば神聖冒瀆にならないというので男たちはキャプテンの忠告に従った。

一時頃、六人を除いて全員が集まった。少なくとも六人は来ていないな、とリストを見ながらキャプテンが言った。

「さあ、みんな、これから読み上げる裏切り者を除いて全員が集まった。しかし来られない事情があったかどうか分かるまでは裏切り者扱いはしないことにしよう。ひどい天気だからな。しかし集会には雨が降ろうが槍が降ろうが出席しなければならない。特に無署名の呼び出し状のときは重要な用件があることは分かっているはずだ。」

それから彼は欠席者の名前を読み上げた。欠席の理由を確かめ、相応の処置を考えるためである。その後、彼はいつものように用心深くドアを閉めて閂《かんぬき》を掛けた。鍵をポケットにしまうと祭壇を上がり、通常は司祭が信徒に語りかける説教壇を歩いた。

その晩、初めて私は特別の関心を持ってその男の顔をじっくりと観察した。説教壇を歩いているためによく見ることができたのだ。小柄な男で、年齢は三十歳前、一見すると服装や顔立ちに特徴はない。私以外の者たちも彼をじっと観察していた。今まで彼は集会の目的を秘密のままにしてきた。全員それを知りたくてならなかった。私は彼の顔をじっと見て、そこから彼の内面を探る手掛かりをわずかでも得たいと思った。しかしほんのわずかの情報しか得られなかった。しかもその情報は彼の表情からというよりは、彼と祭壇に寄り掛かって立っている一団の男たちとの間に交わされる意味ありげな雰囲気から得られたものである。キャプテンが彼らのほうを向いて冷静な一瞥《いちべつ》を与え、一心に考え続けてきた問題の進展の一端を知らせようとしたとき、男たちのキャプテンに注がれるギラギラしたまなざしは野蛮な悪魔のような期待、勝ち誇った悪意の光に満ちていた。しかし彼が瞑想を続けている間、一、二度、暗い影がその顔をよぎり、眉間《みけん》に深い皺《しわ》が寄ったのを私は見逃さなかった。そのとき初めて私は、筋肉をわずかに動かしただけで彼の顔がサタンの表情を作ることができるのを知った。この沈黙の間に彼は痙攣《けいれん》的に手を開いたり閉じたりしていた。彼の邪眼の視線は二、三度、最初は賛同者に、その後はチャペルの向こう端の暗闇にぼんやりと向けられた。彼は遠くにいる敵に復讐の怨念《おんねん》が届けと念ずるように歯ぎしりをした。最後に決意を固めるまで気分を高揚させたあと、彼の表情は再び元の冷静と落ち着きを取り戻した。

このとき、チャペルの暗闇からこの世のものとは思えない大きな笑い声が響き渡った。キャプテンは立ち止まり、手を額に当てて暗闇を覗きこみ、穏やかにアイルランド語で言った。「静かに。まだ発言のときではない。」

全員の視線が一点に注がれた。しかし祭壇のロウソクの明りから離れた暗闇にいる、笑った人物を特定することは誰にもできなかった。このときすでに午前二時に近かった。

キャプテンは壇の上にしばらく立ちつくしていた。彼は自分が成し遂げようとする計画の困難さを思い、不安感から大きく息をついた。

「同志諸君、我々を指導する者たちが何を望もうと、それに従うと神かけて誓った諸君、今や誓いを果たす心の準備はできているか?」

この言葉が発せられるやいなや、祭壇の側に陣取っていた男たちは、急いで段を駆け降りると、振り向いて両腕を振り上げ、叫んだ。「神かけて俺たちはやるぞ!」

同時に段に座っていた者たちもただちに立ち上がり、先の男たちの例に倣って「そうとも、神かけて俺たちはやるぞ」と叫んだ。

「みんな、大丈夫か、骨折り損のくたびれ儲けじゃないのか?　そこに私の言うことが分からないのが一人いるな。」

祭壇の側にいた連中の一人が答えた。「あなたはキャプテンだ。上部からの命令を受けている。あなたが俺たちに命じることには必ず従う。」

「いや、諸君をちょっと試してみただけだ。私ほど良い部下を誇りに思えるキャプテンはアイルランドにはいないだろう。そのときが来れば、たぶん諸君は泣き言をいわないだろう。だからグラス一杯ずつは飲まなくてはいけない。チャペルの中で飲めない者は外で飲むといい。さあ、ドアを開けろ。」

彼は中で飲む者たちにグラスを渡し、それから外で飲む者たちのためにウイスキー瓶をドアのところへ運んだ。誓いの杯《さかずき》の儀式が終わり、皆興奮してくると、彼は続けて言った。

「さて同志諸君、私に従うと誓った以上、ここにはわずかな金で裏切る者はいないと確信する。私は上からの指令に従うと誓った。私はためらわずに従うことを証明するために、ほらこのとおり。」

彼は振り向くとミサ典書を両手に取り、祭壇に置いた。それから彼は一言ずつ低い声で用心深く誓いの言葉を述べた。再びミサ典書を手に取り、例のサタンのような表情を浮かべて仲間のほうを振り向き、強い決意の声で言った。

「神の聖なる書にかけて、私は今晩ここに集まった目的を、それがなんであれ実行する。神の書と祭壇にかけて私は誓う。」

言い終えると、彼は平手でミサ典書を激しく叩いた。

ちょうどこのとき彼の前で燃えていたロウソクが突然消えて、チャペルは真っ暗闇に包まれた。激しい羽ばたきのような音が耳を聾《ろう》した。彼の誓いを繰り返し、あざ笑うかのような荒々しい不気味な五〇もの声が最後の言葉を余韻のように引き延ばした。しばらく静寂があり、全員の恐怖の叫びが聞こえた。しかしキャプテンは冷静で沈着だった。彼はただちに手探りでロウソクを探しだし、静かにチャペルの片隅に進むと、燃え残りの泥炭を取り上げて、どうにかロウソクに火をともした。彼は事の次第を説明した。理由は簡単だった。ロウソクは鳩がその上にとまったので消えたのだ。当時、多くの田舎のチャペルがそうであったようにこのチャペルも建物の内部が未完成で、天井板のない垂木《たるき》に近所の小屋の鳩が巣を作っていた。羽ばたきの音は鳩が突然の大きな音に驚いて飛び出したためだった。あざ笑うような声はその反響だった。その場の雰囲気、会合の謎めいた目的、丑三《うしみ》つ時という条件が反響の音をいっそう恐ろしいものにしたのだった。

ロウソクが再びともされ不気味な音の原因が分かると、復讐の念を募らせていた人々は、一団となって祭壇に駆け寄った。彼らは一人ずつ激情に震える声で誓いを立てた。発せられる誓いの言葉、その反響は、この世のものとは思えない長い不気味な響きによってこの恐ろしい儀式をすさんだものにした。これら人間の虎とも言うべき男たちの顔は抑えた憤怒に赤くなっていた。彼らのひそめた眉、堅く結んだ唇、燃えるまなざしはロウソクの明りの下で見たとき、悪魔的になり切れない人を心底ぞっとさせるものだった。

この恐ろしい儀式が終わるとすぐに、再びチャペルの向こう端の暗闇から哄笑が幾度か聞こえた。キャプテンはそちらを向き、しばらく考えてからアイルランド語で言った。

「さあ、こっちへこい、みんな。」

暗闇に一晩じゅう隠れていた男たちがすぐに走り出てきた。七人の男たちだったが顔ぶれはすぐに分かった。彼らは有罪とされたある人物たちの兄弟や従兄弟《いとこ》だった。罪を犯した連中は近隣の気の毒な男の家に押し入り暴行を加えた後、男が護身用に持っていた銃やピストルを奪ったのだった。

誓いの儀式が全員終わるまで、キャプテンにはこれらの男たちを呼び出すつもりがなかったのは明らかだ。しかしキャプテンの事を運ぶ見事な手口に大笑いしてしまった彼らは、図らずも正体を見せてしまった。キャプテンは仕方なく示し合わせた時間よりも早く彼らを前に出さざるを得なくなったのだった。

この場の出来事は言葉では言い表すのが難しい。祭壇に立っていた男たちと暗闇に潜んでいた男たちとが合流したとき、悪魔のような叫び声が響き渡った。両手を揉む、欣喜雀躍《きんきじゃくやく》、杖や武器を床や祭壇に打ちつける、踊り狂う、指を鳴らす、すべてが地獄のような決意の勝利を表現していた。キャプテンでさえ、しばらく彼らの興奮を静めることができなかった。しかし彼は壇上に上がり、足を踏み鳴らし、静粛と謹聴を求めた。

「みんな、いい加減にしてくれ。もういい。ここは人家から離れているからいいようなものの、馬鹿騒ぎは危ないぞ。雄々しく誓いを立てた者は脇にどいて、まだの者たちに一人ずつミサ典書に接吻させろ。」

しかし議事進行はあまりに恐ろしい方向へと進んでいたので、キャプテンの力でも残りの男たちに盲目の誓いを強制させることはできなくなっていた。最初の男は、誓いの目的である任務の性質を知るまでは宣誓しない、ときっぱりと言った。他の者たちも彼の決意の固さに勇気づけられて、任務を知るまでは宣誓しないと同調した。キャプテンの唇が微かに痙攣した。再び眉がひそめられ、前述したような悪魔的表情が現れた。しかしすぐにそれは消えて、悪意の冷笑が現れた。その冷笑には冷徹な残虐性を匂わす「哄笑する悪魔」が潜んでいた。

「誓いを拒むのは無駄だ。じつは諸君にやってもらいたいことはほとんど何もない。たぶん手をあげることも必要がない。ただ見ているだけでいいんだ。抵抗されたら姿を見せるだけでいい。人数を見ただけで抵抗が無駄だと知るだろう。とにかく秘密厳守の誓いだけでいい。拒む者はただでは済まん。殺されて二度とお日様を拝めなくなるぞ。」

それから彼は向きを変えると、ミサ典書に右手を置いて誓った。「今晩何が起きようと司祭以外の人には秘密を守る。賄賂《わいろ》、投獄、死さえも秘密の壁を破ることはできぬ。」

誓いを終えると、彼は自分の宣誓の熱意を確かめるかのように激しくミサ典書を叩いた。それから彼は静かに段を降りて、責務を果たした男の沈着な表情で皆の前に立った。この秘密厳守の誓いは、特定の犯罪遂行の誓いを拒んだ者を縛るものではなかったので、全員が素直に誓いを立てた。彼らはいよいよ目的を実行する支度に取りかかった。燃えさしの泥炭が小さな壺に入れられた。もう一杯ずつウイスキーが配られた。教区の管理人として鍵を所有していたキャプテンがドアを開けて、人々はチャペルのドアから静かに出発した。

暗闇に隠れていた男たちが祭壇に登場した瞬間、私たちは行く先の家がすぐに分かった。前述したように、その家の者たちと犯罪者とは関わりがあった。住人の一人が自分たちを真夜中に襲った連中を告訴したのだ。キャプテンが男たちを他の者たちの目から隠していたのは、自分たちに課せられる任務を知らない者たちが宣誓の際にためらいのないようにするためだった。私たちの推測は当たっていた。チャペルを出た一行はこの信仰心の篤《あつ》い男の家へ足を向けた。

まだ嵐はおさまっていなかったが、雨はやんでいた。かなりの暗闇にもかかわらず雲が空を速く流れているのが見えた。地平線を覆うように掛かる雲は切れ目がなかったが、上空の空は晴れて、星が疎《まば》らに、ぼんやりと湿って見えた。天空全体が水気を含んでいた。所々に黒雲が掛かり、まだ嵐が続きそうな気配を見せていた。道は雨に洗われ、砂利がむき出しだった。排水溝は黄色い水で溢れ、細流も小川も激しい水音を立てていた。激しく吹く突風は冷たく、時には私たちの前進を阻んだ。道の曲がり角に来ると風は背後に回り、体が思わず数歩よろめくほどだった。ついに目的の家が見えてきた。キャプテンと一刻も早く家を襲いたがっている二グループの男たちが、風のこない場所で短い打ち合わせをした。銃器に弾が込められ、銃剣、先金のついた槍《やり》が準備された。壺の泥炭の火は消えていた。応急処置として、州の遠方から来た二、三人が路傍の百姓小屋に入り、パイプに火をつけるのを口実にして火のついた泥炭を手に入れた。チャペルを出てからここまで、誰ひとり口をきく者はいなかった。総勢の人数、行進の恐ろしい謎の目的を考えると私は背筋が寒くなった。

私たちはできるだけ音を立てないように一団に固まって、目的の家から五〇メートルのところまで進んだ。しかし天地は私たちの意図の裏をかくように見えた。石垣の陰まで進むと二、三名が腰まで水に浸《つ》かってしまった。辺りの様子を慎重に窺うと、なんと目的地を囲む牧場が湖のような一面の水に覆われていたのだ。

恐ろしい夜！　ひどい嵐のときに思い出すと今でもいっそう堪え難くなる。自然の荒々しい美に嗜好《しこう》を持っている人なら、私たちの置かれた状態に関心を抱いたかもしれない(ただし私たちの仕事が罪のない、人のためになるものであればの話だが)。およそ一三〇名もの黒い人影がかがむように暗い水面を見ている。湖面に映る光を千々《ちぢ》に乱すのはさざ波に似たうねり。天に掛かるいくつかの星の光が点々と映り、暗い鏡の湖面で何十倍にも増幅して見える。

私たちの頭上には荒れた空があった。暗がりを透かして見ると周囲のものの輪郭だけがぼんやり見える。風は相変わらず強く吹きすさんでいた。その家に通じる道が水に浸かっていることが分かったとき、私たちは任務をあきらめて帰宅しようとした。しかしキャプテンはほとんど目を閉じるようにしてしばらくかがみこんで水面を眺めていたが、ようやく身を起こすと、いつものように静かに言った。「みんな、戻る必要はない。私が道を見つけた。後をついてこい。」

彼は回り道を選んだ。そこは洪水の場合に家から出入りする土手道だった。半分以上行ったところにその晩の洪水でできた崩壊箇所があった。杖や武器で計ると深さは一メートル、幅は八メートルほどだった。どのようにして渡ろうかと迷っていると、頭の良いキャプテンが渡渉《としょう》の方法を考え付いた。

「みんな、馬跳びをしたことがあるだろう。十二、三人が裸になって水に入れ。一人ずつ順繰りに背中につかまって向こう岸までつながれ。一人が向こう岸まで行ったら、逆向きに最後の人と肩を組むんだ。そうすれば人の橋ができる。」

言われたことをするのに二、三分もかからなかった。一〇分以内に全員が無事に渡り切った。

ああ、神よ。その後のことは思い出すと胸が痛む。向こう岸へ渡ると、私たちは黙したまま目的の家に着いた。キャプテンは私たちをグループに分け、それぞれの持ち場を割り当てた。一晩じゅう血気にはやっていた例の二グループは、キャプテンの側近に置かれた。彼の悪い企みを心得た腹心の部下といえば彼らだけであり、その数はおよそ一五名だった。陣容を整えると、彼は五人ほど引き連れて風上《かざかみ》から家に近づいた。この悪魔のような男はあらゆる利点を利用するだけの冷静さを失わなかった。彼が可燃物を持っていたのは明らかだ。というのは、一五分も経《た》たぬうちにほとんど家の全部が炎に包まれたからだ。これを見て、全員がキャプテンとその部下のところに駆けつけ諫《いさ》めたが、無駄だった。炎が勢いを増して噴き出した。その強い光を浴びた先頭の男たちの顔は、地獄にもこれほど悪魔的な表情はあるまいと思われるほどだった。彼らは復讐の勝利感に発作を起こしたように酔っていた。キャプテンの顔も冷静さを失い、目鼻にはっきりと悪が刻まれていた。眉間《みけん》の皺は深く髪の生え際まで走り、顔を真っぷたつに分けて、それぞれ別人の顔を二つ合わせたようだった。唇は半開きで、口の両端は後ろにひきつれていた。それは死闘中の敵に対する激しい憎悪と勝利感を表している人の顔だった。皺を寄せた眉間の下の眼は地獄の火で燃えているようだった。彼の部下たちの様子を説明するのは苦痛だし、その必要もない。彼らの恐ろしい顔付きを見れば、悪魔たちも誇らしく思ったことだろう。彼らは憎悪と復讐の念と歓喜に取り付かれていた。見る者の目をつぶす恐ろしい形相《ぎょうそう》だった。

他の者たちが家の住人の助命を嘆願したとき、彼らに向けられたのは少なくとも一五丁の銃とピストルだった。キャプテンが言った。

「それ以上しゃべるな。しゃべればその場で銃殺だ。あいつらの弁護をする奴はまず最初に命がないぞ。奴らを助けるためにここに来たんじゃない。今夜の合言葉は『容赦なし』だぞ。奴らに哀れみをかける者はただでは済まん。家を取り囲め。奴らが中で騒いでいるのが聞こえるぞ。今夜の命令は『助命なし、容赦なし』だ。」

犯罪に巻き込まれてしまった男たちはキャプテンに牛耳《ぎゅうじ》られて、家の住人が猛火から逃げ出すようなことがあったら阻止しようと、ただちに家を取り囲んだ。誰ひとり脱走する勇気はなかった。キャプテンと部下たちの報復を恐れていただけでなく、たとえ逃げ出せたとしても、結社の上層部によって後日すぐに消されると分かっていたからである。彼らには自分を守る手立ては皆無だった。二時半だった。キャプテンの最後の命令の言葉が発せられると同時に、窓の一つが破られて髪に火のついた頭が見えた。ふさふさと豊かな髪や柔らかな声質から判断して女であるらしかった。彼女は大声をあげて助けを求めていた。これに対する唯一の答えは「容赦するな」というキャプテンと部下たちの叫び声だった。キャプテンと部下の一人は女のところに駆け寄って、目にも留まらぬ早業で銃剣と槍で頭を貫いた。「助けて！」という言葉が途中でとぎれて、しばし静寂が続いた。窓の外に垂れていた女の頭は、すぐに炎の中へ投げ戻された。

これを見ていた者たちは恐怖の叫びをあげた。それを聞いたキャプテンはギョッとして怒り狂い、男たちの一人に駆け寄ると、血の滴る銃剣を振りかざし、男の体に切っ先を突き立てながら全員の耳に聞こえる鋭い声で言った。「無駄だ。縛り首になるなら全員がなるのだ。だから我々の安全策は一人も生かしておかないようにすることだ。死人に口なしというわけだ。逃げたかったら逃げてもいい。だが決して助かりっこない。臆病者たちめ！　このことを打ち明けていたら私の部下以外はついてこなかったろう。だから策を弄したのだ。いいか誓いを忘れるな。」

不幸なことに、それまでの雨にもかかわらずその家の建材は非常に燃えやすかった。家は今ではすっかり一つの炎に包まれていた。しかし中にいる者たちの悲鳴や叫び声が、燃える建材のはじける音と再び吹き始めた嵐よりも大きく聞こえた。ドアや窓はすべて引き開けられ、炎を逃れた人たちが逃げ口を求め、助けを乞うていた。しかし彼らが姿を見せるたびに「容赦するな」という恐ろしい叫び声があがり、復讐のために持ってきた武器を突き付けられて、炎の中に突き戻されるのだった。

まだ家の中には、懸命に叫んでいる人、なんとか生き延びようと本能的に必死に頑張っている多くの人がいた。彼らが泣き叫ぶ声を聞けば、普通の人間なら心の中の残虐性と復讐の念は消えてなくなるだろう。悲鳴は風雨の音を越えて、突風に運ばれて周囲の丘の向こうの暗闇に消えていった。そこが孤立した家でなく、時間も真夜中でなかったら近隣の家の人たちが彼らの声を聞いたろう。絶望の叫びに近い悲鳴は死人までも生き返らせるほど悲痛なものだった。しかしその声を実際に聞いていた者たちは心を動かされなかった。彼らにとって(公正を期するために言っておくが、そのような人の数は多くはなかった)犠牲者の悲鳴は、穏やかな、うっとりする音楽に聞こえた。

まだ生き延びている犠牲者たちは要求を変えた。彼らは炎から出してくれたら銃で撃たれるなり刺されるなりして殺されても、そのほうがましだと懇願した。しかし拒絶された。殺人鬼たちは敵が焼け死ぬことを喜んだ。彼らは犠牲者を炎の中に投げ戻した。しばらくして側壁に裸も同然の一人の男が姿を見せた。空を背景に浮き上がった男の影絵のような姿は苦悶と哀願の象徴そのものであり、今でもその場にいるように私の記憶に鮮明である。苦しみもだえている筋肉が四肢や首にくっきりと見えた。火事場の馬鹿力のような強さが漲《みなぎ》っていた。全身から汗が滴り落ち、首の動脈や静脈が驚くほど浮き出ていた。彼は足元に迫ってくる炎を見ていた。彼の表情に現れた言いようのない恐怖を見れば悪魔でさえ心を動かされたことだろう。彼は言葉少なに言った。

「私の娘はまだ無事だ。あの娘《こ》はまだ幼い。誰にも悪いことをしたことのない幼子だ。

おまえたちの母親や妻にも子があるだろう、助けてやってくれ！　自分の子供だと思って。神の正しい裁きを受けたいなら、助けてやってくれ。もし駄目だというなら、私を先に撃ってくれ！　あの娘《こ》が焼け死ぬのを見る前に殺してくれ！」

キャプテンは冷静にそして慎重に彼に近づいた。「密告者め、これで誰も告訴できないだろう。銃やピストルを奪って、そのうえ、ちょっと殴ったという理由で訴えることはできないだろうさ。」

そのとき、真向かいの窓から女の悲鳴が聞こえた。彼女は腕に赤子を抱えていた。彼女自身、火傷《やけど》で死にかけていた。気丈にも母性本能から赤子を窓から出そうとしていたのだ。これに気づいたキャプテンは彼らしい残忍さで、鋭い銃剣を突き立てて幼児と女を赤く燃える炎の中に突き返した。二人は死んだ。一瞬の出来事だった。再びキャプテンは密告者に近づいた。「おまえの子供はすでに炭になった。この銃剣で私が突き返してやった。さあ、今度はおまえの番だ」そう言いながら彼は、密告者が絶望にかられて飛び下りるのに備えて槍ぶすまを作っていた部下たちに助けられて側壁にのぼった。そして銃剣の先を相手の肩に突き付けると背後の猛火の中に突き落とした。密告者は悲鳴をあげて落ちていったが、それが最期だった。その後、聞こえたのは火のはぜる音、風のゴーゴーという音だけだった。家の中の人々は全員焼死した。その数は一一名とも一五名とも言われている。

すべてが終わると、積極的に殺人に加わった男たちは火事を見物していた。煙と煤《すす》に汚れた彼らの顔とすさんだ様子を見ていると、ここは地獄かと思われた。殺人者たちの地獄に堕《お》ちた呪われた魂は、罪ある魂が新たに地獄に到着して苦しむのを見て喜んでいるのだ。殺戮《さつりく》に手を染めず見ていた男たちの顔は死んだように青かった。失神した者もいたし、仲間にもたれかからなくては立っていられないほど動揺している者もいた。皆、恐怖にうちひしがれていた。こんなふうにひどい目に遭わされたのも、リボン会のせいだった。

最後の犠牲者が倒れたとき、炎が最も激しく空に噴き上げた。その家は大きく、厚い藁葺《わらぶ》き屋根で、十分な家具が備わっていた。大きく真っ赤なピラミッドのような炎が天を染めた。第三者的に見れば崇高とも言える光景だったが、私の目には血の色に見えた。キャプテンと部下たちがその様子を眺めていたのには訳がある。「みんな死んだか確かめたほうがいい。焼け跡の下に生き残っている者が出てきて、私らを明日、絞首台に連れていかないとも限らない。炎を見ているだけでもいいから、しばらく待とう。」

ちょうどそのとき、炎が驚くほどの高さに舞い上がった。そちらを目で追った私たちは、初めて黒い雲と大気に赤い火が反射しているのを知った。周囲の丘や田畑が驚くほどはっきりと見えた。しかし最も美しい光景は周辺を覆う水に炎が映っている様子だった。液体状の青銅が一面に広がっているようだった。乱れる水面が炎の柱から出る眩《まばゆ》い光を反射していた。それは渦巻き、うねり、くねる、溶けた火の湖のようだった。

しかし火の勢いは急速に衰えた。すぐに炎が弱まって時折火の粉が散る程度になった。木材のはじける音もやんで、周囲の闇が深まった。まもなく、焼け落ちた家と死体から立ちのぼる煙が炎を覆った。

「さあ、みんな、これでよし、帰ろう。今晩、異端の聖書ではなくてミサ典書と祭壇で誓ったことを忘れるな。誓いを破って私らを絞首台に送るのもいいが、これだけは言っておく。裏切った者の命は長くないことを保証してくれる生きた仲間がいるんだ。」

その後、私たちは解散してそれぞれの自宅に帰った。

数カ月も経たぬうちに、キャプテン(パトリック・ディボンという名前だった)と残虐行為に積極的に加わった一味の死体が風に晒《さら》されているのを私は見た。彼らは残虐な犯行現場の近くで絞首刑になったのだ。辛うじて罪を逃れたことを私は内心、神に感謝した。私の感慨は、この世では必ず正義が殺人者に追いついて神の裁きがくだること、聖書にも書かれているように「人の血を流す者は自らの血も流される」ということである。

残念ながらこれは実際にあった話である。ここに述べた残酷な殺人が起きたのは、キャリックマクロスから四マイル、ダンドークから九マイルの、ラウズ州のワイルドグース・ロッジである。同様の状況で大量の殺人が起きたのはティペラリのシェイ家の焼き討ちを除いて他に例がない。ワイルドグース・ロッジで焼き討ちに遭ったのはリンチ家である。この夜討ちが起きる少し前、リンチ家の一人が近隣のリボン会の数名の会員を告訴して、有罪にした。彼がリボン会に入会しなかったのを不満に思った彼らが訪れて暴力を振るったからである。

この物語の一部は架空のものである。しかし事実は殺人者たちの裁判の間に明らかになったことを忠実に追ってある。殺した側も殺された側もローマ・カトリック教徒である。作者の記憶に間違いがなければ、焼き討ちに加わった二五人か二八人の有罪者はラウズ州の各地で絞首刑になった。首謀者のディボンの死体は、ワイルドグース・ロッジからおよそ一〇〇ヤード離れた自宅近くで数カ月吊されたままだった。彼の母親は小屋を出入りするたびに、絞首台に揺れている自分の息子の死体を見ざるを得なかった。息子を見るたびに「私の哀れな殉教者の魂に神の御慈悲を」と言うのが彼女の口癖だった。百姓たちも死体を見て「哀れなパディー」と言ったそうだ。語るところの多い暗い話だ。

(*Wildgoose Lodge*, by William Carleton)

(1) 一八〇五年頃、プロテスタントのオレンジ会に対抗するためにカトリックの借地農たちが創った秘密結社。彼らは十分の一税、強制立ち退き等に反対したが、カトリック教会への献金にも反対することがあった。

塑　像

ジョージ・ムア

朝の凜冽《りんれつ》とした空気が犬の本能をかきたてていた。犬は運河の周りに生えた丈の高い草むらで、野ネズミをいつになく夢中で追っている。ロドニーは静かな水面に映った夏の樹々と枝を透かして見える白雲をいつになく惚れ惚れとした気分で見ていた。彼は作品のことを考えた。作品のことを思うと朝の空気のように晴れ晴れとした気分になった。ゆっくりと散策していると最初の船が水門を通っていった。彼は白雲のように軽やかにアトリエのほうへ歩いていった。その間、彼はモデルにすることに成功したルーシーの美しい顔を思い浮かべた。アトリエのある、厩《うまや》を改造した長屋のほうに曲がったとき、彼が家政婦として雇っている女が道の真ん中に立っているのが見えた。彼女の顔は見えなかったが、何かに驚いているようだった。アトリエのドアは開いていた。

彼は足を速めた。自分の不安を女に見せたくないという気持がなければ、走り出していただろう。

「昨夜、誰かがアトリエに入りました。今朝来たときにはドアの掛け金が外れていました。中のものがいくつか壊されています。」

ロドニーはそれ以上、聞いていなかった。彼は戸口に立って、荒らされたアトリエを見回した。塑像が三つか四つ粉々に壊され、石膏《せっこう》が床に飛び散っている。人体模型はひっくり返されている。しかしロドニーはこれらには目もくれなかった。気付いたのは聖母子像が制作台から消えていることだった。彼はそれが盗まれたのであってくれればいいと願った。破壊だけは御免だった。しかし聖母子像は粘土の塊となって制作台のそばに転がっていた。家政婦が言った。

「いったい誰がこんなことをしたのかしら。ひどいこと！　去年、旦那さんが展示会に出されたこの美しい像も台無しだわ。」彼女は『眠れる少女』の壊れた像を拾い上げた。

「それはたいしたことじゃない。私の聖母子像が台無しだ。」

「でもまだ塑像のままだったじゃありませんか。一緒に拾いましょうか？　ぜんぶ壊れたわけじゃないようですから。」

ロドニーは彼女をどかした。彼の顔面は蒼白だった。口もきけずに震えていた。彼は像に巻いた布を取る勇気もなかった。布の下は粘土の塊に戻っているだろう。女は彼の様子が変なのでおびえていた。彼は夢を見ている人のように立ちつくしていた。現実のことは思えなかった。あまりにも狂っている。まるで悪夢のようだ。昨日、塑像を完成させたばかりだというのに！

彼はそれを「わが聖母子像」と呼んでいたけれど、文字どおりの聖母子像ではなかった。まだ、裸の若い女と赤子に衣服を着せて変身させる以前だったからである。彼はまず像を裸体に塑型した。一昨晩、一緒にいたハーディングは今までで一番できが良いと言った。衣服で覆わないほうがいい、赤子をあやす裸の女の、反キリスト教的な像をそのまま自分用に取っておくといい、とロドニーに言った。ハーディングが見たとき、像の頭部はモデルを使ったものでなく、慣例の処女マリアの頭部だった。彼はモデルを使って、その頭部をのせるほうがいいと忠告した。その忠告に従ってロドニーはルーシーを呼びにやり、彼女の可愛い小さな頭を胴体の上にのせたのだった。彼はすでにルーシーの肖像を描いていた。昨晩この恐ろしい事件が起きなかったら、明日にも鋳造屋が来て、型取りを行なったろう。そうすればロドニーは再び像を粘土に戻し、伝統的な聖母マリアの頭部をのせ、伝統的な衣装を着せて、マッケイブ神父のカテドラルにふさわしい伝統的な聖母子像を作ったろう。

これは彼がアイルランドで作る予定の最後の像だった。決心は固まっていた。この像の代価で彼はアイルランドを離れるつもりだった。彫刻も絵画も、これといった建築物もない国にはうんざりした。ゴシック建築の復興の噂があった。しかしロドニーはその復活も再生も、なんにも信じていなかった。「ゲールの時代は過ぎ去った。それは過去の遺物だ」と一昨晩、ハーディングに言ったばかりだった。彼らはゲールについて話し合った。彼はすでに美術学校を辞めていた。アイルランドを離れようと思う、とハーディングに告げた。ハーディングはそれはやりすぎだと答えた。しかしロドニーは死にたくないと言った。彼ほど人生に執着している者もいなかった。しかしアイルランドで教師を続けるよりは死んだほうがましだった。彼はすでにある程度、名が知られていた。これから数年やっていける注文を引き受けていた。制作に打ち込める場所へ行くのだ。聖職の他に何も栄えない、この湿った抹香くさい国から、モデルがいて、美術があり、生きる喜びがあるところへ行くのだ。

「なんてことだ！　昨日は像も完成し、ローマでハーディングと落ち合う予定で心浮き浮きと楽しかったのに。夜の間にやられたらしい。誰がやったのだ？　私の像を壊したのは誰なんだ。」

彼は人体模型のように椅子に力なく座った。意識のない人のようだった。塑像のように血の気がなかった。家政婦はこんなに悄気ている人を見たことがなかった。彼女は静かにアトリエを去った。

　しばらくしてロドニーは立ち上がり、石膏のかけらを蹴飛ばした。女の言うとおり『眠れる少女』は壊された。それは構わない。しかしルーシーをモデルにして作った、ほっそりと美しい優雅な像の流れるような線も失われた。愛らしい膝も醜い粘土になってしまった。残骸、醜い残骸になってしまったことが信じられなかった。自分が目覚めて、夢を見ていたのだと分かればいい。それほど彼は、生き生きとした像が土くれになってしまったことが信じられなかった。

　彼の前に大きな姿見があった。不運に打ちひしがれていたけれども、彼は鏡に映った自分が、大きく骨張った額の突き出た、顔色の悪い、筋張った色黒の男であることを認めた。以前にこのように突き出た額、細い目をフィレンツェの胸像に見たことがある。ロドニーは自分が典型的イタリア人であることに、ある種の満足を覚えた。

「もし私が三〇〇年前に生きていたら、チェリーニ(1)の弟子になっていたろう。」

　しかし現実には彼はダブリンの建築屋の息子にすぎなかった！　父親は自分では絵筆を執《と》ることなど考えたこともない男だったが、建築と絵画には関心を持ち、ロドニーが生まれる以前から息子を彫刻家にしたいと言っていた。彼は息子が美的才能を見せるまで待った。息子のいたずら書き、同じ年頃の子供なら誰でもやるようないたずら書きを賛嘆の目でじっと見入った。一四歳のときロドニーは、ある大切な顧客の気に入らなかった葉形飾りを作り直した。父親は喜んだ。自分の夢が実現しそうだ。芸術の知識を備えたその顧客がロドニーの作った葉形飾りを褒めたのだ。その後すぐにロドニーは美術に対する関心を示し、母親に、自分は教会のミサには行きたくない、ミサは気を滅入らせるから自宅で造形の仕事をしたい、と告げた。父親は、人は同時に二つのことを考えることはできないのだからという理由で息子の宗教心の欠如を許した。ロドニーは当時彫刻に関心を示していた。彼は小さな屋根裏部屋をアトリエに改造し、毎晩遅くまで勉強に打ち込んだ。父親は時々、そっと梯子段《はしご》を上がってきて息子の進歩ぶりを眺めた。自分は前から分かっていたのだ、息子の天才の予見が自分にはあったことを認めなくてはいけない、と妻に言った。そうでなければ子供が生まれる三カ月前に息子を彫刻家にしたいなどと口にしようか。

ロドニーは美術学校に行きたいと言い出した。父親は仕事を手伝わせたかったが、二年間、息子を美術学校に通わせた。彼は息子のためにどんな犠牲も厭《いと》わなかった。しかしロドニーはいつまでも父親の世話になることはできないと分かっていた。彼はある日、自分は奨学金を勝ち得て彫刻家になる以外に道はないと悟った。幸い二つの奨学金があり、二つとも容易に獲得できそうだった。その年に二五ポンドの奨学金があり、次の年にも別の奨学金があったのだ。彼はこれらを勝ち取るまでは奨学金のことに専念した。それから彼は五〇ポンドを懐にしてパリへ向かった。この金で一年間の生活費と学費をやりくりする決意を固めていた。当時は厳しい時代だった。しかし同時に素晴らしい時代だった。一昨晩もロドニーはパリ時代についてハーディングに話していた。最上階にある彼の部屋は一カ月の部屋代が三〇フランだった。両隣は警察官と従僕だった。家具もろくにない小部屋で、彼はパンばかりを食べた。当時、最も残念だったのは、カフェに行く小銭がないことだった。「ビール代がないとカフェには行けないんだ。三〇ペンスあれば、カフェに座って朝の二時までカルポー[2]やロダンや芸術の神秘について議論していられる。二時になると疲れた店主に追い出されるけどね。」

ロドニーの決心は揺るがなかった。彼は五〇ポンドで約一年のパリ生活をやり遂げた。金が尽きると彼はロンドンへ仕事を探しに行った。ロンドンに着いたときは二ポンドしかなかった。ダルー[3]の弟子の彫刻家に仕事を貰った。「頭の良い、優れた彫刻家だったのに残念ながら死んでしまった」とロドニーは言った。この当時、ガルヴィエは健康にも恵まれて、たくさんの注文を受けていた。ロドニー以外にも三人のイタリア人の彫師《ほりし》を雇っていた。ロドニーは彼らからイタリア語を学んだ。彼は週に三ポンドの稼ぎで、ロンドンに二年間暮らした。しかしロドニーに来る仕事は尽きた。ある日、雇い主から、今週は来なくてよい、仕事がないのだと言われた。次の週もまたその次の週も同じだった。ロドニーは仕事にあぶれて、一カ月の間、大英博物館のエルギン・マーブル(4)を眺めて過ごした。再び彫刻家から手紙が来た。仕事があるという。なかなか良い仕事だった。ガルヴィエのところでさらに二カ月働いた。週に三ポンドは貴重な収入だと承知していた。しばらくしてガルヴィエは健康を害し、ロンドンを離れなければならなくなった。ロドニーが彼の死亡の知らせを聞いたのは二年後だった。当時、彼はノーサンプトンの美術学校で教えていた。ガルヴィエが生きていたら他の誰よりも優れた仕事をしただろう、とロドニーは考えた。

　彼はノーサンプトンからエジンバラへ移った。さらにインヴァネスまで流れていった。それからダブリンに呼び戻された。そこで彼は七年間、美術学校で教えた。政府から貰う二〇〇ポンドと請負仕事から得る収入から、彼は少しずつ蓄えた。彼はどんな仕事でも引き受けた。仕事は写真を利用した浅彫りだった。彼は自分の自由を買い取りたかった。彫刻は他の美術分野よりも金銭を必要とした。

ダブリンは彼にとってそこから逃げ出す場所でしかなかった。彼は太陽と彫刻のある国に憧れた。少年時代、父親が美術学校に彼を連れていって校長と話し込んでいる間に、彼はフィレンツェの胸像を見た。このようにイタリア美術を瞥見《べっけん》したことが引き金になって、彼はイタリアへ行ってミケランジェロやドナテッロを研究しなければならないという気になった。彼は二度ほど倹約生活の禁を破って休暇をイタリアで過ごした。彼は四〇ポンドを持ってペルージャのような山地の町に行き、政府の援助金や機械的な教育なしに自然に芸術が栄える土地で美術の勉強をした。自分の故郷は、細長い青い影が狭い白い通りに落ちるイタリアの町だ。彼はこの前の晩にもハーディングにこう語った。「朝の影は物凄く青いんだ。そして彫刻や絵画は素晴らしい！　午後には陽射しは暑すぎるくらいだが、夕方に町の城壁に立つと夕日がイタリアじゅうに沈んでいくのが見える。南部のイタリア人に囲まれていると居心地がいい。素晴らしい異教の生活が目の前に展開し、自分の手に入る。美しい青年男女がいつも出入りしてね。美しい裸身にあふれている。彫刻はオレンジの生える土地にふさわしい。オレンジの木の下にはまだルネッサンスの残り火がくすぶっているんだ。」

彼はケルトのルネッサンスを信じたことがなかった。ステンドグラスや何々の復興についての話題にはだまされなかった。「ゲール人は消え失せよ。ゲール人は見事に消えつつある。その本能に干渉するな。ゲール人の本能はアメリカで消滅することだ。コーマックのチャペル[5]以来、ゲール人が作ったのは泥の小屋だけだ。一二世紀のコングの十字架[6]以来、ゲール人はマリア像をドイツから輸入してきた。しかし、彼らがこの期《ご》に及んで彫刻が欲しいのであれば、私が作ってやろう。」

ロドニーは実際、いくつかの祭壇をデザインし、宗教的彫刻(彼の言葉でいえば宗教的テーマに基づく彫刻)をこしらえた。宗教的なんてものはあり得ない。芸術、とりわけ彫刻は民話の世界から逸脱すると途端に異教的なものになる。

ロドニーの主要な庇護者の一人はマッケイブ神父という名前だった。神父はまず古代の修道院に現代の尖塔を付けて滑稽な物にしてしまった。彼はさらに教区民が維持できないような大きな教会を建てて、二つの教区を破滅させた。これらは昔のことだが、最近では神父の借金を払うのに大変な苦労がなされたという。司教は、これ以上マッケイブ神父が建築に手を出せば停職にするぞ、と脅した。どうあれ、その後一五年間、神父の消息は聞かれなかった。彼は聖職から身を退《ひ》いていた。しかし司教が死ぬと、再び彼の名がアイルランド・ロマネスク建築復興の提唱者として新聞に出てきた。彼はアメリカに行き、たくさんの募金を得て、コーマックのチャペルの伝統に沿ってアイルランドができることの模範を示す許可を司教から貰っていたのだ。

ロドニーは祭壇を設計した。またマリア像の制作も任された。ダブリンにモデルはいなかった。彫刻家の求める裸体はなかった。ダブリンの芸術家たちが七年間モデルとして使ってきた二人の不幸な肥満した女たちの一人は妊娠しており、もう一人はイギリスに行ってしまった。彼女たちのことを思い出すとロドニーは吐き気と嫌悪を覚えた。イタリアが恋しかった。聖母子像はモデルがいないので引き受けられないとマッケイブ神父に伝えようかと思った。だが思いとどまった。神父は彫刻家がモデルを使うのを知らないことを思い出した。そもそも神父は聖母のモデルに裸の女性が必要なことを知らないのだ。彼はアイルランドを離れる前に像を完成させるという約束はせずに曖昧に答えた。「モデルがいればやろう。しかしいなければ、私がイタリアへ行くまで神父に待ってもらおう」と彼は思った。

彼はキリスト教を信じていないのと同じく、ダブリンで良いモデルを見つけられるとは信じていなかった。しかし予期しないことが起きた。彼は彫刻家の目から見てこの上ない素晴らしいモデルにダブリンで出会った。この幸運は次のように事もなく訪れたのである。彼はマッケイブ神父の祭壇の一つの契約のために、ある弁護士の事務所に行った。彼が入っていくと、タイプライターに向かっていた一人の娘が立ち上がった。彼女の歩き方には独特のゆったりしたリズムがあった。長くて足首のキュッとしまった脚、しなやかな背筋。顔は見えなかった。彼女がこちらに振り向く前に、弁護士のロレンス氏はロドニーを部屋に呼んだ。そして帰りは別の通用口から外に出された。彼はいつも優れたモデルの夢を見てきた。パリやイタリアでいつも出入りしていた、見事なプロポーションで繊細な言葉遣いを身につけたモデルを夢見てきた。あの娘《こ》こそ聖母子像や「鶏に餌をやる娘」のモデルにうってつけだ。彼は彼女をモデルにした他のテーマも考えた。しかしそれは空の星を求めるような願いかもしれない。もしモデルになってくれと頼んだら、あの娘はたぶん悲鳴をあげるだろう。神父のところへ告白に走っていくだろう。教会が反撃してくるだろう。ロドニーは彼女のことを頭の中から追い払って、祭壇の設計の仕事を続けた。しかし幸運が続いた。数日後、彼はその綺麗な娘に喫茶店で再会した。彼女の顔を見たことはなかったので、彼女が店を出ようと背中を見せるまでは分からなかった。彼女が勘定をすましているときに、彼はロレンス氏はいるかと聞いた。彼女は話しかけられたのが嬉しい様子だった。その目は輝いていた。彼女が言うには、彼がマッケイブ神父のために祭壇を制作していることを知っている、神父は彼女の従兄弟《いとこ》である、彼女の父はチーズ屋を経営している、彼女の家《うち》の裏窓はロドニーのアトリエがある厩長屋に面している、とのことだった。

「夜遅くまでお仕事しているのね！　時々あなたの明りは夜中の一二時までついているわ。」

それから、彼は彼女と午後のお茶を一緒にした。彼らはミュージアムに出かけた。彼女は彼の胸像のモデルになる許可を両親に貰うと約束した。しかし弁護士事務所に行く前の一、二時間しかモデルができなかった。ロドニーは、もう少し早起きして八時から一〇時まで座ってくれれば非常に有り難いと言った。胸像はおもしろかった。しかしそれは口実にすぎなかった。ほんとうは裸身像のモデルになってほしかった。承諾を得られるとは思わなかったが説得を試みた。彼は彼女をミュージアムに連れて行き、裸身像を見せて、昔は貴婦人が画家のためにモデルになったのだと説明した。彼は事を慎重に進め、胸像が完成したとき、突然、モデルが見つかる国へ行かなければならないと彼女に言った。明らかに彼女は彼と離れたくない様子を見せた。彼はモデルになってくれないかと頼んだ。

「マリア様のモデルが欲しいのでしょう？　そうでしょう？」

半分ためらうような半分嬉しいようなその表情を見て、ロドニーは彼女がモデルになってくれると思った。もっと早く頼んでもよかったのかもしれない。彼がなかなか言い出さないので、彼女は自分のスタイルが彼のお眼鏡に適《かな》わないのだと思ったようだ。

フランスにもイタリアにもこんなに素晴らしいモデルはいなかった。人生で最高の作品を彼は仕上げた。ハーディングもそれを見て最高の出来だと言った。伝統的な聖母の頭部を取り除けば買ってもいい、と彼は言った。ハーディングが帰った後、ロドニーはルーシーの頭部をどのように塑像にするか一晩じゅう寝床で考えた。八時に来る彼女を待ち受けて、彼は今までで最高の作品を仕上げた。

なんてことだろう！　その頭部が今ではぺちゃんこになっていた。赤子の像は肩越しに放り投げられたらしく跡形もなくなっていた。彼は考える力も動く気力もなかった。力なく人体模型のように座っていた。地震でダブリンが壊滅しても構わない。ダブリンなんか海に崩れ落ちてしまえ！　そんな気分だった。

家政婦がドアを閉めておいたので、ロドニーはルーシーがアトリエに入ってくるまで気がつかなかった。

「もうモデルはできないと伝えに来たの。でもいったいどうしたの?」

ロドニーは立ち上がった。彼女は自分の不幸はロドニーの不幸の比でないと分かった。

「誰の仕業? 塑像が全部壊れているわ。」

「本当に誰がやったんだろう?」

「誰かしら? 何が起きたの? 教えて。私の胸像が壊れている。マリア様の像はどうなったの?」

「粘土の塊になってしまった。見ないほうがいい! ああ、気が狂いそうだ。」

彼女は二、三歩前に出た。

「ほらここに。」

「そのとおり。何も言わないでくれ。触ってはいけない。」

「一部でも残っているかもしれないわ。」

「いいや、何も残っていない。そんな目で私を見ないでくれ。何も残っていないと言っているんだ。土くれだけだ。もう一度やることは無理だ。もう二度と彫刻をする気になれそうもない。何を考えている？　今、もうモデルはできないと言ったね？　ルーシー、その訳を聞かせてくれ。何か知っているみたいだね、誰が犯人か。」

「いいえ知らないわ。とても変ね。」

「ここに入ってきたとき何か言おうとしていただろう。もうモデルはできないとか言ったけど、どうして？」

「家で全部ばれちゃったの。あなたの像のモデルになったことが。」

「でも知らないはずだ。」

「知ってるのよ。全部知ってる。マッケイブ神父が昨晩、閉店後に来て、私が家に入れたのだけど、母は反対だった。母は神父さんが教会の寄付を貰いに父に会いにきたのだと知っていたの。私は、両親ともいます、と答えて神父さんを二階に案内したわ。明るいところへ来ると神父さんは私をじっと見たの。何年も私に会っていなかったから、最初、神父さんが私の成長ぶりを見て驚いたのだと思ったわ。神父さんは椅子に座って、教会や注文した祭壇のことや聖母子像について両親に話したの。像はあなたが制作しているいると神父さんが言ったわ。すると母は、あなたのことをよく知っている、あの人は時々、夕方にやってくる、娘がモデルになっている、と言ったの。神父さんがびっくりするのが分かったわ。運悪く私はランプの真下で本を読んでいたの。明りが顔に当たって、神父さんは私の顔をよく観察できたのよ。私の顔に見覚えがあると思ったらしいわ。あなたは神父さんに像を見せたに違いない。頭部を入れ替えたのは昨日だったわね。」

「君が帰って一時間もしないうちに神父はやってきた。私は塑像にまだ覆いをしていなかった。ようやく分かってきたぞ！ 神父はアイルランド・ロマネスク、ケルト復興、ステンドグラス、コーマック・チャペルの再興の可能性について議論するためにやってきたんだ。彼はストーヴの前で脛《すね》を暖めていた。芸術の起源への復帰について永遠に語り続けるのではないかと思ったくらいだ。私は彼がしゃべるのを止めた。一日が台無しにされてはかなわない。彼に祭壇の設計図を見せるため、あのテーブルを持ってきた。彼は小さすぎると言った。それから神父が、聖書や聖餐杯《せいさんはい》にどれくらいの広さを必要とするかについて延々と話した。いつまでも帰らないのではないかと思ったほどだ。彼は聖母子像について尋ね、まだ完成していないと言うと不興の表情をみせたんだ。彼はあらゆる物を覗き込みながらアトリエを歩き回った。私は彼のところへすでに聖母子像のスケッチを送っておいた。神父は像がスケッチと同じポーズであることを知り、あれこれ議論し始めた。私は、彫刻家はいつもモデルを使うこと、衣服を着た像でも最初は裸体から始めること、衣服は後で着せることを話した。あんなことを話したのは馬鹿だった！　奴らの無知、独りよがりの強情を踏みつぶしてやりたい。奴らの言うこと、やることすべては、人生への憎悪から来ている。偶像破壊の呑百姓ども！　神父が像を壊させるために、飲んだくれのとんまをよこしたんだ。」

「マッケイブ神父がそんなことをしたなんて！　あの人のためにひどい目に遭ったけど、それは言い過ぎだわ。あの人がならず者をアトリエに入り込ませたなんて！」

ロドニーとルーシーは向かい合って立っていた。彼女の話し方は確信に満ちていたので、ロドニーはそのとおりかもしれないと思った。

「しかし他に誰がこんなことをするだろう？　神父以外に塑像の完成に関心を寄せる人はいない。裸の女がモデルと知ったからには像を見る楽しみはないとさえ神父は言っていた。彼は考えごとをしながら帰っていった。彼らのような聖職者がいるからアイルランドからは人が出て行くのだ。犯人はあの人に違いない。そうだ、思い出した。女性の裸体の誘惑が衣服を透かして見えるとも言っていた。マリア様の衣服を通して肉体の誘惑が感じられるのはとても恐ろしいと言っていた。昔から彼らは女性を不浄のものと見てきた。彼らは女性を嫌ってきた。女性たちは教会に入るのに頭を何かで覆わなければならない。彼らから見ると、彼らの不浄な目で見るとなんでも不浄なんだ。私には君の愛らしさ美しさしか見えないというのに。彼はこの丸くて足首がキュッとしまった脚にショックを受けた。呪いの言葉を吐きかけたかったんだ。私が巧みにモデルから写しとった美しいヒップ、貝殻のような曲線の胸を呪いたかったのだ。神を冒瀆《ぼうとく》しているのは彼のほうだ。彼らは生命に対して冒瀆を犯している……。宗教心というものはなんて下卑《げび》ているのだ！　この像にあんなに愛情と尊敬を込めたのに！　それがこんな土くれになってしまった。」

「あなたは神父さんを勘違いしてる！　あの人なりの欠点はあるけど、そんな悪いことはしないわ。」

「するさ！　君よりも奴らのことは分かっている。奴らの信条は分かっているんだ。ところで話の途中だったね。君がモデルになったことを奴が疑い始めたとき、何が起きたんだ？」

「神父さんは、私があなたのアトリエで聖母子像を見たかと聞いたの。私は耳まで赤くなったわ。私は黙っていたけど、母は、なぜ答えないの？　と聞いたわ。神父さんの様子から、私がモデルになったことを知っているのではないかと感じたの。神父さんは両親と話をしたいと言ったわ。母は、もう十分読書したろうから寝なさい、と私に言ったの。」

「それでは君は、神父が何を言うか承知して部屋を出たのだね？」

ロドニーは初めて同情の口調になった。

「それから？」

「私はしばらく階段のところにいたけど、その間に神父さんは私がモデルになったことを話したんでしょう。ドアの開く音がして、父が出てきたわ。神父さんと父は踊り場で話をしていた。私は急いで自室に逃げ込んで鍵を掛けたの。そのとき父の声が聞こえたわ。『私の娘にかぎって！　あなたは娘を侮辱している。』父は胆石の痛みがあるの。『ほどほどにしないと一晩じゅう看護が必要になるわ』と母が言ったわ。そしてそのとおりになったの。父は一晩じゅう呻《うめ》いていた。今日は具合が悪くて、お医者さんに診てもらい入院しているの。父は退院したら私を家から追い出すと言っているらしいわ。」

「大きな災難が二人に降りかかってきたな。君がモデルになったことを父親に言うなんて、なんとひどい神父だろう。しかもアトリエを壊すために人を金で雇うとは！」

ルーシーはマッケイブ神父が犯人だと簡単に決めないように懇願した。少し様子を見てから警察に通報したほうがいい、犯人を捜し出してくれるだろうから、とルーシーは言った。

「さあ、私、帰らなくては。」

ロドニーは像を包んでいたぼろ布を見やった。彼はぼろ布をほどく気も起きなかった。鋳像にしておけば、これほど壊れなかったろう。なんとかつなぎ合わせて修復できたろうに。

神父の他に誰がこんなことをできるだろう？　神父にこんなことができるとは信じられなかった。誰がやったにしても信じがたいことだ。非人間的である。ルーシーの言うとおり警察に行こうか。警察は捜査に乗り出すだろう。そんなことで満足できようか。罰金と数日の禁固刑。一つだけ確かなのはアイルランド以外の国ではこんなことは起りっこないということだ。有り難いことに彼はこの国を去る。残すところ一二時間でこの国ともおさらばだと思うと嬉しい。明日の夕方にはパリにいるだろう。アトリエはこのままにしておこう。いくつかの胸像とスケッチ、数枚の絵画を持って行こう。彼は計画を練ろうとした。しかし考えがまとまらなかった。荷箱を作らせる時間はあるだろうか？　それとも売り払ってもらうか？　あとで送らせようか？

そのとき彼の視線は粘土の塊に向いた。家政婦にアトリエの外へ運ばせればよかったと思った。それを見ると、死体を見るような思いがした。それから彼は数冊の本を取り出して紐《ひも》で縛った。しかし自分でやっていることが分からなかった。自分とこの国は二〇〇〇年も乖離《かいり》している。今後もずっとそのままだろう。そのうちロドニーの考えは迷信深くなって、自分がこの国を馬鹿にするので罰が下ったのだろうかと考えた。今度の事件には運命的なものがある。こんなことは前代未聞だ。彼は荷造りを続けることができずにアトリエの中を眺めていた。ハーディングとの会話が思い出された。「ケルト復興！」ハーディングは、ゲールは滅びない、コングのケルト十字架ではまだ十分にゲールの精神は発揮されていないと信じていた、いや信じようとしていた。しかしハーディングさえも、ケルト人ほど宗教に真面目に憑《つ》かれた民族もいないことを認めていた。ドルイドはオークの葉を捨てて、キリスト教聖職者の四角い法帽をかぶった。アイルランドに宗教改革はなかった。五世紀と六世紀にアイルランドの知性はすべて宗教に注がれた。「アイルランドは宗教にドップリ浸《つ》かっている。宗教的反逆がなければルネッサンスもない。」

ドアが開いた。ルーシーだった。なぜ戻ってきたのだろう。

「神父さんじゃないの。はじめから分かってたわ。」

「それじゃあ誰なのか知ってるのかい？」

「私の弟たち、パットとテイグ(7)なの。」

「パットとテイグが壊したのか。どうして？　私があの子たちに何かしたというのか？」

「弟たちは何やら囁き合っていたの。私はピンときたわ。テイグが出かけたとき私はパットをつかまえて脅かしてやったの。ロドニーさんのアトリエに誰か押し入った、警察が調べている、と。パットが全部知ってることを私は見抜いたわ。パットはおびえて、私が昨晩、自分の部屋にこもったときに、二人が部屋から出てきて踊り場で立ち聞きしたことを告白したの。弟たちは耳にしたことすべてを理解したわけではなくて、私がモデルになったこと、神父さんが像を教会に飾りたくないこと、神父さんが代金を払わなくてはならないこと、払わなければ司教に罷免《ひめん》されることを理解しただけ。マッケイブ神父の借金のことは知ってるわよね？　弟たちは話し合って、テイグはパットに聖母子像を見たいからついてこいと言ったの。二人は塀を乗り越えて厩長屋に入り込み、台所の火《ひ》掻棒《かきぼう》でドアの掛け金を外したのよ。」

「でもなぜ像を壊したのだろう？」

「自分たちでも分からないのよ。パットに問い詰めたけど、外套を着た女性にぶつかったと返事するだけだったわ。」

「私の人体模型だ。」

「アトリエから出ようとして二人は胸像を倒してしまったの。テイグが言ったわ、『このままのほうがいい。神父さんはこれが嫌いだ。倒してしまえば神父さんは代金を払わなくていいだろう』って。」

「彼らは神父が像を要らないと言っているのを聞いたんだろう。」

「たぶんそうでしょう。しかし神父さんは像を壊してほしいとは絶対に言わないわ。」

「めちゃくちゃだ。でも、ほら私の像は壊れている。君の二人の弟がやったんだ。神父のたわごとを聞いて、よく訳も分からずに。私は今日、出発する。」

「では二度と会えないのね。……私が良いモデルだと言ってくれたのに。」

ゆったりとリズミカルに歩いていた娘が突然止まって彼の肩に手を掛けて覗きこんだとき、彼は男としてどうしたらいいのか、彫刻の間に立ったまま思案した。彼は再び彼女にキスはしまいという誓いを破った。しかしモデルとして彼女を見る気持が他の欲望を抑えていた。今は永遠におさらばだ。世界中に彼女ほど愛《いと》しい娘はいない。しかし今彼女を連れて行けば、死ぬまで彼女の面倒を見なければならない。それは自分の天職ではない。彼はためらったが、ためらいは一瞬だった。

「私と行きたいのだろうけれど、どうしたらいいのか。私は三五歳で君は一六歳だ。」年齢の違いなぞ彼女にとって問題ではないことは分かった。彼女は遠い将来を予想しているのではなかった。

「ルーシー、君の人生は私が彫刻しているところを眺めることにはない。君の運命はもっと明るいはずだ。ピアノを弾きたいのだろう?」

「私はドイツに留学したい。でもお金がないの。さあ、帰らなくては。私はただ、あなたの像を壊したのが誰かを話しにきただけよ。さようなら。私たち二人には運がなかったわ。」

「美しいモデルだ」ロドニーはルーシーの後ろ姿を見ながら考えた。「しかしパリやローマには同じくらい美しい娘がいるだろう。」彼はパリでモデルをしてくれた娘のことを思い出した。すると少し元気が出てきた。「そうか、私のアトリエを荒らしたのは彼女の弟たちだったのか。教理問答を教え込まれて、将来は司祭になることを夢見る少年たち。」

彼の像を壊したのが二人の愚かな少年たちであることは意味深かった。「ああ、無知、下劣、正真正銘の物知らずたち！　私はこの国を出ていく。ここは彫刻家の住む国ではない。教養ある人の住む国ではない。これから一〇〇年は人が住むのに適当な場所ではない。ここは粗野な国だ。」

(1)　ベンヴェヌート・チェリーニ(一五〇〇―一五七一)はイタリアの彫金師、彫刻家。代表作に『メドゥーサの頭部を持つペルセウス』がある。自伝も有名。

(2)　ジャン・バプチスト・カルポー(一八二七―一八七五)はフランスの彫刻家。パリのオペラ座の前面を飾る大理石の彫刻『ダンス』で知られている。

(3)　ジュール・ダルー(一八三八―一九〇二)はフランスの彫刻家で、カルポーの弟子。パリ・コミューンに参加し、一八七一年にイギリスへ亡命。王立芸術院で教えた。そのリアリズムが多くのイギリスの彫刻家たちに大きな影響を与えた。

(4)　大英博物館にある古代アテナイの大理石彫刻のコレクションで、第七代エルギン伯が寄贈したもの。

(5)　ティペラリ州のキャシェルにある、アイルランドで最初のロマネスク様式の教会。一二世紀初期に創られたと言われている。

(6) 一二世紀に創られた十字架の形をした遺宝箱。現在はダブリンの国立博物館に展示されている。

(7) パットはパトリックの略称。アイルランドの守護聖人が聖パトリックであることから、洗礼名としてパトリックという名を持つアイルランド人は非常に多い。テイグはプロテスタントから見たアイルランド・カトリックに対する蔑称である。ルーシーの弟たちは典型的アイルランド人を象徴する名前を持っていることになる。

(*In the Clay*, by George Moore)

山中の秋夜

ジョン・ミリントン・シング

数年前のことだった。私の知人のポインター犬がウィクロー山地の西斜面の谷で偶然怪我をした。犬はキルデア平野から北と西に延びる二つの山脈の端の一番奥まったコテージに預けられた。数週間後、私は犬を飼い主のところに連れ帰るため、そちらへ向かった。

九月の午後のことで、前夜の豪雨のために、谷間《たにあい》を抜けてコテージに至る道路は素晴らしい浜辺のようになだらかになっていた。澄み切った空気のせいだろうか、両脇にそそり立つ花崗岩《かこうがん》は山の影を背景に、ほとんど光を放つばかりの不思議な色合いをしていた。途中通り過ぎるコテージには必ずナナカマドの樹があり、不思議な無数の輝きを放つ赤い実で覆われていた。

目的のコテージに近づくと、道路は増水した川をまたいでいた。私は滑りやすい石を伝って渡らなければならなかった。さらに少し進むと歓迎の吠え声がして、犬が走り出て迎えてくれた。犬の声を聞いてコテージの戸口に二人の女が姿を見せた。一人はとてもおおらかで優雅な物腰をした美しい娘で、もう一人は高齢の老婆だった。そのとき突然、谷の縁から驟雨《しゅうう》が降ってきたので私はコテージに入り、垂木《たるき》の見える低い長い部屋の炉端のベンチのような椅子に座った。

「あんたは悪い日に来なさった。男どもはみんな出払っているところで」と老婆が言った。

「みんな、今朝の晴れ間を見て、カラスムギの刈り入れに出かけたんでしょう？」

「いいや。みんなメアリ・キンセラの遺体を引き取りにオーリムまで行ったのさ。駅からオーリムまで今晩運ばれてくるはずでね。あんたが通ってきた最後のコテージ、ほら、赤い実がなっている樹のある、あそこで今晩、通夜の予定なのさ。」

老婆がしばらく口をつぐんでいる間に娘がミルクを持ってきてくれた。

「いろいろ手間をかけさせて申し訳ない」私はミルクを受け取りながら言った。「男手がなくて忙しいでしょう。」

「いいえ少しも。誰かが来てくれるのは、こんな寂しい場所ではみんな喜びます。」

老婆が再び話し始めた。

「あんたは途中、遺体を運んでいる人たちに遇《あ》わなかったかい？」

「まったく。メアリ・キンセラというのは誰ですか？」

「子供が二人いる若い女だったがね。一年半ほど前に頭がおかしくなって病院に入れなくてはならなかった。リッチモンドの精神病院ではたぶん早いところ縁を切ったほうがいいと考えたんだろうね。彼女は二日前に亡くなって、今、男たちは通夜のために遺体を引き取りに行ったのさ。墓は教会の中にする予定らしい。遠いけど、あそこには両方の家の者がみんな埋まっているからね。」

話を聞きながら私は犬の脇腹の、肺の下あたりの傷を調べていた。

「もうだいじょうぶ」戻ってきてテーブルでお茶の用意をしながら娘が言った。「すっかり良くなったわ。時々、咳をする以外は怪我をしたとは思えないほど。怪我をしたときの様子をお聞きになりました?」彼女は炉端に膝をついて、枯れ枝を手にとり、泥炭の火から少し離れた敷石の上に小さな焚き火をこしらえた。

私は、怪我をしたということの他には何も聞いていないと言った。

「あの夜は真っ暗闇で嵐がやってきました。みんな山に出ていたのです。川が増水して犬たちのことは気にせずに泥炭《でいたん》を運ぶ山道を辿って下りていました。すると老いた兎が飛び出てきて、前方を走りました。男たちの一人が鉄砲を構えて撃ちました。発砲と同時に岩の後ろから犬が飛び出してきて、弾丸の破片が犬の鼻をかすめ、もう一つの破片が肋骨の一番下、あなたの今見ているところに当たったのです。犬は血を流し、吠えながら倒れました。みんな死んだのだと思いました。犬を運ぶ方法もないので、小枝や泥炭で体を覆ってやりました。後で布袋を持ってこようと思ったのです。」

彼女はそこで話を中断し、粉を捏《こ》ねて、タンブラーの口を押し当てて一二個のホットケーキをかたどり、小枝で起こした火にかけたフライパンに並べた。その間に老婆が話を引き継いだ。

「山の中や湖じゃ奇妙なことが起きるもんじゃ。私は鉱山のあったナハナガン湖の谷の向こうの育ちだが、湖の霊の奇妙な話を昔はたんと聞いたもんだ。」

「私も暗くなるまであそこで釣りをしたことがあるが、崖で不思議な音がするのを聞いたことがある」と私は答えた。

「おじの一人があんたと同じように暗くなるまで毛鉤《けばり》で釣りをしていた。雲の間から霊が降りてきて、水面をきれぎれに裂いたそうな。彼は青くなってぶるぶる震えながら近くの家に逃げ込んだそうだ」老婆は続けた。「こんなこともあった。アイルランドじゅうの湖を泳いできた男がこの地方にやってきた。彼はナハナガン湖で泳ぐため登っていった。私の兄もついていった。その紳士は霊のことは聞いていたが、端《はな》から信じていなかったらしい。彼は湖の岸に下りた。大きな黒い犬を連れておったそうな。紳士は服を脱いだ。兄は忠告したそうな。『自分が入る前に犬を入れて無事に上がってくるかどうか見たほうがいいのでは。』紳士は同意して、二人で木片か石を投げ込んだ。犬が飛び込んで取りに行った。それから犬は向きを変えて岸に向かって泳ぎに泳いだ。でも少しも岸に近づかなかったそうだ。『戻ってくるのに時間がかかるな』と紳士が言い、兄は『待っていたらあなたに白髪《しらが》の髭《ひげ》が生えるほどですね』と答えた。そう言い終わらないうちに犬の姿が見えなくなって、はらわたが水の上に浮かんできたそうな。」

このときまでにケーキができて娘はテーブルの皿にのせ、ティーポットからお茶を注《つ》いで勧めてくれた。ミルクと砂糖を入れてくれるのはウィクローのコテージの人たちの昔からの習わしだ。彼女は泥炭の燃えさしにポットをのせて、さっきまで私のいた場所に座って話を引き継いだ。

「それであの晩の話ですけどね。みんな戻ってくると、犬を迎えに二人の少年を送りました。生きていたら入れてくるように布袋を、死んでいたら埋めてくるようにシャベルを持たせてね。置き去りにしたところまで来ると、犬は道を二〇メートルも下っていました。打ち捨てられて死ぬものと思いながらも、独りぼっちで人間のように体を引きずってきたんです。出血で動けなくなるまで。大きいほうのジェイムズがシャベルを手に近づくと、それを見て呻《うめ》き声を出したそうです。」

「犬も人間の子供くらいの知恵はありますね。シャベルを持ってきたのは自分を埋めるためだと分かったんでしょう。マイクが近づいて袋を地面に置くと、それを見た途端に飛び上がって袋の上に転がったそうです。彼らは犬を運び下ろしました。犬は寒さで死にかかっており、大雨が降っていました。ここに運び込んだときは死んだように見えました。火の前に折り畳みのベッドを出してその中に入れました。暖かさで少し元気が出た犬は、体を伸ばしてまるで年寄りのような唸《うな》り声を二度出しました。マイクは犬がミルクを飲むかもしれないというので、私たちはミルクを火で温めました。犬は舌をミルクに入れましたが、むせて血を流し、ベッドに体を横たえてまるで老人のように私を見つめました。私はその夜は寝ずに看護しました。外では雨と風が吹き荒れていました。朝の四時になってミルクをさらに与えると、犬はそれを飲めるようになりました。」

「次の日には少し元気になって、時々少しずつミルクを飲ませたのです。炉端の火の近くには置けないので、私たちは戸口に近い小部屋に一抱えの藁《わら》と一緒に移しました。午後には男の子たちは山に出かけ、母はどこかへ行ってしまったので、私は小道で薪割りをしていました。何か音がするのでそちらを見ると、犬が窓から私を見ているではありませんか。独りでは寂しいのかもしれないと思い、私は老犬の一匹を中に入れてやりました。それから古い帽子を窓に詰めてふさぎました。犬たちは仲良く静かにしているものと思いました。」

「ところがです。暗闇の中で犬たちは喧嘩を始めたのです。私がドアを開けると、止める間《ま》もなく怪我をした犬が走り出てきて、中に戻ろうとしません。仕方ないので私のそばを走り回らせました。それほど私になついていたのです。牛の世話にも、乾草作りにも私についてきて、乾草の山の下に自分で寝場所を作りました。マイクや子供たちのほうは全然見ないのです。」

娘がポットからもう一杯、私のためにお茶を注ごうと立ち上がったとき、老婆が口をはさんだ。

「あの犬が行っちまったら娘は寂しがるだろうね。あの犬は娘から片時も離れなんだ。代わりに子犬を一匹、娘に送ってもらうほうがええかもしれない。」

「そうね。でも私になつくかしら。なつかない犬なんてとても飼う気にならないわ。」

老婆がまた話し始めた。

「飼い主がマイクに犬のことで手紙をよこしたときに、マイクは納屋にいたこの娘《こ》のところへ行って『この犬の墓石に彫る墓銘を送ってきたぞ』と言ったんだよ。この娘はころりと騙《だま》されて泥炭地にいる男たちにその話をした。彼らにからかわれて彼女は初めて自分がかつがれたことに気づいたのさ。」

「そのとおりよ。私はころりと騙されたの。でも素晴らしいでしょう。あの犬はどんな犬にも負けないくらいちゃんと埋葬してやる値打ちがあるもの。」

やがて驟雨が激しくなって、山地特有の滝のような雨になった。まだ夕方にはなっていなかったが、娘はランプに灯をともして煙突の隅に掛けた。台所はそれまで私が見たどのコテージよりも広く、奥のほうに梯子《はしご》のような階段がぼんやり見えた。老婆は顔を覆う白いフリルのついた古風な帽子をかぶり、台所の造作とぴったりなじんだ様子をしていた。私は荒れた夜の山地の長い道程《みちのり》を行くのは気が進まず、座ったまま長く話しこんでいた。老婆は私が行き暮れてしまうと思った。

「さあ、行って見ておいで」彼女は娘に言った。「上の滝の水量を。こんな雨ではアッという間に増水するからね。たぶん橋まで歩いていかなくちゃならないだろう。暗くなると大変な道だからね。」

娘はすぐに戻ってきた。

「もう増水しているわ。橋まで行かなくてはいけないでしょう。私が案内しましょう。私はそこで男たちを待つわ。まもなくメアリ・キンセラの遺体を運んでくるでしょうから。」

私たちはすぐに出発した。彼女は小さな畑や泥炭地の迷路のような道を急ぎ足で進んだ。一人だったなら私はすぐに道を見失ったろう。

橋は河床の大きな岩を貫く鉄の棒にくくり付けられた木橋だった。岩の間を轟々《ごうごう》と流れる激流は黄昏《たそがれ》の薄明りの中で危険な荒涼とした風景だった。風が強く、橋は私たちの足元で泣くような震えるようなきしみを立てた。少し進むとコテージに出て、娘はそこで私に別れを告げて、兄弟たちを待つために中に入っていった。

空にはまだ明るさが微《かす》かに残っていたが、豪雨と山から降りてきた雲のために、すべてのものが現実離れをした陰惨な様子をしていた。道路を辿っていくと片側に濡れてたたずむブナの並木があり、突風が吹くと奇妙な溜め息をつき、もだえるように動いた。梢の先は灰色の空に伸び上がり、その先は何も見分けられなかった。木と木の間には影がわだかまり、横に伸びる枝が薄明るい霧の中に見えた。道路の反対側では、姿の見えない羊の群れが石垣に身を寄せて悲しく咳《せ》きこむような声で鳴いていた。羊たちは犬の気配を感じると石垣の裂け目から逃げ出した。私の耳は何よりも激しい雨の音に聾《ろう》されていた。最初の村に近づくと、何やら人々が大騒ぎをしていた。たくさんの車や二輪馬車がパブの前に集まっていた。バーは騒がしく飲む男たちでいっぱいだった。辺りは暗く混乱していたが、私は一台の車の上に、雨に打たれ紐《ひも》でくくられたメアリ・キンセラの棺の影を見分けることができた。

(*An Autumn Night in the Hills*, by John Millington Synge)

二人の色男

ジェイムズ・ジョイス

八月の暖かな灰色の夕暮がダブリンに降りていた。夏の名残の、温かで穏やかな微風が町中をめぐっていた。日曜日の休息のためにシャッターを下ろした街を色彩豊かに人々が行《ゆ》き交《か》っている。街灯の高い柱の頂から、光を当てた真珠のようなランプが下を行く群衆を照らしていた。絶えず形と色を変える生きた織布のような群衆は、夕方の暖かな灰色の空気に絶え間なくつぶやくような音を送り込んでいた。

二人の若者がラットランド・スクエアの丘を降りてきた。そのうちの一人は今ちょうど長い独白を終えようとしていた。歩道の端を歩いていたもう一人は、相棒の無神経さのために時々車道を歩かねばならなかったが、おもしろそうに話に耳を傾けていた。彼はずんぐりとした体つきで赤ら顔をしていた。ヨット帽を額からはるか後ろにずらしてかぶっていた。話を聞きながら、目、鼻、口と顔の表情がたえず波のように変化した。彼は身をよじらせて笑い転げていた。小刻みに吹き出すあえぐような笑い声だった。ずる賢そうな笑みを浮かべた目で彼はひっきりなしに相手の顔を見た。彼は闘牛士のように片方の肩にひっかけた薄手のレインコートを一、二度かけ直した。半ズボン、白いゴム靴、粋《いき》に肩にかけたレインコートが男の若さを物語っていた。しかし腰まわりがたるんで、髪の毛は薄く灰色で、表情が消えたときの顔はすさんで見えた。

相棒の話が終わったのを見て取ると、彼はしばらく声も立てずに笑ってから言った。

――そうか！　そいつは最高だぜ。

しかしその声には力がなかった。彼はわざと力を込めるようにユーモラスに続けた。

――めったにない、言ってみりゃ、めっけものというやつだ。

こう言った後、彼は真面目な顔になって黙った。ドーセット・ストリートのパブで午後ずっとしゃべっていたので舌が疲れたのだ。多くの者は彼がたかり屋だと思っていたが、その如才なさと雄弁が功を奏して仲間外れにはされなかった。酒場で図々しくも一座の人たちに近づき、巧みに取り入って、いつの間にかご相伴に与《あずか》ってしまうのだった。彼はとてつもないほど多くの話、俗謡、謎かけを知っている粋人《すいじん》だった。彼は人にどんなにつれなくされても平気だった。彼がこの世知辛《せちがら》い世の中をどうやって暮らしていけるのか誰も知らなかったが、どうやら競馬で食っているらしかった。

――どこでその娘《こ》を見つけたんだ、コーリー？

コーリーはすばやく上唇を舐《な》めた。

──ある晩、デイム・ストリートを歩いているときに、ウォーターハウスの時計の下でいいスケを見つけて、「今晩は」って挨拶したわけよ。二人で運河の辺りを散歩した。彼女の話ではバゴット・ストリートの家で下働きの女中をしているとのことだった。その晩に腰に腕を回して少しばかり抱き締めてやったさ。次の日曜日にはデートだ。ドニブルックまで出かけて野原に連れ込んだ。以前は牛乳配達屋とデートしていたと言うんだ……。よかったぜ。毎晩シガレットを持ってきてくれて、往復の汽車賃も払ってくれてよ。ある晩なんか、ものすげえ上等の葉巻をくれたよ。

──本物の極上品だ。おやじがいつもふかしていたような。子供ができちゃまずいなと思っていたが、彼女はそいつを避ける手口を心得ている。

──おまえが結婚してくれると思っているんじゃねえか、とレネハンが言った。

──失業中だと言っておいたさ、とコーリーが答えた。ピムの店で働いていたと言ったんだ。彼女はおれの名前なんか知りっこねえ。名前を教えるほど間抜けじゃないからな。彼女はおれをちょっとした身分の男だと思っているらしい。

レネハンが再び声を立てずに笑った。

──これまでいろいろな話を聞いたが、とレネハンが言った。こいつはまったく上等な話だぜ。

コーリーは大股で褒め言葉への礼を表した。彼の体格のよい体が揺れるので、レネハンは歩道から車道にサッと飛び出てまた戻らねばならなかった。コーリーは警部の息子で、体つきと歩き方は父親譲りだった。彼は両脇に両手を伸ばし、直立の姿勢で、頭を左右に振りながら歩く癖があった。その頭は丸く大きく油で光っている。またそれはどんな天気の日でも汗をかいていた。斜めにかぶった大きな丸い帽子は球根からまた別の球根が生えているように見えた。彼はいつもパレードに参加しているようにまっすぐ前方を見ているので、通りですれ違った誰かを見るときは腰から上をぐるりと動かさなければならない。今のところ彼は定職を持たずに街をぶらついていた。職の口があると、知人の誰かが職に就けといつも戒めていた。彼はよく平服の警官と熱心に話し込みながら歩いていた。あらゆる事件の内幕に通じていて、最後の判決を下すのが好きだった。彼は相手の話を聴かずに自分だけがしゃべった。話題は主として自分についてであった。自分は誰に何を言ったか、相手が自分に何を言ったか、自分は解決策として何を言ったかという具合である。これらの会話を伝えるときに、彼はいつもフィレンツェの人々のように自分の名前をホーリーと気息音で発音した。

レネハンはコーリーに煙草を差し出した。二人の若者は人込みを通り抜けていった。コーリーは時々すれ違う娘たちを振り返ってほほ笑んだが、レネハンの視線は二重の暈《かさ》に包まれた大きな朧月《おぼろづき》に注がれていた。彼は灰色の夕霞《ゆうがすみ》が月に掛かるさまをじっと見ていた。とうとう彼が口をきいた。

——なあ、コーリー、うまくやれるんだろうな？

コーリーは答える代わりに表情たっぷりに片目をつぶった。

——うまくひっかかってくれるかな、レネハンが疑わしそうに聞いた。女ってのは分からねえもんだぞ。

——だいじょうぶだって、うまく丸め込むから。あの娘《こ》はおれに少しいかれているからさ。

——おまえはおれに言わせりゃ気楽な女たらしだな、レネハンが言った。それも本物の女たらしだ！

卑屈な物腰にも一抹の嘲《あざけ》りの様子が見られた。体面を保つために、おべっかとも冷やかしとも取れる余地を残しておく癖があった。しかしコーリーは鈍感だ。

——可愛い女中ほどいいものはないぜ、彼は自信たっぷりに言った。まかせておきな。

――あらゆる女に手を出したおまえの言うことだからな、レネハンが言った。

――最初は娘っこらを連れ出したもんさ。コーリーは胸の内を打ち明けた。南環状道路の向こうの娘たちをよ。電車に乗せてどこかへ出かける。電車賃を払ってやる。でなけりゃ楽団とか芝居に連れてってやる。チョコレートとか菓子なんか、そんなものを買ってやって。ちゃんと金を使ったんだぜ。信じてもらえないとでも思ったのか、最後の台詞《せりふ》には力が籠《こ》もっていた。

しかしレネハンは十分に信じることができた。彼は真面目にうなずいた。

――その手は知っている。それは間の抜けた奴のやることさ。

――そんなんでおれが得したことなんかない、コーリーが言った。

――おれも同じさ、レネハンが言った。

――一人だけは別だが、コーリーが言った。

コーリーは上唇のまわりを舌で舐めた。いい目に遭ったことを思い出して彼の目が輝いた。彼も今やほとんど霞に覆われた月を眺めて、それから物思いに耽《ふけ》った。

――あの娘《こ》は……悪くなかった、彼は未練がましく言って再び沈黙した。それからまた彼は口を開いた。

——今じゃ商売女になっている。いつかの晩にアール・ストリートで二人の男と車に乗っているところを見たぜ。

——おまえのせいだと思うがな、レネハンが言った。

——おれの前にもいろいろ男がいたんだ、コーリーが悟ったように言った。

今度はレネハンは信じる気になれなかった。彼は前後に頭を振って微笑した。

——おれをごまかそうたって駄目だぞ、コーリー。

——嘘じゃないって！ 彼女がおれにそう言ったんだからな、コーリーが言った。

レネハンは可哀そうにという身振りをした。

——見下げはてた裏切り者だ！ と彼は言った。

トリニティ・コレッジの柵に沿って歩きながらレネハンは車道に小走りに出て、時計を見上げた。

——二〇分過ぎた、と彼は言った。

——まだ充分間《ま》に合う。必ず来ているさ、おれはいつも少し待たせるようにしているのさ、コーリーが言った。

レネハンは声を出さずに笑った。

――いやはや、おまえは女の扱いを心得ているな。

――女の小賢《こざか》しいやり口はみんな心得ているつもりだ、コーリーは告白した。

――だがなあ、うまくやりこなす自信はあるのか？　レネハンが言った。厄介な仕事だぜ。女はこういうことには細かいからな。で、どうなんだ？

うなずき返すかどうか確かめるように、レネハンの光る小さな目が相手の顔をじっと見た。コーリーはしつこい虫を振り払うように頭を前後に振って、眉をひそめた。

――なんとか手に入れるさ。まかしておきな、コーリーが答えた。

レネハンはそれ以上何も言わなかった。彼は相棒の機嫌を損ねたくなかった。うるせえな、おまえの小言なんか聞きたくねえ、と言われたくなかった。如才のなさが必要だ。しかしコーリーの眉は元に戻った。彼の思いは別のほうに向かっていた。

――あの娘《こ》はまともな女だ、彼は思い返すように言った。本当にそうだ。

彼らはナッソー・ストリートを歩いていた。それからキルデア・ストリートに逸《そ》れた。クラブの玄関からさほど遠くない道端に、聴き手の一団に囲まれて演奏しているハープ弾きがいた。彼は弦を無造作に爪弾《つまび》きながら、新しい聴き手が加わると時々その顔を素早く見たり、うんざりしたように空を見上げたりしていた。ハープも、彼女の膝あたりに覆いがずれ落ちているのも気にせず、聴衆の視線や主人の手にうんざりしているように見えた。ハープ弾きの片手は低音で『静かなれ、おお、モイルの海よ』を奏で、もう一方の手は高音でメロディーの節を追っていた。曲の調べは深く哀切に響いていた。二人の若者は口をきかずに通りを歩いていた。悲しい調べが二人の後を追った。スティーヴンズ・グリーンに出たとき、彼らは道路を横切った。ここで電車の騒音、灯火、人込みが彼らを沈黙から解き放した。

——ほら来ているぞ！　コーリーが言った。

ヒューム・ストリートの角に若い女が立っていた。彼女はブルーのドレスに白いセーラーハットをかぶっていた。縁石に立って片方の手に持った日傘を振っている。レネハンは元気づいた。

——少し拝ませてもらおうか、コーリー、とレネハンが言った。

コーリーは横目で相棒を見て不愉快そうな薄笑いを浮かべた。

——割り込もうっていうのか？

——何いってんだ！　レネハンは思い切って言い返した。紹介しろと言っているわけじゃない。ちょっと拝ませてくれればいいのさ。取って食おうというわけじゃなし。

——あー、見るだけか？　コーリーは愛想よく言った。よし、こうしよう。おれが向こうへ行って話しかけるから、おまえはそばを通り過ぎるんだ。

——分かった！　レネハンが言った。

レネハンが呼び掛けたときにはコーリーは早くも片脚で鎖をまたいでいた。

——あとは？　どこで落ち合うんだ？

——一〇時半、もう片方の脚で鎖をまたいでコーリーが言った。

——どこで？

——メリオン・ストリートの角だ。おれたちも戻ってくる。

——うまくやんなよ、レネハンは別れの言葉を送った。

コーリーは答えなかった。彼は頭を左右に振りながら足取りも軽く道路を横切った。堂々とした体格、軽い足取り、どっしりしたブーツの音が勝ち誇ったように響いた。彼は若い女に近づいて、挨拶もせずにすぐに話し出した。彼女は日傘をさらに勢いよく振って、体の向きをクルクルと変えた。一、二度、彼が顔を近づけて話しかけると、彼女は笑ってうつむいた。

レネハンはしばらく彼らの様子を窺っていた。それから鎖のそばを急ぎ足で進んでから斜めに道路を横切った。ヒューム・ストリートの角に近づくと辺りに香水の香りが漂っていた。彼の好奇の目は若い女の風体《ふうてい》を素早く吟味した。彼女は日曜日のお洒落をしている。青いサージのスカートの腰には黒い革のベルトが巻かれている。大袈裟な銀のバックルがクリップのように白いブラウスの薄い生地を押さえ、彼女の体の中心に食い込んでいた。彼女は真珠貝のボタンのついた短い黒のジャケットを着て、毳立《けばだ》った黒い毛皮の襟巻を掛けていた。チュールの襟の縁はわざと乱してあり、胸元には茎を上向きにした赤い花束がピンで留めてある。レネハンの目は好ましそうに彼女の小太りの筋肉質の体を見た。あけすけで飾らぬ健康美が顔に、ふっくらした赤い頬に、物怖じしない青い目に現れていた。目鼻立ちは鈍かった。鼻腔が広く、開いた締まりのない口は満足そうな薄笑いを浮かべて、歯が二本突き出ていた。通り過ぎざまにレネハンは帽子を取った。およそ一〇秒後、コーリーがあらぬ方向に挨拶を返した。ぼんやりと考えごとをするように手をあげて帽子の角度を変えたのである。

レネハンはシェルボーン・ホテルまで来ると、立ち止まって待った。少し待つと二人がやってくるのが見えた。彼らが右に曲がると、レネハンもメリオン・スクエアに沿って、白い靴の足も軽やかに後を追った。彼らと歩調を合わせるためにゆっくりと歩きながら、レネハンは、コーリーの頭が女に話しかけるたびに軸の上で回転するボールのように動く様子を見ていた。彼は二人がドニブルック行きの電車の昇降口を上がるまで見届けてから向きを変えると、来た道順を戻っていった。

独りになるとレネハンの顔は老けて見えた。陽気さに見捨てられたようだった。デュークス・ローンの柵まで来ると、手で柵に触れながら歩いた。ハープ弾きの曲が体にのり移ったようだ。柔らかな中底のある靴を履いた足で旋律を追いながら、指はさまざまな変奏の音階を柵に沿って弾き出していた。

彼はスティーヴンズ・グリーンをぐるりと回ってグラフトン・ストリートへ出た。通り抜ける人込みの多彩な細部が目には入ったが、彼の表情は陰鬱《いんうつ》だった。本来なら彼を魅惑するはずのすべてのものがつまらなく映り、彼を挑発する女たちの視線にも答えなかった。女たちを相手にすればしゃべりまくらなければならないし、話をでっち上げたり、面白がらせなければならない。頭も舌もそんなことをするには乾き切っていた。コーリーと落ち合うまでの数時間をどうやって過ごすかがいささか問題だった。歩き続ける以外の妙案が浮かばなかった。ラットランド・スクエアの角まで来ると彼は左に折れた。その暗い静かな通りではくつろぎを覚えた。うらぶれた雰囲気が彼の気分にぴったりだった。白い文字で「軽食堂」と書かれた貧相な店のウインドーの前で彼は立ち止まった。ウインドーにはジンジャー・ビール、ジンジャー・エイルと乱暴な字で書かれていた。青い大皿には切ったハムがそのまま並べられていた。その近くの皿にはふんわりとしたプラム・プディングの一切れがのっている。彼はこれらの食べ物をじっと観察して、次に通りを注意深く見渡してから、急いで店の中に入った。

腹が減っていた。朝食以来、けちなバーテンに持ってきてもらった何枚かのビスケット以外口にしていなかったからである。彼は二人の女工と一人の機械工が座っている、クロスの掛かっていない木製のテーブルの反対側に座った。だらしないウェイトレスが注文を聞きに来た。

——豆は一皿いくらだ?

——一ペニー半です。

——豆を一皿とジンジャー・ビールを持ってきてくれ。

レネハンは上品ぶった身なりをごまかすために、わざとぞんざいな口をきいた。彼が店に入ったとき先客の話がとだえたからである。顔が熱かった。不自然に見えないように彼はわざと帽子を後ろにずらし、テーブルに両肘をついた。機械工と二人の女工はレネハンをじろじろ眺めまわしてから、再び低い声で話し始めた。ウェイトレスが胡椒《こしょう》と酢で味つけした茹《ゆ》でたてのエンドウ豆を一皿と、フォークとジンジャー・ビールを持ってきた。彼はガツガツとむさぼり食った。とても旨《うま》かったのでレネハンはこの店を覚えておこうと思った。豆をすべて食べ終えると、ジンジャー・ビールをすってしばらくコーリーの冒険のことを考えていた。彼はどこかの暗い道を歩いていく二人の恋人を想像した。コーリーの精一杯に伊達《だて》男ぶった声、若い女の口元の薄笑いを想像した。いっそう自分の財布と気力の欠乏が身にしみた。もうぶらぶらしたり、危ない綱渡りをしたり、言い逃れをしたり、策を弄したりすることには疲れた。一一月には三一歳になる。有利な職には決して就けないのだろうか？　家庭を持つことはできないのだろうか？　暖かな火のそばに座って美味《おい》しい食事にありつくというのは、どんなに楽しいだろう。彼はもうだいぶ永いこと男友達や女たちと町をぶらついて暮らしてきた。友人がどんな値打ちのものか分かったし、女たちのことも分かった。にがい経験から彼は世間に背中を向けた。しかし希望がまったくなくなったわけじゃない。食べ終えると気分が良くなった。厭世観《えんせいかん》も薄らいで元気が出てきた。小金を持った純朴な娘と出会えさえすれば、どこかの居心地の良い片隅で幸せに暮らせないとも限らない。

彼はだらしのないウェイトレスに二ペニー半を払って店を出、また放浪を始めた。ケイペル・ストリートに入り、市庁舎のほうへ向かった。それから彼はデイム・ストリートに折れた。ジョージ・ストリートの角で彼は二人の友人に遇《あ》い、立ち止まって言葉を交わした。歩き続けなくて済むというのは嬉しかった。コーリーの居場所を知っているか？　近頃どうだ？　と彼らは聞いた。今日一日コーリーと一緒だったとレネハンは答えた。友人たちは口数が少なかった。彼らは気の抜けたような顔で人込みの中の誰かれを見送って時々難癖をつけた。ウェストモーランド・ストリートで一時間ほど前にマックを見たと一人が言った。これを聞いたレネハンは、前の晩にイーガンの店でマックと一緒だったと言った。ウェストモーランド・ストリートでマックを見かけた若者が、マックはビリヤードで少し儲けたらしいが本当かと聞いた。それは知らない、イーガンの店ではホロハンがおれたちに酒をおごってくれた、とレネハンは答えた。

彼は一〇時一五分前に友人たちと別れ、ジョージ・ストリートを歩いていった。市場で左に曲がり、グラフトン・ストリートに入っていった。男と女を交えた若者たちの群れもまばらになった。歩いているレネハンの耳に、多くのグループや恋人同士のおやすみの挨拶を交わす声が聞こえてきた。彼は外科医学校の時計のところまで来た。時計はちょうど一〇時の刻《とき》を打つところだった。彼はスティーヴンズ・グリーンの北側を急いだ。コーリーが約束の時間より早く戻っているかもしれない。メリオン・ストリートの角に着くと彼は街灯の陰に立ち止まって、取っておいた煙草を一本抜いて火をつけた。彼は街灯の柱に寄り掛かって、コーリーと若い女が戻ってくるはずの方向に視線を注いだ。

彼の思考は再び活発になった。コーリーはうまくやりおおせたろうか。もう女に頼んだろうか、それとも最後まで切り出せないでいるのだろうか。レネハンは自分の胸の痛みと動悸《どうき》だけでなくコーリーの痛みと動悸も感じた。しかしコーリーのクルクルと回転する頭部を思い出して、いくぶん気持が落ち着いた。きっとうまくせしめるだろう。同時に、コーリーが別のコースで女を家まで送り自分にすっぽかしを食らわせるのではないか、という考えが浮かんだ。彼の目は通りをくまなく探した。影も形も見えない。外科医学校の時計を見てから三〇分は経《た》っている。コーリーはそんなことをするだろうか。彼は最後の煙草に火をつけてスパスパと吸った。スクエアの向こう端に電車が止まるたびに彼は目を凝らした。おそらく別のコースで帰ったのだろう。煙草の紙が破れた。彼は「ちくしょう」と言いながらそれを投げ捨てた。

突然、二人が彼のほうにやってくるのが見えた。彼は喜んだ。街灯に身を寄せ、二人の歩きぶりから成果を読み取ろうとした。二人の足取りは速かった。女は足早にちょこちょこと歩いていた。コーリーは彼女と並んで大股に歩いていた。言葉を交わしているようには見えなかった。嫌な予感が錐《きり》の先のように彼の胸を刺した。コーリーは失敗する、うまくいきっこないと思っていた！

二人はバゴット・ストリートに折れた。レネハンは反対側の歩道を選んで彼らの後を追った。彼らが立ち止まると彼も足をとめた。彼らはしばらく立ち話をしていたが、若い女のほうは、とある家の地下勝手口の階段を降りていった。コーリーは玄関の入り口から少し離れた歩道の端に立ったままだった。数分が経過した。それから玄関のドアがゆっくりと慎重に開けられた。女が玄関の階段を駆け下りてきて合図の咳をした。コーリーは振り向いて女のほうに行った。数秒間、コーリーの大きな体の陰に女の姿が隠れた。それから再び女が階段を駆け上がるのが見えた。ドアが閉じるとコーリーはスティーヴンズ・グリーンの方へ足早に歩き始めた。

レネハンは同じ方向に急いだ。小雨《こさめ》がぽつぽつ降り出した。彼はそれを警告と受け止めた。自分が見られていないか確かめるために、若い女が入った家のほうを振り返ってから、彼は道路を一目散に渡った。不安と素早い運動のために息が切れた。彼は呼び掛けた。

——おーい、コーリー！

コーリーは誰に呼ばれたのかと振り返ったが、そのまま歩き続けた。レネハンは肩に掛けたレインコートを片手で押さえながら後を追った。

——おーい、コーリー！　レネハンは再び呼んだ。

彼はコーリーに追いついて顔をじっと覗き込んだ。そこには何も読み取ることができなかった。

——で、どうなんだ？　うまくいったのか？

彼らはイーリー・プレイスの角に着いた。コーリーはまだ黙りこくったまま急に左へ逸れて脇道に入った。彼の表情は厳しいほどに落ち着きはらっていた。レネハンは息を切らして遅れないようについていった。彼は当惑していた。彼の声には棘《とげ》があった。

——教えてくれよ。彼女に当たってみたのか？

コーリーは最初の街灯のところで立ち止まり、暗い顔で前方を見つめていた。それから厳《おごそ》かな身振りで明りのほうに手を伸ばした。彼はにやりと笑いながら、その手をじっと見つめる弟子のほうに開いてみせた。掌に一枚の小さな金貨が輝いていた。

（*Two Gallants*, by James Joyce）

高地にて

ダニエル・コーカリー

1

数週間、私が身を潜めていたアカラスの農家の戸口に誰かが紙切れを差し込んだ。それを読むと私は一〇分もしないうちに自転車に飛び乗って、猛スピードで山地の道を走りだした。次々と道を変え、自転車のまま小川を渡り、大きな岩をすれすれに回って走った。主要街道から車が急に曲がるときに鳴らす警笛の音がなかったら、私は彼らの腕の中に飛び込んでしまったかもしれない。私は警笛を聞きつけると本能的に道を逸《そ》れ、岩とエニシダの間をがむしゃらに逃げた。それからヒースの間に倒れ込み、競泳の選手のように荒い息をしながら、仕方なく待った。膝をついて息を切らしていると、岩の間に奴らが見えた。彼らは必死になって重い軍用車で山に乗り入れようとしていた。指揮をとっている軍曹が見えた。「マレリーだ!」私は息を飲んで再び本能的に自転車のハンドルを握った。マレリーに捕まったら五年の禁固刑だ。奴はどんなことでもしかねない男だ。彼らが行ってしまうと私は再び自転車に乗った。裏道からグーガン・バラ湖地方に入り、ケイマネーの方に向かおうとしたとき、私の耳に囁《ささや》くものがいた(たぶん、そこに眠る昔のゲールの聖人たちの声だろう)。「ケイマネーは見張られている。山に入れ。」そこで私はケイマネー峠を抜ける、急ではあるが走りやすい道路を避けて、圧倒的な山峡を取り囲む巨大な岩壁を見ながらクームローへまっすぐに向かった。湖の島から急峻に一八〇〇フィートもそびえるゴツゴツとした岩山を自転車を押して上がった人間はそれまで一人もいなかったろう。しかし私はそれを実行した。自分でもどうしてか分からないが、軍用車の中のあの執拗な顔こそが私を上へ上へと押しやったのだ。

岩山に自転車を押したり、引っ張ったり、滑らせたり、持ち上げたりしていると、全身に汗が熱く滴り落ちた。しかし私は少しも気に留めず、疲れも感じなかった。頂上に着いたとき再び太陽の顔を拝めると期待したが、冷たい海風が吹きつけて、一瞬元気になったがすぐに体が冷え込んだ。眼前には白い霧の壁が立ちはだかっていた。目印にして登ってきたピークは雲に隠れて見えなかった。取り囲む雲は私を舐《な》めるようにすっぽり辺りを包んでいた。下の谷間《たにあい》では暖かだったことを思い出すと同時に、夜どおしの雨にたたられるだろうと予想した。この辺はマンスター地方でも、もっとも雨が多いところだ。前進しながら、この荒涼とした高地で一番近い人家はどこだったか思い出そうとした。しかし目印になるものは霧に包まれて見えない。突然、身を寄せ合っている黒い顔の山地の羊の群れに出合った。羊たちは私を見るとか細い声をあげながら霧の中に逃げ込んだ。彼らも雨に備えていたのだろう。一層の孤独感が襲ってきた。追跡は振り切った——何年も前に——そう思えた。追跡されていることはもう忘れていた。夜になる前にクーマホラ川に着けるだろうか？　それればかりが念頭から離れなかった。崩れやすい頁岩《けつがん》の上に自転車を押し、香りの良いヤチヤナギの中を進んでいった。かなりの速度で進んでいるが、どこに向かっているのかは分からなかった。しかし止まるのは怖かった。つまずきながらさらに進むと、石工が彫ったかのように見事な形をした二フィートほどの高さの平らな岩のテーブルがあった。思わずその上に腰を下ろしたとき、なんともいえない安堵感を覚えた。「ここはどこか、どこへ行くのか、しっかり考えなくては」私は自分に言い聞かせた。意志だけは強いと思ったが、それは強がりを言っているだけだった。南西から斜《はす》に雨が降り出した。

2

私はすっかり打ちひしがれて頭を下げた。しかしそのために私は救われた！　目の前の地面に何かの浅い跡がある。車輪の跡ではない。幅は二フィートもない。深い轍《わだち》ではない。私はその跡を追った。なんの跡かすぐに分かった。それはその土地の農民がアイルランド語でも英語でも「トレイ」と呼んでいる軽い橇《そり》の一種の跡である。彼らは馬や荷車には険しすぎる高地から泥炭を運ぶときにそれを使うのだ。この跡があるということは近くに人家があるということだ。注意深く私は跡を追った。しばらくして私は人間の生活の痕跡に出くわした。石積み、開墾の跡、手入れされないまま放置されている曲がりくねった境界の垣根、それからついに叉《また》になった二本の杭を見つけた。トネリコの若枝が渡してある。人間の手が加わった跡だ。敬虔な農民の仕事！　とうとう道に出たのだ。

夜の闇が増し、雨足も強くなった。しかし足元の頁岩を砕いた道は歩きやすかった。私は家を見つけるまでは自転車をどこかに置いておくほうが良いと考えた。家は夜の闇のどこかにあるに違いない。自転車を雨粒の垂れるヒースのところに置いて先を急いだ（自転車は翌日そのまま見つかった）。泥炭の煙のにおいが鼻をうった。私は思い切りそれを吸い込んだ。元気が出て、叫び出したいほどだった。右手の闇の底に、ランプの明りに照らされた小さな窓があった。何千年も絶えることなく山の方を優しく照らしている暖かな明りのように見えた。私は大胆に進んだ。真っ暗闇の中、その家を目指した。道が分からなくなった。小さな谷間を転ぶように下りて急な渓流を渡ると、戸口の前に出た。私は拳《こぶし》でドアを叩いた。中で人の気配がする。コリー犬が鼻を鳴らした。ヒソヒソと人の話し声が聞こえた。私は焦っていた。再びノックした。雨が私の熱っぽい手首に強く当たった。錠を掴《つか》み、ドアを強く揺すった。「開けてくれ！　開けてくれ！」私は大声で言った。中で閂《かんぬき》を外す音がした。低い、不安げな声が尋ねた。

「どなたで？　どんなご用です？　さあ、お入り下さい。ずぶ濡れですね。」

愚鈍そうな中年の男と穏やかな優しそうなその妻が、私から身を引いてじっと見ていた。私はうさん臭く見られた。彼らの歓迎には心がこもっていなかった。

「濡れているが大丈夫だ」私は努めて冷静に話そうとした。しかしつい苦い思いが湧いて「今は私の他にも多くの者が山に隠れている。しかし私よりもましだ」と言った。こう言えば、私が山地にいる理由が彼らにも分かると思ったのである。

男はあんぐり口を開けて妻を見た。二人は仕方なさそうに私を見つめた。前よりも愚鈍な表情でしかも冷たく。そう私には思えた。彼は私に一歩近づいて囁いた。

「低い声で話して下さいます？」

どういうことだろうか？

「炉端にどうぞ。コートを脱いで。」女は顔を拭くようにと私にタオルを渡した。

「大声で話すなとは、病人でもいるのですか？」私はじっと見つめている男に聞いた。

「いや、いや、病人はいません。有り難いことに。」

彼は口を開けたまま、中途半端に私にほほ笑みかけた。弱々しい口のきき方をする男だった。彼はよたよたと離れていった。女のほうが部屋の隅の間仕切り壁のドアを指した。

「主人の父親が……中で寝ています。起こすとうるさくて。」

なるほどそれが理由か。分かった。そんな老人には何度も出会ったことがある。老いたリア王たち。ただし墓に入るまで財産を手放さず、旨《うま》い汁だけ吸おうとするリア王たち。私たち三人は低い声で話した。私は自分が彼らの人里離れた家を見つけた事の次第を話した。彼らはなぜ私が山を越える街道を使わなかったのか聞いた。彼らは気持の良い夫婦であることが分かった。ヒソヒソ声であったが話も弾んだ。

主人が突然頭を上げた。みんな耳を澄ました。バントリー湾からの風が吹き寄せて屋根の上でゴーゴーと音を立てている。そのうちにドアが音を立てて内側に開き、炉の灰が散った。シープドッグが跳ね起きて、身構えると突風に吠えかかった。私たちはドアに飛びついた。ドアを戻すと私は思わず嬉しさに叫んだ。

「おいおい、マレリー軍曹と外にいてくれよ」私は突風に向かって小声で言った。

「しー、しー、静かに。」

二人はおびえているように見えた。彼らは部屋の向こうを見た。

私は口に手を当てて肩を丸め、同じようにそちらを見た。時には私たちは子供時代に逆戻りしてしまうものだ。しかし遅すぎた。間仕切り壁を叩く音が三度して、風よりも大きく元気な老人の怒った声がアイルランド語で響いた。

「いつも闇の中にいなければならないのか？　いつまでも、ずっと！　わしを見てくれ。この一時間というもの、おまえたちの馬鹿な話と、犬の鳴き声と、おまえたちの忍び笑いを我慢していたのだ。客の声がしたぞ。ショーン、こっちへ来て話を聞かせてくれ。」

二人は私を見てニッコリした。しかし彼らがこんなことには慣れっこになっているのは一目瞭然だった。彼らもどうしたら一番いいのかは分からないのだ。

「私が相手をしよう」と言うと、彼らは私を抑えた。

「いや、いや」彼らは優しく囁いた。「やめたほうがいい。」

私は同じように響き渡るアイルランド語で叫んだ。

「こんな晩にあなたは客を追い出そうと言うのですか？」私はからかい半分の気持で言った。私の声と風の音が入り交じった。滝の音がしていた。

「こんな晩にまともな人間が旅をしているわけがない。」その声には疑いと気迫がみなぎっていた。

「今夜のあなたの客はもっとましな人間だ。」私の声は思わず厳しく荒々しいものになっていた。「聖フィンバル[1]が去って以来、この痩せた土地を東に旅したどの旅人よりもましな人間だ。」

「聖フィンバルはこの土地に祝福を与えた」勝ち誇った声で彼は答えた。

「それはどうかな。」私の怒りは静まっていた。外に壮大なオーケストラのように嵐が吹き荒れるこの寂しい場所で互いに怒鳴り合っている二人を思うと、私は何やら急に嬉しくなってきた。

「それは疑わしい」と私は大声で言った。

「いや、祝福したのだ。」

「疑わしい。」

「よく知られていることだ。ものの本にそう書いてある。」

私の心は老人に向かって開いた。このような老人たちから私はそれまでに何度このようなアイルランド語を聞いたことだろう。

「もしそうであるならば、それを心に留めて、客を追い出すようなことはすべきでないでしょう。」

「そんなことをする者はおらん。しかし、出入りする客のことを教えてくれない息子に文句を言う権利くらいはわしにもある。ショーン、こっちへ来い。それから、ノラ、客人に食事を差し上げてくれ。」

ショーンはまず妻にしょうがないなという表情を見せてから老人のところへ行った。妻は促すようにほほ笑み返した。私にはまだ二人の心の中は読めていないとそのとき感じた。

「すぐに義父は寝ますから」彼女は私に囁いた。「あなたが答えてくれましたから。」

彼女のほうが夫よりも腹が据《す》わっていた。

3

私は笑いながら(怪訝《けげん》な思いも残っていたが)、彼女が出してくれた大きなポットのブラック・ティーと美味《おい》しいパンをたっぷりご馳走になった。しばらくしてショーンは老人の部屋から忍び足で戻ってきた。沈黙があった。老人の深い、荒い息が聞こえてきた。

私は二人に向かって、都市部の人々が食べている戦時食、物資の不足について説明した。彼らは溜め息をついて聞いていた。夜は更けていった。真夜中近くなのに、なぜ彼らは寝ようとしないのだろう。思わず欠伸《あくび》が出て、私は長椅子を見た。私は長椅子に寝るのには慣れている。彼らは再び困ったような顔をした。主人はとてもおとなしい男だった。彼は私の袖におずおずと触れて言った。「あなたに休んでいただく場所はあそこだけなのです。」彼は間仕切り壁の向こうの小部屋を顎で示した。私は長椅子のことを言いかけたが、この小屋には二部屋しかないことを思い出した。私は部屋を見渡して、ロウソクの燃えている棚が折り畳み式のベッドであることが分かった。私は黙っていた。いま喧嘩したばかりの人物と寝るというのは気が進まなかった。

「静かに潜り込めばいいのですよ。父はよく眠る人ですから。」

私は彼に向かってほほ笑んだ。

「行って、私は警察と軍に追われていると彼に伝えてほしい。何と答えるか」私は勢いよく立ち上がりながら言った。

ものの本を頭の片隅にとどめた人物ならば、無法者にベッドの隅を貸すのを嫌がりはしないだろう。彼らが私の言葉をそのまま信じたのには驚いた。彼らは知っていたのか？

「いや、そんな話はよくない」二人は温かく私を諭した。夫は落ち着かなく敷石の床を歩き回った。

「軍とか警察とかの話はやめておいたほうがいいわ。ファダ湖で釣りをしていた旅の人が霧で迷ったことにしましょう。ショーン、お義父《とう》さんにそう話して。こうすれば誰にも害はないでしょう。」

私がうなずくと、ショーンはおずおずと父親のところへ行った。私たちは聞き耳を立てていたが、諍《いさか》いの声はしなかった。ショーンが戻ってきて、話はついたという身振りをした。真夜中頃、私は体格のよい老人を注意深くまたいで、大きな古いベッドの隅に自分の寝場所を確保した。

「ロウソクを消せ！」老人が怒鳴った。私は小さくなって詫びを言い、ロウソクを消した。外では渓谷に吹き荒れる風と渓流の音が響いていた。

4

私はぼんやりとした不快を感じて目が覚めた。室内は真っ暗で、外では相変わらず風が吹き荒れていた。しかしすぐそばに歯と唇の間から鋭く、絶えず囁くような声がした。老人がベッドに起き上がって背を丸め祈りをあげていた。再びうとうとしてから目覚めると、まだ祈りは続いていた。彼は五〇年も六〇年もこの習慣を続けているのだろう。彼は外の風の音を聞いていないが、私よりも風のことは熟知しているに違いない。私は暖かで心地よいベッドに感謝しながら、外の風と彼の祈りに耳を傾けていた。時々、数珠《じゅず》の音がした。かなり大きな数珠のようだ。再び居眠りをしていると彼が数珠をまとめる音がした。祈りの言葉がはっきりと聞こえた。「ダブリンで殺された者たち（2）の魂のために……」次第に声が小さくなって、最後に締めくくるように「アーメン」という力強い声がして祈りが終わった。彼は肩まで寝具を掛けると、枕の下を手探りして眠りに入った。私は突然の物思いにとらわれた。「ダブリンで殺された者たちの魂のために」

と唱えながら私は、この高地の杣屋《そまや》で彼らのために祈る孤独な老人を想った。世間の人々の言葉でいえば、その想いによって私は祝福されたのだ。

5

しかし、それにしても、私が追われる身であることを老人に告げないようにと夫婦が懇願する理由はなんだろうか。私には分からなかった。

6

明るい朝日に目覚めると、老人が優しく私の額を撫でていた。私がぎょろりと目を開けると彼はびっくりした。老人をはっきりと見たのはこのときが初めてだった。老人は剃った顎の下にもくるりと届く白い頬ひげを生やしていた。古い演劇や絵画に見る羊飼いのようだった。しかし額にかけて鋭い機敏さが現れていて、最初の羊飼いの印象は薄らいだ。彼が驚いたのを見て私はアイルランド語で挨拶した。彼はほほ笑んだ。

「あんたはファダ湖で釣りをしていた旅人ではないな。」老人は見抜いているぞと言わんばかりだった。私は耳を澄まして、別室で物音がしないのを確かめた。夫婦はまだ起きていない。彼らはまだ老人とは口をきいていなかった。朝日が山を染めている。コマドリが歌っている。狭く暗い小屋の中にもさわやかな空気が流れていた。

「それでは私は？」

「旅人ではない。」彼は賢明そうな、励ますような笑顔を見せた。

「それでは何者でしょう？」

「それでは言おう。あんたは彼らの一人だ！」彼は私に向かってゆっくりと昔風のウインクをした。それは意味ありげな身振りだった。「わしも若い頃そうだった。」彼は頭を毅然《きぜん》とあげた。

「私は旅人であるとあなたに言ったつもりはありません。」

「そう言ったのは息子だ。しかしほかならぬあんた自身を見て、わしは分かったのだ。同志よ。」ゲール人の間では馴染みの言葉を使って彼は言った。「あんたは夢を見ていた。力強い夢をな！」夢の中で叫んでいたとは、なんと私は愚か者だろう。彼の眼は未来への夢で一杯だった。私の夢！

「それは実現する。ものの本に予言してある！」私は答えることもできず、私のほうに傾いた彼の燃えるような顔を見つめるだけだった。彼は嘆かわしそうに言った。「しかし情けないことだ。あの男、わしの息子は勇気がない。犬にいじめられた羊のようだ。ドアに緑の布を掛ける勇気も、家に銃を置く勇気もないときている。わしは息子にはうんざりだ。だが、いいかね。わしの歓迎ぶりを許してくれ。この頃は平服で家から家を調べて情報を集めている無害そうなふりをした奴らがいる。あの二人にも気を許せない。あいつらにはあまり話さないのだ。」彼は再び例の威厳のあるウインクをした。

7

私はベッドに老人を置き去りにして息子夫婦と朝食をとった。

「父とはうまくいきましたか?」

「うまくいきましたとも。」

「時々、気難しいのですよ。父は昔はフィニアン(3)の一人だったんです。」

「じかに聞きました。」

彼らは鋭い視線を私に向けた。父親から私がどれくらい聞き出したのだろうと訝《いぶか》っている様子だった。私は二人の疑問には答えず、いとまを告げた。

（1）　コーク市の守護聖人。グーガン・バラ湖の島で隠遁と祈りの生活を送ったと言われている。

（2）　一九一六年のイースター蜂起後にイギリスによって処刑されたパトリック・ピアースら一六名のこと。

（3）　一八五八年、アメリカとアイルランドでイギリス支配の打倒を目的に結成された秘密革命組織。IRA(Irish Republican Army)の前身。

(*On the Heights*, by Daniel Corkery)

国外移住

リアム・オフラハティ

パトリック・フィーニーの小屋は村人であふれかえっていた。大きめの台所の壁ぎわには男も女も子供も、場所によっては三列になって、長椅子や椅子、腰掛け、あるいは互いの膝の上に座っていた。セメントの床では三組の男女がジグ(1)を踊っていた。物凄い埃《ほこり》が舞い上がっていたが、暖炉で燃える泥炭の火の勢いで煙突にすぐに吸い込まれてしまった。暖炉の左側の隅が唯一の空き場所だったが、そこではパット・マレイニーが黄色い椅子に座っていた。右の足首を左足の膝にのせ、頭には汗くさい赤の水玉模様のハンカチを置いて、真っ赤な顔をゆがめながら、おんぼろのアコーディオンを弾いていた。ドアの一つは閉められていて、そこに掛かっている缶類が暖炉の火を反射して輝いていた。反対側のドアは開いていた。踊っている男女を覗くためにドアの内外に群がっている小さな子供たちの頭の向こうに、六月の星空が広がっていた。空の下には灰色のぼんやりした岩山、霧の掛かった白っぽい野が静かにくすんで横たわっていた。小屋の外には深い静けさがあった。小屋の中では、台所の音楽とダンス、左手の小部屋での歌(そこにはフィーニーの長男のマイケルが若い三人の青年とベッドに腰を掛けていた)にもかかわらず暗い雰囲気が漂っていた。

村人たちは踊りと笑いと歌にむりやりはしゃいでいるふりを装っていたが、彼らがそこにいる本当の理由を隠すことはできなかった。というのはこのダンスの夕べは、フィーニーの二人の子供たち、メアリとマイケルが翌日の朝にアメリカへ向けて出発する送別のためのものだったからである。

赤ら顔に黒い髭《ひげ》を生やした中年の貧農であるフィーニーは、白い象牙ボタンの毛織りのシャツを着て、革のベルトに両手を突っ込んだまま落ち着きなく台所をうろうろしていた。彼は皆に歌とダンスを勧めていたが、心は、翌日に送り出すとたぶん二度と会うことはなくなるだろう長男と長女のことを思って重かった。彼は面白おかしい話題を皆に振り撒いたり、踊り手に掛け声をかけたり、騒がしく粗暴な態度で振舞っていた。しかし彼は、病気の若い豚をみるために豚小屋へ行くのを口実に、時々外へ出た。彼は豚小屋へは行かず、切妻《きりづま》屋根の下に立って暗い面持ちで星をぼんやりと眺めていた。心の中に去来するあるぼんやりとした思いをこらえていた。自分の気持をつかみかねていたが、喉に込み上げてくるものがあり、暖かな夜だったにもかかわらず体が震えた。

それから溜め息をつき、首をすくめると「ああへんてこな世の中だ。まったくのところ」とつぶやきながら台所に戻った。彼は再び笑い、叫び、足を踏み鳴らしてダンスの勢いをあおった。

明け方近く、四人一組の『リメリックの城塞』を皆が床を踏み鳴らして踊っている間に、フィーニーは再び切妻壁のところへ行った。息子のマイケルが後についてきた。彼らは前日に灰色の海の小石を敷いたばかりの庭を並んで歩いた。言葉を交わさずに深呼吸するふりをして、必要もないのに欠伸《あくび》をした。しかし彼らは内心は気が立っていた。マイケルは父親よりも背が高いが体格では劣っていた。しかしアメリカへ行くために買った安物のサージの青い背広の肩は彼には狭すぎ、コートのほうは逆に腰の辺りでだぶついていた。彼は着心地が悪そうにぎこちなく歩いた。大きな赤い骨張った両手の置き場に困った様子だ。生まれてこのかた二〇年、彼はインヴェラーラの地元の織物の衣服しか着たことがなかった。店で買った服は、下水溝で働く男が礼服を着ているような違和感があって着心地が悪い。彼の顔は真っ赤に紅潮して青い瞳は興奮で輝いていた。時々、彼はグレーのツイードの帽子の内張りで額の汗をぬぐった。

フィーニーは切妻壁のいつもの場所に着くと、立ち止まって両手をベルトに挟んだまま前後に体を動かして咳をした。「今日は暖かくなりそうだな。」息子はそばに来て腕組みをすると壁に右肩を寄せかけた。

「父さん、ネッドおじさんが夜会の費用を貸してくれたのは有り難かったね。みんなと同じように何か催し物をやらないで行ってしまうのは嫌だったんだ。父さん、稼いだ最初の金を送るから、メアリおばさんから借りた渡航費を返す前にね。四カ月のうちに借金は返して、クリスマスまでにはもっと父さんに金を送るよ。」

ボストンに着いたらすることを話しているうちに、マイケルは強い男らしい気分になってきた。これだけの体力があればたくさん稼げると思った。若さと強さと未来の冒険と、そんなことを考えているうちに、一瞬、彼は父親との離別の苦痛を忘れていた。

父親はしばらく黙っていた。彼は唇を開けて何も考えずに空を見ていた。それから何かを思い出して溜め息をついた。

「どうしたの？　どうか弱気にならないで。つらくなるから。」

「ふー」フィーニーは突然、強気を装って言った。「誰が弱音を吐くものか。新しい服を着るとおまえも生意気になるな。」それからしばらく沈黙した後、低い声で呟《つぶや》いた。

「俺がインフルエンザになったこの春におまえが一人で撒いたジャガイモ畑のことを考えていたのさ。あんなに上手に植えつける者は見たことがない。神が定めた土地からおまえを奪う世界がうらめしい。」

「父さん、何を言ってるの?」マイケルはいらだつように言った。「いったいこの土地から僕らが得るものは、貧困ときつい仕事とジャガイモと塩の他に何もないじゃないか。」

「そのとおりだ」父親は溜め息まじりに言った。「でもここはおまえの土地なんだ。これからは向こうの」彼はそう言いながら西の空を手で指した。「他人の土地におまえは自分の汗を注ぐんだな。」

マイケルは陰鬱《いんうつ》な表情を浮かべて足元の地面を見つめた。「父さんは僕をあまり元気づけてくれないね。」

彼らは五分も黙って立っていた。互いに抱き締め合い、悲しみに打ちひしがれて泣きわめきたかった。しかし彼らは悲しさを胸に抱き締めて、辺りの自然と同じように薄暗く黙って立っていた。それから彼らは中に戻った。マイケルは台所の左の小部屋に行った。そこにいる三人の若者は同じカラハ(2)で漁をした無二の親友たちだった。父親は右手の大きな寝室に入っていった。

そこも村人でいっぱいだった。中央の大きなテーブルには茶菓子が出ていた。およそ一二人ほどの青年がそこでお茶を飲み、バターを塗ったレーズン・ケーキを食べていた。ミセス・フィーニーはテーブルのまわりを慌しく動き回り、彼らにお茶を入れたりケーキを勧めたりしていた。二人の年下の娘とミセス・フィーニーの親戚筋の女性が手伝っていた。その日アメリカに渡る長女のメアリは、何人かの若い娘たちとベッドの端に腰掛けていた。赤く塗られたベッドは四本柱と樅《もみ》材の天蓋のある大きな物で、娘たちはその上にかたまって座っていた。やはり一二人ほどいたろうか。彼女たちはメアリの親友で、メアリへの親愛の情を示すためにそのような窮屈な状態を我慢していたのだ。それが土地の習慣だった。

メアリはベッドの端に腰掛け、脚をぶらぶらさせていた。彼女は黒髪の可愛い一九歳の娘だった。えくぼのあるふっくらした赤い頰、もの思いに沈んだ茶色の瞳、狭い額には小さな皺《しわ》が現れたり消えたりしている。小さな鼻は柔らかく丸かった。おちょぼ口で、赤い唇は開いていた。襟にフリルのついた白いブラウス、ベッドの端に腰掛けた彼女の体の線を強調しているネイヴィー・ブルーのスカート。彼女はふくよかなスタイルの良い体つきをしていた。どことも言えずみずみずしさと純潔の香りを漂わしていた。貧農の家に生まれ、アメリカに渡り女中か女工になる娘ではなく、贅沢な境遇に生まれて、可愛がられ褒め称《たた》えられている娘のように見えた。

彼女は両方の掌でハンカチをもみくちゃにしていた。アメリカのことを思うあまり、不安と嫌悪、欲望とあこがれのはざまに気持が揺れていた。兄とは違って、彼女はこれからの仕事とか稼ぐ賃金のことは考えなかった。いくぶん恥じ、いくぶん不安だった心の悩みは、恋愛、外国の男たち、着物、三部屋以上あって毎日肉を食べられる家のことだった。彼女は厭世家《えんせいか》ではなかった。地方の豪農の息子たちが幾人かインヴェラーラのメアリに憧れていた。しかし……。

メアリは顔をあげたとき、窓のそばにベルトに手を突っ込んだまま黙って立っている父親と目が合った。彼はしばらく彼女を見ていたが、それからニコリともせず視線を伏せて、口を堅く結んだまま台所のほうへ行った。少し彼女の体が震えた。彼女は父が自分をとても愛し、優しくしてくれることは分かっていたが、それでも少し怖かった。この前の冬に、暗くなってからティム・ハーノンの小屋の背後でハーノンの息子が彼女の腰に腕を回してキスをしているところを父親に見つかって、メアリは乾いた柳の枝の鞭《むち》で叩かれた。それ以来、彼女は父親に触れられたり、話しかけられると体が少し震えるようになったのだ。

「あーあ！」お茶をいっぱい入れた皿を手にしてテーブルに座っていた老人が言った。グレーのフランネルのシャツの襟が開いて、痩せて毛深い皺だらけの首が見える。「あーあ、まったくおまえんとこのべっぴんの娘をよそにやらにゃならんなんて、インヴェラーラの島の恥だな、フィーニーの奥さん。わしが若かったら、生皮をはがれてもそんなことはさせせんがの。」

みんな笑った。ベッドに座っていた娘たちが言った。「あんたなんかどうでもいいわ、パッツィ・コイン、それ以上図々しいこと言うと許さないわよ。」しかし笑いはすぐにやんだ。テーブルに座っていた若者たちは困惑しておずおずと互いの様子を探った。まるで自分以外の者たちもメアリ・フィーニーに恋しているかどうか探ろうとでもしているように。

「まあまあ、この世は悪くないわ」ミセス・フィーニーはチェックの明るく清潔なエプロンで唇をぬぐいながら言った。「なるようにしかならないのよ。お墓には希望はないけど海の向こうには希望があるわ。悲しいことに貧しい者は苦労する、でも……」そこまで言いかけて、こんな分かりきったことを言ってもなんの意味もないと気づいたのか、やめてしまった。二人の子供が去っていくので頭が混乱しているのだ。三〇〇〇マイルもかなたの広い見知らぬ世界へ、たぶん永遠に子供たちが去っていく現実が思い浮かぶと、脳の中から硬く薄い鉄の板が突き出て額の後ろに貼りついたような気分になる。想像の鉄板の痛みをぼんやり意識すると、子供との離別という恐ろしいことが忘れられる。彼女はてきぱきと働いた。食事の用意、客のもてなし、その他、女にしかこなせないこまごましたパーティーにつきものの用事。ある意味でこれらのことが一時《いっとき》彼女を救った。さもないと娘を見、息子を思って泣き出してしまったろう。彼女はこの息子を特別に可愛がった。お産のときに死にかけたし、息子は一二歳になるまでは病弱だったのだからなおさらだ。彼女は大きく息を吸って笑った。そのためにウエストバンドの上に深くカーヴしてエプロンが盛り上がった。それから肩をすくめて「口を開くと、人は馬鹿なことを言ってしまうものね」と言った。

「そのとおりだ」と老人は答えて、音を立ててお茶をカップから皿に注《つ》ぎ足した。

メアリは母親がそんなふうに笑うときはヒステリーを起こしかけているのだと分かっていた。ヒステリーの発作を起こす前にそんな笑い方をする癖が母にはあった。メアリの心臓の鼓動は突然止まった。それから母親の体つきを鋭く意識したときに再び早鐘のように打ち出した。母親は丸い寸胴《ずんどう》の体をしていた。すばらしくふさふさした豊かな金髪がこめかみのところで白髪《しらが》になりはじめていた。色白の顔の、柔らかく潤んだ茶色の瞳は物を見るときに一瞬刺すように鋭くなったが、再び柔らかく潤んだ表情に戻る。薄い唇の小さな口からは美しい白い歯が覗き、上唇に縦に深い窪《くぼ》みがある。子供たちを見るときは彼女の口の隅は愛情で微《かす》かに震えるのだった。メアリはこういった細かなことと同時に、母親の左の乳房の下にある黒いほくろのことも思い出した。それから時々むくむ脚のことも。これが彼女にヒステリーを起こさせ、やがて死因につながるかもしれなかった。母親と別れることを思うとぞっとした。そして自分のことばかり考えていたことにも思い至った。メアリは物事を深く考える質《たち》ではなかったが、このときばかりは母親のことを一瞬思って身震いした。残酷で薄情で怠け者で自分勝手な恥知らずの自分が嫌になった。母の人生が目の前に浮かんできた。絶えざる悲惨と苦痛の人生。きつい仕事、陣痛、病気、再びきつい仕事、飢えと不安。それらが浮かんで消えた。少し目の前がかすんで、メアリはベッドから飛び下りた。首を粋《いき》にくるりとまわすのが彼女の癖だった。

「母さん、少し座っていて。私がテーブルの世話をするから」彼女は母親の茶色の胴着の黒い象牙ボタンをいじりながら言った。

「いや、私は少しも疲れちゃいない。おまえこそ座っていなさい。これから長旅なんだから」母は体を一振りして言った。

メアリは溜め息をついて再びベッドに戻った。

ついに誰かが言った。「すっかり夜が明けたぞ。」一斉にみんなが外を見て答えた。「ほんとだ。神様のお陰だ。」星空から灰色のくっきりした夜明けまでの変化は、日の出までは見極め難い。外を眺めると大地に沿って朝日が静かに岩山の上に忍び寄り、霧があがり始めた。星の光が消えていった。遠くの丘のキヅタの枝で姿の見えない雀たちがさえずっている。また夜が明けた。村人たちが欠伸《あくび》して帽子やショールを探して帰り支度を始めている間にも、ますます明るい光がさしてきて世界は活動を始めた。雄鶏が鳴き、ブラックバードがさえずり、早起きの人に鎖から離された犬が尻尾に火がついたように吠えて、居《い》もしない想像上の泥棒を狂ったように追う。人々は別れの挨拶をしてフィーニーの小屋からゾロゾロ出てきた。彼らは、蒸気船に乗って本島に渡る移住者を見送るためキルマラージへ行く前に、自分たちの朝の仕事を片づけるのだ。フィーニーの小屋には家族だけが残った。

家族が全員台所に集まって、ダンスのことや来てくれた人たちのことを眠そうに話し合った。ミセス・フィーニーはみんなに寝るように勧めたが誰も聞かなかった。四時だった。マイケルとメアリは九時にキルマラージに向けて出発しなければならなかった。お茶を入れ、全員が飲んだり、ケーキを食べたりしながら、一時間ほど時間を潰した。彼らの話題はもっぱら出席した村人とダンスのことだった。

家族は八人だった。両親と六人の子供たちだ。トマスが末っ子で一二歳、息をするたびにゼーゼーいっていた。次が一四歳のブリジッド、彼女はいつも目をキョロキョロさせていて、これといった理由もなく、短いカールした金髪を時々振る癖があった。それから一六歳の双子の姉妹のジュリアとマーガレット、物静かでどちらかというと間の抜けたぺちゃんこの顔をした娘たちだった。二人とも上の歯が少し出っ歯で、働き者で、母親の言うことはなんでも聞いた。全員がテーブルに座って三つ目のポットを飲み終えたとき、突然、母親が残りのお茶を一気に飲み、音を立ててカップを皿の上に落とすと、すすり泣きをはじめた。

「母さん、泣いたってしょうがないだろう?」マイケルがきつい口調で言った。

「そのとおりだね」母親は静かに答えた。「私はこんなふうに子供たちみんなに囲まれているのはなんて素晴らしいのだろうと思ったのさ。私の巣の可愛い雛《ひな》たち。ところが二羽だけが巣立っていってしまうのが悲しくてね。」彼女は愚かな冗談のふりをして笑った。

「そんな話は御免だな」父親は袖で口をぬぐいながら言った。「仕事がある。ジュリア、行って馬の準備だ。マーガレット、おまえは牛のミルク搾りだ。子牛にたっぷりミルクをやってくれ。」彼はいつもと同じ日であるかのようにみんなに仕事を命じた。

しかしマイケルとメアリはすることがなかった。彼らはいつもの家庭の仕事から切り離されて、惨めな気分で座っていた。もう自分たちには役割はないのだ。あと数時間で自分たちは家のない放浪者になるだろう。家から切り離されてみると、貧乏で薄汚い今までの生活が豊かで居心地の良いものに思えてきた。

七時の朝食の時間まで、このようにして時は過ぎていった。朝の仕事が終わって、家族が再び揃った。食事中は誰も口をきかなかった。夜明かしの後の眠気と数時間後の別離のことを思うと、誰も話をする気になれなかった。特別な日なので一人に一つずつ卵が出された。ミセス・フィーニーはいつものように自分の卵をまずマイケルに勧めた。それからメアリに勧めたが、二人とも断わったので自分で少し食べ、残りを呼吸器障害のある末っ子のトマスに与えた。朝食が片づけられた。父親はキルマラージへ荷物を運ぶため牝馬に荷籠を付けに外へ出た。マイケルとメアリは荷物の準備と身支度にとりかかった。母親と子供たちは家を綺麗にした。移住者をキルマラージまで見送るために、風習に従って村人たちが台所に集まってきた。

ついに支度ができた。ミセス・フィーニーはあらゆる言い訳を言いながら、こまごました仕事に忙しく動き回っていた。とうとう彼女はメアリが新しい帽子をかぶっている寝室に入っていかねばならなくなった。彼女は窓際の椅子に座って、あふれる涙をこらえるために顔をゆがめていた。マイケルは両手を背後にまわして大きな赤いハンカチを結んだりしながら、落ち着きなく部屋を歩いていた。メアリは黒い木製のマントルピースの上の鏡の前で体をねじっていた。帽子をかぶるのに長い時間をかけた。それは初めての帽子だったが、とてもよく似合った。趣味がとても良かった。それは彼女を可愛がってくれた学校の女の先生からのプレゼントだった。メアリも先生の趣味に少し影響された。彼女はドレスや物腰の美しさに対する本能的趣味があった。

しかし、娘の上手な着こなしを見た母親は、突然怒りを覚えた。安物のネイヴィー・ブルーの服、フリルのついた白いブラウス、小さな円い黒い帽子、ふさふさした艶《つや》のよいカールした髪が耳を隠している。青い縫い取り飾りをした黒い靴下、三色のレースのついた小さな黒い靴。母親は自分でもなぜか分からなかったが無性に腹が立った。娘の美しさが嫌だった。お産の苦しみ、育児、いろいろの世話、これらもすべては娘を失うためだったのか。彼女は美人で明るい娘だから男たちにもてあそばれてしまうかもしれない。自分の娘を第三者的に見たときの美しさに、ミセス・フィーニーは嫉妬と憎悪の思いに駆られて危うく窒息しそうになった。彼女は無意識に両手を前に突き出した。同時に憎悪が煙のように消えて、彼女は激しく声をあげて泣き出した。「おお、子供たちが、私の子供たちが遠く海の向こうに連れ去られてしまう。」彼女は体を揺すり、自分のエプロンで頭を覆った。

たちまち小屋は激しい泣き声でいっぱいになった。女たちの悲痛な泣き声が台所に満ちた。「遠くへ行ってしまう。」次から次へと涙が伝染して、みんな体を揺すり、エプロンに隠れて泣いた。マイケルの雑種の犬も炉端で吠えはじめた。トマスは犬のそばに座り、腕で犬を抱えて泣き出した。なぜ泣くのか自分では分からなかったが、犬が吠えるのとみんなが泣いているので暗い気持になったからである。

寝室では娘と息子はひざまずいて母親に抱きついていた。母親は両手に彼らの頭を抱いて、激しいキスの雨を彼らの頭に降らしていた。ひとしきり激しく泣いた後、彼女は泣きやんだ。涙が頬を伝っていたが、瞳には輝きが戻った。二人の子供の頭をじっと眉をひそめて見つめた。心に生の写真を焼き付けておきたいとでもいうように、激しい視線を二人の頭に注いでいた。震える唇で音を立てながらキスを続けた。右手はメアリの左肩を摑《つか》み、左手はマイケルのうなじを撫でていた。二人の子供たちはただただ泣くばかりだった。そのようにして一五分も過ぎたろうか。

一張羅を着た父親が寝室に入ってきた。表がグレーと黒で後ろが白の新しい織物のチョッキを着ていた。片手にはフェルトの黒い帽子、もう片方の手には聖水の瓶を持っていた。彼は咳払いをしてから、彼には似つかわしくない穏やかな小声で息子に触れながら言った。「さあ、もう行く時間だ。」

メアリとマイケルは立ち上がった。父親は彼らに聖水を振りかけた。そしてみんなで十字を切った。両手を膝の上で組んだまま黙って呆然と下を見ている母親のほうは見ずに、彼らは部屋を出た。二人はキルマラージにはこない末っ子のトマスに急いでキスをした。彼らは手をつないで家を出た。マイケルはドアを出るとき、壁から剝がれた漆喰《しっくい》の破片を取ってポケットに入れた。人々は葬列のように彼らの後について庭を通り、表の道に出た。母親はトマスと村の二人の老婆と後に残った。小屋では永いこと誰も口をきかずに黙っていた。

母親は寝室から台所へ入ってきた。彼女は捜し物でもするように二人の老婆、末っ子、炉端を順ぐりに見た。それから両手を高く振り上げると庭に走り出た。

「帰っておいで」彼女は叫んだ。「私のところへ戻っておいで！」

彼女は鼻腔を広げて、大きく息をしながら激しい目付きで道を見た。誰も見えなかった。誰も答えなかった。太陽の照りつける灰色の岩に囲まれた石灰岩の道が曲がりくねって続いているだけだった。道は丘の向こうへと消えていた。暑い六月の一日は静まりかえっていた。答える声を期待して聞き耳を立てた母親には、岩が熱い焼けるような陽射しの下でシューと音を立てているのが聞こえるような気がした。それは彼女の頭の中の音だった。

二人の老婆は彼女を台所へ連れ戻した。

「時が経《た》てばすべては癒されるものさ」一人が言った。

「そう。時と我慢」もう一人が相槌《あいづち》を打った。

(1) 動きが活発で、不規則なステップを踏む三拍子のダンス。

（2）　細い材木の枠組にキャンバスを張り、防水のためにコールタールを塗った小舟。

(*Going into Exile*, by Liam O'Flaherty)

妖精のガチョウ

リアム・オフラハティ

LIAM O'FLAHERTY

メアリ・ウィギンスという老婆が、雛《ひな》を孵《かえ》すために近所の人から三個のガチョウの卵を貰った。彼女は藁《わら》を敷いた木箱に卵を入れて、老いた雌鶏に抱かせた。その雌鶏はじっと座っていなかった。たぶん卵が大きすぎたのだろうが、絶えず木箱を離れた。老婆は雌鶏を箱に閉じ込めた。疲労のためか、通気の悪さのためか、悪魔の仕業か、卵が孵化する予定日の二日前に雌鶏は卵を抱えたまま死んでしまった。

お気に入りだった雌鶏を失っただけでなく、ガチョウの雛も孵らないかもしれず、老婆は悔し涙を流した。彼女は藁と古着に卵を包んで台所の火のそばに置いた。二日後に卵の一つが割れて小さな雛の嘴《くちばし》が出てきた。他の二つは孵らなかったので捨てられた。

痩せこけた貧弱な雛だった。小さく、今にも壊れそうだった。老婆は哀れになって殺そうかと思った。しかし夫に止められた。「家で生まれたものを殺してはいけない。神様の教えにそむくことだ。」

「あなたの言うとおりだ」老婆が答えた。「この世に生まれるものは神様が贈られたもの。ありがたや、ありがたや。」

しばらくの間ガチョウの雛は今にも死にそうに見えた。一日じゅう台所の炉端の泥炭の灰にくるまって眠るか、ピヨピヨと弱々しい鳴き声をあげていた。餌をやると体を持ち上げずに嘴を伸ばして啄《ついば》んだ。しかし次第に丈夫になり、外に出て平らな石の上で日向《ひなた》ぼっこするようになった。三カ月経《た》ってもそのガチョウには柔らかな黄色い羽毛が残っていた。村で同じ頃に生まれた他のガチョウたちはすでに群れを成して池に出かけていた。ガチョウたちは羽ばたいたり、夕日に向かって一斉に鳴き声をあげたりしていた。小さなガチョウは、他のガチョウが風の強い日に飛び上がり、それぞれの家から池まで騒がしく飛んでいくのを眺めていたが、いっこうに気にする様子はなかった。親鳥になる努力をしなかった。四カ月経ってもまだ片脚で立てなかった。

老婆はガチョウが妖精だと信じるようになった。村の女たちもいろいろ意見を戦わせているうちに、老婆と同じ結論に達した。ピンクと赤のリボンを首に結び、翼に聖水を振りかけることになった。

無事に儀式が終わると、ガチョウは村にとって神聖なものになった。石を投げつける少年もいなかった。彼らは池に舟として浮かべるコルクのマストとして、ガチョウから羽を失敬するのが常だったが、このガチョウの羽だけは取らなかった。ガチョウが歩き回り始めると、どの家もご馳走をあげた。村じゅうの人たちが人間よりもガチョウに敬意を払った。ガチョウはウィギンス婆さんに大変なついて、どこにでもついてきた。そのために婆さんも村の占い師として有名になった。夢判じを頼まれた。ビッグ・ペリウインクルのまじないや病気の牛の腹に蛇結びをすることを頼まれた(1)。病気の子供が出ると、夜、ひそかにガチョウが連れていかれて、馬の毛の端綱《はづな》に引かれて家の周りを三度まわされた。

一年経ってもそのガチョウは成鳥にならなかった。羽毛はまだ黄色みを帯びていて、鳴き声もガーガーではなくて奇妙なピーピーという声だ。一人前のガチョウと違って、よそ者を見ても首を伸ばして威嚇するのではなく、頭を片方に傾《かし》げてアヒルのような面白い鳴き方をした。鶏の雌のように黙想にふけり、また水を怖がって、草原に転がって身を綺麗にした。食事はパン、魚、ポテトだった。ミルクとお茶も飲んだ。布切れ、釘、堆肥のそばのゴミ山に捨てられる小魚の骨、カサガイの貝殻を集めるのが好きだった。それらの屑はウィギンス婆さんの戸口の左手に積まれていた。屑の山が高くなると、ガチョウはその真ん中に巣を作ってねぐらにした。

婆さんはガチョウは金銭《かね》になると思った。このガチョウには超能力があるのだと、ますます確信を深めた。婆さんは夢判じに白い毛織物地を一ヤード、ビッグ・ペリウィンクルのまじないに砂糖一ポンド、病気の牛の腹に蛇結びをしてロバ半頭分のジャガイモを貰った。これまでは親切でユーモラスだった婆さんが、端が踵《かかと》まで届くようなショールを三角に羽織るようになった。彼女は道を歩きながら独り言をいったり、ガチョウに語りかけた。またガチョウのように大股で歩き、ときおり目をグルグル回すようになった。まじないをするときは恍惚状態になって「ボウム、ロウム、トウム、クロウム」と意味不明の言葉を唱えた。

その村に占い師の婆さんと妖精のガチョウがいることが近隣一帯に知れ渡った。遠くからひそかに、真夜中、あるいは新月の最初の晩、あるいは春の引き潮の晩に巡礼がやってきた。

男たちはウィギンス婆さんの家の前を通るときは帽子を取るようになった。ダラ・フォディの牛が治ったので、ガチョウはやはり悪い妖精でなく良い妖精であると認められたからである。村の近隣で騒ぎが大きくなって、長らく秘密だったこのことが教区の司祭の耳に入った。

この話を司祭にしたのはガチョウの村の隣村の老婆だった。ガチョウが来るまでは、この老婆は、昔その地方の占い師だった亡き母親の霊力を借りて占いをしていた。司祭はこの知らせを聞くと、祈禱書《きとうしょ》と頸垂帯《ストール》を持って馬に飛び乗り、全力疾走でウィギンス婆さんの家を目指した。村に着くと司祭は家から離れたところで馬を降り、通りかかった少年に馬を預け、頸垂帯を首につけた。

たくさん集まった村人の中には遠くから口笛で婆さんに知らせようとした者もいたが、正統な宗教の聖なる掟によって禁じられたことの片棒を担いだという罪の意識から、司祭よりも先に家へ駆け込むことは怖くてできなかった。メアリ・ウィギンスと夫は、家の中で魔除《まよ》けとして売る茶色の馬の毛のロープを作っていた。

戸口の外では高い巣にガチョウが座っていた。首にはピンクと赤のリボンが巻かれ、両足首には黒いテープが巻かれていた。このガチョウの体はふつうの健康なガチョウの半分ほどしかなかった。しかし優雅な身のこなしをしていた。村人に愛され、尊敬されていることから生まれてくるあか抜けしたところ、気品とでも言うべきものがあった。

司祭が近づいてくるのを見ると、ガチョウはいつもの特有の声で優しく鳴き始めた。巣から降り、ご馳走を期待して、司祭のほうによちよちと歩いていった。「よしよし、こちらへおいで」と言いながら手を伸ばし餌をくれると思いきや、司祭ははたと立ち止まり、きつい声でおびえたように何か呟《つぶや》いた。彼は顔を真っ赤にして帽子を脱いだ。生まれて初めてガチョウは恐怖を覚えた。嘴を開け、翼を広げて首を低く垂れた。シューと威嚇の声を出した。くるりと向きを変え、翼をはためかせ、一声大きく鳴いた。ガチョウらしい大声をあげるのはそれが初めてだった。高い巣に這い上がると平たく伏せて、全身を激しく震わせた。

人間を怖がったり、人間から無礼な扱いを受けたことのないガチョウは、自分をにらみつけて何か言っている黒い服の異様な男に衝撃を受けた。本来の動物的本能が頭を持ち上げ、おぞましい暴力となって現れた。

この様子を見ていた村人たちは心底驚いた。中にはつば無し帽を取り、十字を切る者もいた。どういうわけか、ガチョウは彼らの思っていたような良い妖精ではなく、悪い妖精であると決められた。司祭の頸垂帯、祈禱書、にらんだ顔を彼らは恐れた。彼らはガチョウの奇妙な威嚇のシューという声、さらに奇妙なガーガーという鳴き声は超自然の悪霊のせいだと決めてしまった。遠く東の方角に微《かす》かな遠雷の音を聞いた者もいた。妖精のガチョウの鳴き声に応えて遠くでガチョウたちがたくさん鳴いていた、と後になって証言する老婆もいた。

「神父さんを殺そうと、悪魔たちがみんなでガチョウに手助けを申し出ているに違いないわ」とその老婆は言った。

司祭は村人たちのほうを向いて、脅すように右手をあげて叫んだ。

「地面が口を開けて、おまえたちを呑み込むぞ、偶像崇拝者たちめ。」

「神父さん、どうかお助けを」その老婆は体を投げだし、道にひざまずいて叫んだ。

外の騒ぎを聞いたウィギンス婆さんは三角のショールを引きずり、黒い髪をぼさぼさにして、急いで庭に出てきた。彼女は両手で訳の分からない謎めいたしぐさをした。最近ではそれが習《なら》い性《せい》となっていた。恍惚としていたので初めは司祭が目に入らなかった。彼女はまじないを唱えだした。

「魔女め」そう叫んだ司祭は、彼女めがけて怒りもあらわに庭を走ってきた。

老婆は気づいて悲鳴をあげた。だが大胆にも、面と向かって司祭に「近寄るな」と叫んだ。彼女はまだ忘我の状態にあった。それはふりをしているのか、それとも本当に自分の霊力を信じている結果なのか分からなかった。

老婆は真剣なのだろうか。今まであんなに親切で穏やかだった老婆が。

夫が大きな声をあげながら出てきた。彼は司祭を見ると、手にしていたロープを捨て、家の角をまわって逃げた。

「どけ、魔女め。」司祭は手をあげて老婆を打とうとした。

「下がれ。私のガチョウに手を触れるな。」

「そこをどけ。さもないと破門するぞ。」

「破門したけりゃ勝手にするがいいさ！」不幸な老婆は叫んだ。

司祭は老婆の耳の下を一撃した。老婆は見事にひっくり返った。司祭はつかつかと巣に近づいてガチョウを摑《つか》んだ。おびえきったガチョウはやっとの思いで嘴を開けて、司祭に向かってシューと威嚇した。彼はガチョウの首のリボンと脚のテープを外した。それから彼はガチョウを巣の外に放り出した。次に壁に立て掛けてあったシャベルを手に取って、ゴミでできた巣を散らし始めた。

庭にへたりこんだまま老婆は頭をあげて、占い師の習わしに従って呪文を唱え始めた。

「東の風、西の風を起こし、海の風を呼んでやろう。稲妻が空をこがし、天では巨人の戦いの音がするだろう。大地は荒廃し、魚の尾を持った子牛が生まれる……」

ガチョウは鳴きながらよちよち歩きで老婆に近づき、ショールの下に隠れようとした。

これを新たな悪業の予兆と見た村人は、互いにヒソヒソと言葉を交わした。

司祭はシャベルを放り出し、ガチョウを蹴飛ばして老婆を立たせた。老婆は忘我の状態によって精力を使いはたし、村人の同情を買おうとして失神した。いや失神するふりをしたのかもしれない。彼女の手足は力なく、ぐったりとしてしまった。再び村人は囁《ささや》き合った。困った司祭は老婆を壁にもたせかけた。怒りに理性を失った彼はどうしてよいか分からなくなった。老婆を殴ったことが恥ずかしくなったのだろう。あるいはこの場がまったく滑稽なものに思われたのだろう。彼は手をあげて悲しみのこもった声で村人に語りかけた。

「警告しておこう。この哀れな女は……おまえたちみんなが惑わされたこの女は……おろかで……貪欲こそすべての原因だ。」彼は突然、拳《こぶし》を震わせて怒りをぶちまけた。「この女は魔法によって金銭《かね》を巻き上げるのが目的で、おまえたちの信じやすさにつけこんだのだ。それがすべてだ。金銭が狙いだ。注意しておく。再びこのようなことを耳にしたら、私は……」

彼は言葉に詰まった。こいつらにはどんな脅しが効くだろうか。彼は続けた。

「大司教さまに報告する。」

村人は声をあげて許しを求めた。

「神を畏《おそ》れ、隣人を愛しなさい。」

それから彼はガチョウに石を投げつけて、大股で帰っていった。

村人たちはウィギンス婆さんを激しく罵《のの》しり、家に火をつけると脅した。しかし責任ある人たち、主として今までガチョウの迷信には無関心だった人たちが思いとどまらせた。村人たちは帰っていった。ウィギンス婆さんの夫も隠れていた納屋から出てきて、妻を家に入れた。ガチョウは驚きの鳴き声をあげながらゴミを拾い集めて、再び巣作りにとりかかった。その晩、月が昇った時刻、集まった一団の若者たちはウィギンス婆さんの家に近づいて「よしよし、こっちにおいで、おいで」とガチョウを巣からおびき出した。

みんなが再び優しく、大切にしてくれるのに気を良くしたガチョウは、ガーガーと幸せそうな鳴き声をあげながらよちよちと門のほうへ歩いていった。

若者たちはガチョウに石を投げつけて殺してしまった。

ガチョウは一声もあげなかった。とても可愛がってくれ、また自分も決して傷つけたことのない人間からこんな目に遭わされて、ガチョウは仰天してしまったのだ。

翌朝ガチョウの死骸を見つけたウィギンス婆さんは発作を起こした。その間にも婆さんは村人、司祭、全人類を呪い続けた。

婆さんの呪いは少なくともある程度は効いたようだ。天空で巨人は戦わず、牛も魚を生んだりしなかったけれど、村人は喧嘩好きな、神を畏れても隣人を愛さない飲んだくれになったことだけは確かだ。ウィギンス婆さんは飲んだくれの女房たちの中から再び信者を得るようになった。これらの女たちの意見では、彼女らの代に村が平和で和《なご》やかだったのは、妖精のガチョウがみんなに愛されていたときだけだったそうだ。

（1） エスティン・エヴァンズの『アイルランドの民俗風習』によれば、以前アイルランドには腸捻転を起こした牛の腹にまじないの紐を結び、それが解ければ治るという迷信があった。

（*The Fairy Goose*, by Liam O'Flaherty）

不信心と瀕死

ショーン・オフェイロン

ジャッキー・カーデューはいわゆるクラブを根城とする遊び人の一人だった。身だしなみが良く、髪にポマードを塗り、こまめに薬を飲み、御身《おんみ》大切の、いつまでも歳をとらない連中の一人だった。クラブに根を生やしてしまったような男で、八〇歳くらいになってあの世に行くと、知り合いたちに「やれやれ、ジャッキーも最期は早かったなあ」と言われそうな男である。

三〇年間、彼はプライヴェート・ホテルで暮らしてきた。昨年の冬、彼は友人たちに言った。「プライヴェート・ホテルはプライヴェートでもホテルでもない。フラットに引っ越すことにしたよ。」最後に彼が見つけたのは、アイルランドの都市によくある間に合わせのフラットだった。一階にWC、最上階にバスルームのある二部屋(一部屋を二つに仕切った)である。バスルームにある見苦しい油で汚れたようなガスストーヴは、一八五一年の万博でアルバート皇太子が除幕したような古びたものだった。

しかしジャッキーは嬉しかった。ついにプライヴァシーが得られた。住人は彼と家主だけだ。板金屋《ばんきん》が一階を仕事場にしていた(騒音とハンダのにおいがした)。三階は弁護士事務所だった。家主の老婆はジャッキーのフラットの真上の屋根裏部屋に住んでいた。彼は家賃を払うとき以外はめったに彼女と顔を合わせなかった。

ある天気の悪い二月の午前二時頃、ジャッキーと数人の友達がトランプのソロの四回目の最後のゲームを始めようとしていたとき、犬が階上の床を尻尾で打っているような音にみんな少しずつ気が付いた。しばらくはカードの音、雨が窓を打つ音、トランプに興じる男たちの短い声の他は何も聞こえなかった。それから再びコツコツと床を叩く音がした。

「みんな、静かにしたほうがいいぞ。階上の婆さんが寝られないらしい。」

彼らはトランプに熱中した。再び叩く音がした。今度ははっきりと大きな音が繰り返し聞こえる。ジャッキーは、驚いて眉を上げた仲間を見た。それから腕時計、消えかかった火、下の広場のアークライトを反射している窓の雨滴を見た。彼は、自分を立ててくれない銀行の部下に見せるのと同じしかめ面をして出ていった。マッチを擦って階段を上がった。釘の頭が光っている。彼のつまずいた足音、「ちくしょうめ」という声を聞いて老婆が名前を呼んだ。彼は声のする方に進んだ。屋根裏の大きな垂木《たるき》の下をくぐり、老婆の干した湿った洗濯物を肘で避《よ》け、頭のすぐそばに外気の冷たさを感じながら進んだ。老婆の部屋は殺風景な屋根裏部屋だった。その貧しさ、寒気《かんき》のこもった空気、街の灯を反射してさざ波のように雨が流れている傾斜のある屋根窓を彼は見た。

マッチの明りで覗くと、老婆の生彩のない眼が枕からおびえたように彼を見つめていた。窪《くぼ》んだ頬、顎の白い髭《ひげ》、赤い毛糸で結んだお下げ髪。マッチが彼の指を焦がした。暗闇の中に囁《ささや》き声が聞こえた。

「カーデューさん、わたしゃ死ぬとこです。」

彼は非常に驚いてすぐにマッチを擦った。さらに彼がびっくりしたのは、彼女の知人を呼ぼうかと聞いたときの答えである。

「神よ、御加護を。友達? わたしゃ唇を湿してくれる友達もいない。どこにも一人もいない。」

彼は階段を駆け下りた。仲間の一人は医者だった。医者は階上に上がり、老婆を診察した。彼女を慰めてから下に降りてきて、とくに悪いところはない、年齢《とし》のせいとおそらく消化不良のせいだろうと言った。アスピリンを二錠と腹に湯たんぽを当てるように忠告した。彼らは彼女を静かに寝かせてから、「お互い気をつけよう」と言葉を交わしながら雨の中をしょぼくれて帰っていった。

ジャッキーは自分の乱雑な部屋に戻って、火の消えた暖炉のそばに座った。一五分ごとにシティー・ホールの時の鐘が聞こえてきた。気紛れな冬の風によってそれは時には力強くはっきりと、また時には弱々しく微《かす》かに聞こえた。彼は突然思い出した。彼の母親もこんな晩に亡くなったのだ。あの老婆が亡くなったら誰があとの面倒を見るのだろう。初めて彼は壁に掛かった家族の写真を見た。若い男女と口を開けた瞳の定まらない赤子たちが写っている。白髪《しらが》の口髭を生やした禿頭の男の引き伸ばした写真もある。それを見ていると、彼の銀行の前支店長のカシディーを思い出した。カシディーは毎週火曜日にエンライトという退職した銀行家と食事をしているらしい。暖炉の燃えかすをかき回しているうちに、ジャッキーはカシディーには他に友達が一人もいないことを思い出した。なんてこった！　五〇の坂を過ぎれば、あとはあの世へまっしぐらじゃないか？

三時半に彼は再び老婆の様子を見るために上がった。彼女は荒い息をして眠っていた。彼は脈を診た。どれくらいが正常だったかな？　彼女の脈は霊柩車《れいきゅうしゃ》のようにゆっくりだった。彼は自分の寒い部屋に戻った。雨足は相変わらずだ。外の広場は皓々《こうこう》と明るい。彼は下腹部に鈍痛を感じた。盲腸だろうか？　彼女に司祭を呼んであげればよかったろうか？　そういえば、最後に告解《こっかい》に行ったのは何年《いっ》だったろう？　四時半に彼は再び彼女の様子を見に行った。彼女の呼吸は落ち着いていた。これで大丈夫だろう。パジャマを着るときに彼は自分の醜い腹を眺めた。

彼はいつもの時間に、熱いお茶とバター付きパンを運んできた老婆に起こされた。彼女は脇の下に祈禱書《きとうしょ》を持ち、外出の身支度をしていた。

「どうしたんだ！　私はてっきり……」彼は啞然《あぜん》として言った。

老婆は葦のように細い体を揺らして笑い出した。

「カーデューさん、悪い奴ほど長生きするって言いますものね。煉獄《れんごく》の熱い席は私にはまだ用意されていないようです。昨日たくさん食べたベーコンとキャベツがいけなかったようだわ。」

彼女が腹から喉まで吐《もど》すような身振りをしたので、ジャッキーは急いでバター付きパンを下に置いた。「昨日一日じゅうおなかが張っていたわ」と彼女は言った。

ジャッキーは悪態をつきながら身支度をした。出かける間際、彼は老婆にしっかり言ってやろうと決めた。彼女は教会から戻って台所で大きなボウルからスープをすすっていた。

「いいかい、キャンティーさん、あんたに友達が一人もいないってのは本当かね？」彼はきつい口調で言った。

「友達はたくさんいるよ」彼女は嬉しそうに笑って言った。「女が持つ友達としては最高の友達がね。」彼女は堆《うずたか》く積まれた祈禱書に痩せて骨張った手を置いた。手垢で光る黒布のカバーをかけた一二冊ほどの祈禱書が、三〇センチくらいの高さに重ねてある。「煉獄で苦しむ魂があるでしょう？　私には聖アントニーがいます。」彼女の視線の先には、箪笥《たんす》の上に茶とクリーム色の大きな像があった。「それからイエス様の聖心があるでしょう？」彼女は流し台の上の赤と金《きん》の像を見た。(1)去年のイースターのときの枯れたシュロの葉が像の前に十字に掛けてある。「聖テレサが私にほほ笑んでいるのを見てごらん。聖ヨセフと聖モニカもいるよ。」

ジャッキーの頭は風見鶏のようにグルグル回った。

「それに私は朝のミサから戻ったばかりだよ。それでも友達はいるかと聞くのかい？」老婆は哀れむように彼を見て笑った。彼は老婆に向かって「それじゃ一体、なぜ昨晩私じゃなくて友達を呼ばなかったのか」と言いたいところを抑えて外に出た。彼は銀行で秘書に向かって八つ当たりをした。

「まったくいまいましい迷信だ。昼間は信心、夜はぐずぐず。いつものアイルランドの『主よ、哀れみを垂れたまえ』というやつだ。すべては地獄の火と堕地獄の恐れのせいだ。こんなのに付き合っていたんじゃ誰でも無神論者になるというもんだ。」

女秘書は彼に反論し、喧嘩になりそうになった。恥を知りなさい、あなたもいつかは死ぬのよ、あなたのために祈ってあげる、と言われて彼はカッとなった。昼食時も彼は宗教についてまくしたて「この国は遅れている」と繰り返した。夜にクラブでも論じ続けたが、メンバーの多くはコロンブス騎士会(2)の会員であるので攻撃の矛《ほこ》を収めた。ビジネスは別だ。彼は妥協線を行くことにした。

「いいですか、私は本物の宗教には大変な敬意を払っている。それから私は聖人ではないことを言っておきたい。正直に申し上げる。とはいえ普通人より悪いわけではなく、じつをいえば少しましなほうでしょう。偽りなくいえば宗教は老人の大いなる慰めです。しかし宗教が性格的に合わない場合は、性格がすべてに優先すべきです。そうでないと宗教は形式主義と迷信に堕落するのです！」

居合わせた者たちはうなずいたほうが安全だと判断した。彼は自分の手持ちのトランプの札《ふだ》を満足げに眺めた。

「マグワイヤー、君の先手だ。」

彼はマグワイヤーと家に向かってのんびり歩いていた。雨上がりの穏やかな夜だった。辺りには春の気配が漂っていた。

「イースターまで私らは自分たちがどこにいるか分からないな」マグワイヤーはぎこちなく笑った。

「なんだね、その冗談は？」

「今夜の話を聞いていて思ったんだ。なんと私はもう一年も告解に行っていない。イースターが近いんだから古い鍋は綺麗にしなくてはいけないと思うのさ。イースターの義務というやつだ。君はどこへ行く？　私はいつもラスファーナムのイエズス会に行く。誰だって彼らが好きではないがね。」

「私もたいていそこへ行く。イエズス会の修道士に告白できる」とジャッキーは嘘を言った。そう言いながら、今年は本当にラスファーナムに駆けつけるだろうかと自問自答した。

イースター前の木曜日の真夜中過ぎ、ジャッキーと仲間はトランプのナポレオンに夢中になっていた。すると微《かす》かに床を叩く音が聞こえてきた。

「心配ない。羹《あつもの》に懲りてなますを吹くことはないさ。図に乗っているのさ」とジャッキーは言った。

彼らは配られた札を手にしてナポレオンを続けた。カードの音にまじって前よりも微かなコツコツという音がした。

「あの婆さんだ。君の番だ。なんだ、エースしか持っていないのか！　あの婆さんは典型的な現代アイルランドのカトリック信者だ。いいか、信仰の陰には……私がインチキしたって？　なに言ってるんだ？　私はレドモンドの2のカードに対して7を出しただろう？　ああいう婆さんの信心は子供が暗闇を怖がるのと同じさ。」

マグワイヤーが笑った。

「なあ、ジャッキー、宗教について説教してもなんの役にも立たないぜ。教会の刻印が君の上に押されている。私らみんなにだ。生まれてこのかたずっとだ。遅かれ早かれ彼らにつかまる。降参してあきらめちまったほうがいい。よく聞けよ。そのうち君も部屋じゅうに聖画を飾るようになる。私は長生きしてそれを見届けてやるんだ。刻印が君には押されているのさ。」

ジャッキーはカッとなった。マグワイヤーの奴め、年に一度も告解に行かないくせに聖人君子ぶった口をききやがる。

「私に向かって指を振り立てるのはやめてくれ。たわごとを述べたてている君こそ、いつ告解に行ったのか知りたいものだ。」

マグワイヤーは澄まして答えた。

「言ったっていっこうに構わない。三日前に行った。立派な老年の神父さんだった。」彼は指を鳴らして一同を見た。「彼はこんなふうに私を免罪してくれたのさ。もし私が殺人を犯していたとしても『それで他に疚《やま》しいことはないのかい』で済んだだろう。」

一同はうなずきながら笑った。マグワイヤーは続けた。

「イエズス会ほどいいところはない。内戦時代に告解に行った男の話を聞いたことがあるかい？『神父さん、私はイギリスのブラック・アンド・タン(3)を一人殺しました。』神父がなんと言ったと思う？『あなたは金銭の罪は省いてもよい。』これは本当の話だと思う。」

以前に何度も聞いた話だが、彼らは全員笑った。これは罪人が何度でも聞きたくなる類《たぐい》の話なのである。笑い声にまじってコツコツと叩く音が聞こえた。

「ジャッキー、婆さんの様子を見なくちゃいけないな」セールスマンをしている男が言った。

ジャッキーは「めんどくさいな」と言いながらトランプのカードを投げ捨てて屋根裏に上がった。マッチを擦ってみると老婆の具合は悪そうだった。額に玉の汗が浮かんでいる。息が苦しそうだ。

「カーデューさん、わたしゃもう駄目です。お願いだから神父さんを呼んで下さい。」

「分かった分かった、すぐに医者も呼ぼう。」

彼は階段を駆け下りて仲間に伝えた。

「みんな、大変だ。冗談ではない。彼女は終わりだ。私にも分かる。マグワイヤー、急いで神父さんを連れてきてくれ。サリヴァン、新聞販売店のそばに電話がある。カンティロン、ハンリー、ケーシー、医者なら誰でもいいから呼んでくれ。急いで！」

彼は強いウイスキーを持ってきたが、老婆はそれをする力もなかった。聖フランシスのような悲しい目とうなだれた頭の若い司祭がやってきたとき、賭け事の好きな遊び人たちも垂木の下に集まって天窓から大きなイースターの月を見ていた。彼らはジャッキーよりは若かったが、年齢以外はあらゆる点でジャッキーに似た連中だった。

「ああ、あの神父さんが言ったとおりだ。死は夜盗のようにやってくる。不意にやってくるんだな」とマグワイヤーが囁いた。

「ひどい冬だ。どんどん人が亡くなるな。昨日はサー・ジョン・フィルポットが亡くなった」とサリヴァンが小声で言った。

「まさか！」ニュースに驚いたジャッキーが言った。「陶磁器屋のフィルポットか？三日前に彼とクラブで口をきいたばかりだが(前もって断わりなしに死んだのがけしからんという口調だ)。まだ比較的若かったがな。六二歳だったかな？」

「心臓だった。最期は早かった」とウィルソン。

「朝生まれて夕べに消える草葉の露か」マグワイヤーが溜め息をついた。

「一番いい死に方だ。誰にも迷惑をかけない」サリヴァンが言った。

「そうだな。どうせ死ぬのなら」マグワイヤーは恭《うやうや》しく上を指さした。「ある司祭の話だが、二〇年ぶりに告解に来た男がいたそうだ。彼がちょうど指を上げて『汝を許す』(このとき、マグワイヤーは両手の指を上げた)と告げたとたん、男は告解室でバッタリ倒れて死んだそうだ。危うくその男を地獄に行かせてしまうところだったそうだ。」

ジャッキーは居心地悪そうにもぞもぞと体を動かした。彼はその話が司祭の作り話であることを知っていたが、そのことを口にする気にはなれなかった。

「最高の死に方ができるのは兵士だね」サリヴァンが小声で言った。「戦いの直前に司祭が連隊に赦罪の儀式をする。もし戦死してもそのまま天国に行ける。だからアイルランド人は優れた兵士になれるんだ。まっすぐ天国へ！」

「攻撃に強く防御に弱い」ジャッキーがわけ知り顔に言った。

「そのとおり！　だから逆にイギリス人が攻撃に弱く防御に強いとしても不思議じゃない。死後のことが分かれば誰だってがむしゃらに戦うだろう？　そんなときの兵士にとって死ぬことはなんともないはずだ。」

全員が沈黙した。小さな雲が月を覆った。それから再びみんなの顔に月の光が当たった。ダブリンの町の屋根が輝いた。司祭の声が柔らかく響いた。

「時間がかかっているな」ジャッキーはちょっとした冗談を言うつもりで囁いた。「婆さんには告白することはあまり多くないみたいだ。大丈夫だ。」

「しかも今日は聖金曜日だ。死ぬには、めでたい日だ」マグワイヤーが厳《おごそ》かに言った。

「そうとも、聖金曜日だったな」ウィルソンが答えた。

彼らは深く溜め息をついた。司祭は頸垂帯《ストール》をはずし、それにキスをしながら梁《はり》をくぐって出てきた。マグワイヤーが聞いた。「もちますか?」司祭は世の罪人すべてのために溜め息をつくかのように「聖人のようだ」と繰り返した。ジャッキーが彼を外に案内した。司祭が帰ってから、しばらくして医者が降りてきた。ジャッキーは医者を車に乗せてから、窓から首を突っ込んで聞いた。

「悪いですか?」

「年齢《とし》だよ。永遠に生きられる人はいない。どこか悪くなる。古い自動車と同じでね。お呼びが来るまで待つしかない。」医者は指で運転手に合図した。ジャッキーは急いで首をひっこめた。ヘッドランプの光がくるりと回転して車は人気《ひとけ》のない広場を去っていった。テイルランプは人が持って走る火のように見えた。

ジャッキーは独りで部屋に残された。彼は開いた窓辺のひじ掛け椅子に座った。春の夜は穏やかだった。生命がすべての物に脈々と流れていた。広場の三本の老いたカエデバスズカケノキさえ脈動しているようで、天空のイースターの月も若さで透きとおるようだった。彼は立ち上がって部屋をぐるりと歩いた。世界がこんなに素晴らしいものに見えたのは初めてだった。小さな唇をぽかんと開けた赤ん坊たちの大きな目に見つめられているような気分だった。彼は再び月光が反射する屋根、黒い煙突を見た。つぎに鎧《よろい》戸《ど》がぱたんと閉まるような音がして、一瞬自分の人生の空《むな》しさと孤独を感じた。歳をとるにつれて彼の人生はますます孤独な空しいものになっていった。自分が死んだ後もあの月はそのままで、下の老木も生き続けるだろう。小さな風が広場の塵《ちり》の中をひそかに吹き過ぎた。彼はデカンターを見た。残り少ない。自分の人生と同じだ。ともかく明日は休める。彼はカレンダーの前で立ち止まった。聖金曜日の朝だ。イースターまであと一日。血管の浮き出た赤ら顔、青い鼻、乱れた薄い髪、目の下のたるみ、そんな男が鏡の中から彼を見ていた。彼は唇を舐《な》めてみた。口の中にひどい味がする。心臓の脈が乱れている。

彼は開いた窓辺にどさっと座った。無関心な月が美しく見えている。彼は過ぎた年月を思い返した。告白するのは苦しい出来事もいくつかある……。

彼は人気《ひとけ》のない広場に向かって虚勢を張るように語りかけた。「ミース州から来た田舎者の司祭になんか告白するつもりはない。適当な神父を探すのだ。『ところで、神父さん』」彼はズボンから煙草の灰を払い、耳を引っ張りながらリハーサルをした。「私は、あのー、話さなくてはいけない少なからぬ過ちがあります。神父さん、なんと言っても私たちは人間です。アダムの子孫です、などなど。」この調子だ。率直に隠さず。世慣れた二人の男どうしだ。「神父さん、少し酒が入りました。それで……つまり、えーと。」ジャッキーは咳をして襟首のまわりに指を走らせた。この種のことはなかなか難しい。彼は目を閉じてそういった夜のことを思い返してみた。あの頃はとても素晴らしい夜だと感じたものだ。

再び目を開けると陽《ひ》が暖かく顔に当たっていた。広場にも陽が射していた。誰かが彼の肩を揺すった。家主の老婆だった。彼女はほほ笑みながら彼にお茶とバターを塗ったパンを渡した。

「カーデューさん、昨晩死ななかったから、わたしゃ一〇〇歳まで生きるわよ。」

ジャッキーが下の三本のカエデバスズカケノキをかすんだ目で見下ろすと、昨晩の嫌な思い出が襲ってきた。彼は老婆をにらみつけると、カップをどしんと音を立てて置いた。彼は彼女に言いたい放題のことを話し始めた。腰に赤く焼けた針を刺したような痛みが走った。

「カーデューさん、なぜ開けた窓のそばに座っているの！」

痛みが首の後ろに走った。彼は腰と首に手を当てて、やっとのことで呻《うめ》きながらベッドまで這っていった。

イースターの間、寝たきりの彼を老婆は今までになくいたわり、甘やかした。背中や胸を擦《さす》ってくれ、温かいパンチを持ってきてくれ、イースターのご馳走を食べさせてくれた。彼はしぶしぶながら、このまま下宿を変えないほうが賢明だと決めた。イースターの日曜日の朝のことだった。彼は暖かな朝日を胸に受けて横になっていた。両手を頭の後ろに当てて、朝食後の一服を楽しんでいた。新聞の日曜版を膝にのせ、ダブリンのあらゆる教会の鐘の銀の音《ね》に耳を澄ましていた。そのとき彼は微かな不安を覚えた。大した不安ではない。心の奥にわだかまる影のようなわずかの不安であった。彼は硬い上半身を傾けてマントルピースを見た。そこには老婆が置いたガラス花瓶のシュロの葉と、聖水を入れた小さなガラスの器があった。それらを見つめながら彼は愚痴を言った。回復したらあれを片づけてしまおう！　そのとき彼はマグワイヤーの言葉、人に押されている刻印のことを思い出した。彼は不快そうに笑った。まあ、いいや。彼はカーペットに灰を落とした。いつか、そのうち。

陽射しは素晴らしい。広場から聞こえるミサに行く人々の足音が心地よかった。彼らの人影が柔らかく天井に映っていた。鐘の銀の音色が万人を幸福にいざなっていた。キリストがよみがえったのだから。

彼は新聞を手に取って競馬の戦績欄を読み始めた。

（1）　リジューのテレーズ（一八七三—一八九七）のこと。「リトル・フラワー」の別称で呼ばれるカルメル会の修道女。彼女の信仰生活を描いた自叙伝は、世界的なベストセラーになった。

（2）　一九世紀にアメリカで結成されたカトリックの友愛結社。フリーメイソンに対抗するために創られたとも言われている。

（3）　アイルランドの独立運動を抑制するためにイギリスから送られた、第一次大戦の退役兵士たち。黒と緑カーキ色のユニホームのためにブラック・アンド・タンと呼ばれたが、粗暴な「ならず者」が多く、ＩＲＡのみならず一般市民をも敵にまわした。

（*Unholy Living and Half Dying*, by Seán O'Faoláin）

闘　　鶏

マイケル・マクラヴァティ

僕がまだ小さかった頃、ベルファストに越してきた。父は闘鶏と二、三羽の雌鶏を飼っていた。通りの裏にはゴミ捨て場があって、鶏たちはそこで餌をついばんでいた。父は庭に小屋を作ってやったが、後ろの戸に穴を開けておいたので鶏たちは気が向くままに出たり入ったりしていた。いつも朝一番にゴミ捨て場に駆けつけるのは僕んちの闘鶏だった。

ディックという名前だったが、そんじょそこいらにいる並みの闘鶏ではなかった。旧《ふる》い高貴な血統を誇る闘鶏で、二代前の祖父と祖母はインドの血筋だった。長い黄色い脚、胸と尾の黒光りのする羽、赤い筋のある首、見るからに惚れ惚れする鶏だった。長い夏の夕暮れ時に父は何時間もディックを眺めていた。爪で土を掻き、大きなハサミムシを見つけると雌鶏を呼ぶ様子を、父はほほ笑んで見ていた。ある日、誰かが闘鶏に石をぶつけたとき、父は落ち込んで夕食も喉を通らなかった。

僕たちは盲目のジミー・レイリーからその鶏を買った。レイリーは幾日も続けて、晩になると鶏をしつけに来た。僕は台所のテーブルで勉強していた。父はシャツの袖をまくり上げて新聞を読んでいた。するとドアを叩く音がした。父は待ちかねたように言った。「来たぞ。開けてやってくれ。」

ドアを開けながら僕は言った。「段に気をつけて。」ジョニー・ムアが盲人の手を引いて摺《す》り足で入ってきた。彼らはソファーに座った。レイリーは帽子をかぶって、脚の間に挟んだ歩行杖の握りを両手で握っている。ムアは臭い粘土パイプを口にくわえている。

彼らが話し始めると、僕はペンを置いて耳を傾けた。

「暖炉の近くに座りな。少し暖まったほうがいい。」

「いい音を立てているね、この火は、ミック」とレイリーが言う。

「どんな石炭だい？」ムアはいつも父を質問ぜめにする。

「イングランドの最上品さ。あんたたちのスコットランド産の安物とは違う。」

「トン当たりいくらかね？」

「うんと高い」父は不機嫌に答えた。

「どこから手に入れる？」

盲人の杖がタイル張りの床で音を立てた。彼は下唇を突き出して顎ひげを撫で、大声で言う。「どこからでもいい、とにかく良い石炭だ。」それからいつものゆっくりした口調でつけ加えた。「闘鶏の調子はどうだね？」

「物凄く元気だよ、ジミー。小屋から飛びだすほどだ。とさかは赤くなってきているし、マグワイヤーの堆肥の山から近所の雄鶏を追っ払った。」盲人はにんまりとする。「そうこなくちゃ！　そのうち飼育場を独り占めするだろう。他の雄鶏に我慢できないだろうさ。」

　僕は、ロウソクを持って庭に出て止まり木からディックを連れてこいと言われた。止まり木は闘鶏が地面に降りるときに脚を傷つけないように低く作ってある。僕がガス灯の明りの下に連れてきて盲人に手渡すとき、闘鶏は目をしばたたかせてクークーと喉を鳴らした。

　ジミーは女性が猫を可愛がるように闘鶏を可愛がった。首や尻尾を優しく撫で、翼を一つずつ広げてみた。「とさかと肉垂れを切ってもいいな。イースターの試合に態勢十分だ。」それから彼は闘鶏をタイルの床に下ろして爪の音を聞いた。次に腿《もも》の筋肉に触ってみて、嬉しそうに顎ひげを突き出した。「ミック、十分だ。ブルドッグみたいにがっしりした肩をしている。可愛い奴だ。」爪がタイルの上で跳ねる音を聞きながら彼は鶏の体に触った。「これならどこに出しても恥ずかしくない。試合に勝つこと請け合いだ。」

父はポケットに両手を突っ込んで立ち上がった。「快調かい？」

「何をぬかすか。俺もこいつの半分も元気があればいいな」ジミーは見えない視線を天井に向けて言った。

このように闘鶏と近づいている試合のことを話題にしていたある晩、ジョニー・ムアはそっと僕のいるテーブルに来て、計算問題をだした。「縄作り屋が結婚する娘のために縄を綯《な》いました。その縄に彼は二〇の結び目を作りました。それぞれの結び目に彼は財布をつけました。財布にはそれぞれ七枚の三ペンス貨と九枚の半ペンス貨を入れました。さて娘は全部でいくらの持参金を貰ったか？」

僕は答えられなかった。彼は口からパイプを取って大笑いした。「この頃の生徒は頭が弱いな。鉛筆と紙があってもできない。わしのような年寄が暗算でできるのに。」

僕は顔を真っ赤にして答えた。「僕らはそんな計算問題はやらないよ。」彼は笑い続けていた。時間になって彼がジミーを連れて帰ってくれて僕はホッとした。

何日か後に二人がまたやってきた。ジミーはディックのとさかと肉垂れを切る特殊な鋏《はさみ》を持ってきた。彼は鋏を父に渡してから自分の人差し指を鶏の嘴《くちばし》に入れ、頭を親指で押さえた。

「さあ、ミック、一気にチョキッとやってくれ。」

妹たちはとさかがちょん切られて血がタイルに滴ると泣き出した。「罪よ、お父さん。酷《ひど》すぎる。」

「シーシー。」血が父のシャツの袖口についていた。「痛くないのさ。人間の髪を刈るのと同じだよ。そうだろう、ジミー?」

「そうとも。足の爪を切るのと同じだ。」

しかしディックが鳴き声をあげて痛そうに首を振ったので、妹たちはいっそう大きな声で泣き出した。彼女たちは外で遊ぶようにと追い出された。僕は流し場へ行って血止め用の蜘蛛《くも》の巣を持ってきた。

二、三日で傷は固まり、ディックは元どおり元気になった。男たちはほとんど毎晩やってきて、イースターにトゥームで開催される試合について話をした。彼らはディックの訓練の策を練り、どのように餌を与えるか相談した。

試合のおよそ二週間前、長い箱を手に入れてきて、中を暗くするために入り口に麻布を釘づけした。ディックは中に入れられ、羽と尾羽が切り詰められた。最初の二日は体重を落とすために食餌《しょくじ》が抑えられた。それから固ゆでの卵を与えたが、体に合わなかったのか下痢をした。ジミーは大麦と大麦湯に食餌を限定するように忠告した。「神経と血を強くする餌だ。下痢はしないぞ。」

毎朝、僕たちはディックを暗い箱から出してやり、庭を何度か駆けさせた。ジョニー・ムアは藁を詰めた赤いフランネルの袋を作った。ディックはこれに向かって毎日スパーリングを行なった。終わると父が抱き上げ、優しく撫でてから脚と頭をスポンジでぬぐった。闘鶏は日ごとに短気になり僕を嘴でつついたので、ばしっと殴ってやると父が庭に飛んできた。

試合の前日、闘鶏場での見栄えを試すために鉄のけづめをつけてみた。「ジミー、おまえに見せたいよ。ディックは上々の仕上がりだ。」

盲人は顎ひげを撫でてからポケットに手を入れ、ポンド札を何枚か取り出すとおまじないに唾を吐きかけた。「これを明日、彼に賭ける。バン河のこっち側、いや、デリー州全体でもこいつにかなう闘鶏はいないぞ。」ジョニー・ムアも数シリング賭けることになった。次の朝、五時前に父は僕を起こした。いよいよトゥーム行きだ。

イースターの翌日なので早い汽車がない。そこで僕たちは六時半の列車に乗るためにノーザーン・カウンティーズ鉄道まで歩いた。僕が腕に抱えたジャガイモ袋にディックは入っていた。強く押さえないようにと僕は言われた。父は外套と祖母への土産でいっぱいの鞄を持っていた。祖母は闘鶏の行なわれる場所の近くに住んでいた。

通りには人気《ひとけ》がなく、足音が冷たい空気に響いた。フォールズ・ロードを僕たちは急いだ。店のブラインドは下りていて、路面電車の線路が光り、煙突から煙は出ていなかった。パブリック・バースのところで父は腕時計を見た。それから正確な時間を知るために立ち止まってバースの時計を見た。

「たいへんだ！　私の時計は遅れている。急がなくては。」慌てていると闘鶏が嘴を出して僕をつついた。僕は袋を落としてしまった。闘鶏は飛び出して、路面電車の線路を走った。僕らは後を追った。

「興奮させるな。優しく捕まえろ。」僕たちはディックをある家の戸口に追い込んだ。父は手を広げて優しい声で語りかけた。「ディック、ディック。」しかし抱き上げようと父がかがみ込むと、闘鶏は股の間をくぐり抜けてノース・ハワード・ストリートを駆け抜け、深緑に塗った公衆便所を眺めていた。

「シー」父がそちらへ行こうとする僕の腕を押さえた。「シー、中に入ったら捕まえてやろう。」

闘鶏は首を伸ばして人気《ひとけ》のない通りを見ていた。それから便所の石段で嘴をこすり、朝の空に向かって一声高く鳴いた。「図々しい奴だ」と言って父は時計を見た。それから ディックは鳥小屋に入るかのように便所に入っていった。父は忍び足で後を追った。次に屋根のない天井からディックは羽を何枚か散らしながら飛び出してきた。

僕が腕を振り回すとディックは勢いよく線路を飛び越えてアルマ・ストリートを抜け、塀の上に止まった。

「急いで捕まえないと汽車に間に合わないぞ。おまわりに私らが捕まってしまうかもしれないな。」

僕は塀の上にのせられてまたがった。闘鶏は逃げていく。庭の犬が吠えながら裏口から飛びかかる。

「パパ、怖いよ。」

「降りてこい。そこでめそめそするんじゃない。」

赤ん坊の泣き声がして、男の人が窓から僕を見ている。「何事だ?」

「鶏を追っているんです」父が申し開きするように言った。

シャツ姿のその男は窓から身を乗り出したままだ。同じ部屋から女が叫んだ。「アンディー、バケツの水をかけてやりな。朝っぱらから鶏を追っかけるなんて!」

あちこちで裏ドアが開いて裸足《はだし》のシャツ姿の男たちが通路に出てきた。彼らはみんなでディックを追った。

「まあまあ、落ち着いて」父はディック目がけて乱暴に箒《ほうき》を振り回している男に言った。「それで殴らないでくれ。」

すでに闘鶏は塀の上にのったまま通路の半分まで行ってしまった。女たちがわめき、犬は吠えた。父がその間ずっと「早く捕まえないと汽車に遅れるぞ」と叫んでいるのが聞こえた。

男たちの一人がディックの火傷《やけど》したようなみすぼらしい姿を見て言った。「あの鶏は構う価値がない。ネズミ取りを仕掛けるほど肉はついてないぞ。」

父はディックの血統については黙っていた。試合について誰にも知られたくなかったし、もしかしたらおまわりが追跡しているかもしれない。

通路の端に来るとディックは飛び下りて、隅にあった手押し車の下に隠れた。五人の男たちが取り囲んで捕まえた。甲高く鳴きわめきながらディックは父に手渡された。

道路に戻ったとき父が言った。「こいつの心臓は早鐘のように打っている。負けるぞ。ジミーの金もみんなの金もすっちゃうぞ！」

僕たちは走り出した。僕が鞄を持ち、父が闘鶏と外套を持った。ヨーク・ストリートを二人は大きな時計を見ながら走った。針はすでに六時半に近づいていた。汗が噴き出てきた。脇腹も痛かった。しかし僕は父の後を追いながら何も言わなかった。

僕たちは駅に走り込んで、動き出した汽車に飛び乗った。

父は一息大きく溜め息をついて「あーあー、もう駄目だ。気が抜けた。イースターの翌日にしてはいいスタートだな」と言った。

父は帽子を脱いでハンカチを取り出した。禿げた頭に汗が浮かび、帽子の赤い跡が額についている。何度も溜め息をついたので、父が気絶するのではないかと思った。僕は汗に濡れたシャツのまま、ドキドキして父がなんと言うか待っていた。しかし父は怒らなかった。

「私が悪かった。袋の口を紐で縛っておけばよかった。きっと試合に負けるだろう。」

父はポケットから鉄のけ<u>づめ</u>を取り出して、先端からコルクを抜いた。「ディックにこれをつけるくらいならカラスにでもつけたほうがましだ。あんなことがあった後では試合で八つ裂きにされるに決まっている。」

汽車が田舎に走り込むと霧が辺りを覆っていた。畑の畝《うね》は光っていた。冷たい朝の空気が車内にも入ってきた。さわやかだった。父の呼吸が落ち着いてきた。彼は闘鶏の調教所になりそうな農家を指さした。快晴の素晴らしい日になりそうだ。霧の背後から陽が射している。巣のある樹のまわりをカラスが飛んでいる。

僕たちはディックを袋から出して愛撫した。それから父は席に横になって眠った。僕は電線が上がったり下がったりするのを見ていた。ドーホ近くの石垣にくりぬかれた奇妙な鳥の形を眺めていた。

トゥームに着くと、父は袋の口をハンカチで結《ゆ》わえた。おまわりが嗅ぎつけるのを心配して僕を先に歩かせた。通りが一つしかない村は日陰《ひかげ》が多く涼しかった。陽光が家々の屋根に当たっていた。藁屑《わらくず》が道路に散らばっていて、閉じられたバラックの戸口に数羽の雌鶏がいた。踏み段は糞で汚れていた。

僕たちは静かな村を急ぎ足で通り過ぎて、祖母の住む家に通じる長い田舎道に出た。背後で汽車が鉄橋を渡る賑やかな音や汽笛の音がした。それから静かな野を越えてバン滝の音が鈍く響いてきた。そよ風が樹々の葉を揺らしていた。父は途中で一度座って休むように言い、自分は二、三畝むこうの白いコテージに行った。父はすぐに戻ってきて言った。「手に入れてきたぞ。これがあればディックは猛突進だ。ベッグ湖の連中はイースター用にたくさんのポチーン酒(2)を作るんだ。」

祖母の家に着くと、祖母は紐で編んだガーターを踝《くるぶし》に落としたまま、手に盥《たらい》を持って戸口に立っていた。近くではおじが自転車を逆さまにしてパンクを直していた。二人は僕たちを大喜びで迎えてくれた。父はポチーン酒をテーブルに置いた。そして戸棚からタンブラーを取り出すと祖母のために一杯注《つ》いでやり、別のタンブラーに注いだポチーン酒にパンを浸して闘鶏に食べさせた。

　祖母は火の側に座って、一口するごとに溜め息をつき、グラスを明りにかざした。

「これを作るには大変な危険をおかしてるんだろうね。ベッグ湖のポチーン酒には最高の大麦から作る昔の糖蜜は入っていないね。」

　ちびちび飲みながら祖母は僕の学校の話をした。それから闘鶏にかまけているなんて馬鹿だね、そのうち牢屋に入ることになる、と父のことを心配した。車が迎えにくると、祖母は父を送りに出て手を振った。「おまわりには気をつけるんだよ。どこで嗅ぎつけるか分からないんだから。」

その日、僕は祖母の家で遊んだ。つながれた山羊《やぎ》を後ろ脚で立たせたりしていじめた。畑の下にある泉に行き、祖母のためにバケツの水を運んだ。祖母は僕が強い立派な男だと褒めてくれた。おじは崩れた、昔の地主の屋敷跡に連れていってくれて、暖炉用の木を切った場所を見せてくれた。僕はディックの話をして、なぜ闘鶏を飼わないの？と聞いた。おじは笑って答えた。「ここじゃ飼わないね。闘鶏は雌鶏を駄目にする。ミヤマカラスのように手が付けられなくなるのさ。」

僕はそれ以上闘鶏の話はしなかった。しかしお屋敷に歩いて行く途中ずっと僕はディックのことを考えていた。試合に勝つだろうか？　お屋敷は廃墟になっていた。煙突にはカラスが巣を作り、湖はイグサが生えてアオコに覆われていた。僕が、紳士や淑女や森番はどこへ行ったのかと聞くと、おじはガラスのない窓に唾を吐きかけて「奴らはみんなから土地を奪った。神の罰を受けたのさ」と答えた。

僕らが戻ると祖母は戸口にいて、なかなか帰らない父を待っていた。闘鶏の試合から戻る自転車の男たちが通り過ぎた。父はまもなく戻ってきた。ものすごく元気で、顔を紅潮させ、ネイヴィー・ブルーのズボンは泥だらけだった。

闘鶏のとさかは血がついて傷だらけ、羽は乱れていた。目は半分閉じていた。彼はお茶が終わるまで牛小屋に入れられた。父はお茶を飲みながら立ち上がって、部屋の真ん中でディックの戦いぶりを説明した。「五試合勝ったんだ。そのうち二回は体重の上のクラスの相手に勝ったのさ。」

「ミック、まずお茶を飲みなさい。あとで聞くから」と祖母が言った。彼女は両手を袖《そで》に入れて、暖炉を足で軽く叩いていた。

父はしばらく食べてから再び立ち上がった。「デリーから来た大きなパイル・コックをひっくり返したときは凄かったぞ。あんなの見たことがない。大した闘士だ。朝から塀にのったり、いくつもの通りを走ったり飛んだり、刻《とき》をつくったりしたあとで何試合も勝つなんて！　ジミーがこれを聞いたら喜ぶだろうな。彼のための土産に模造の抱き卵も買ったぞ。あのポチーン酒は大したもんだ。大した戦士だ。」父は思い出に耽《ふけ》ってニッコリした。

さあ帰るぞ、と父が言ったときは嬉しかった。汽車の中は楽しかった。車輪の音に合わせて僕はリズムを取った。「奴らはみんなから土地を奪った……神は奴らを罰したもうた。」

僕たちがベルファストに着いたとき、辺りは暗くなっていた。僕はディックをジャガイモ袋に入れて抱えていた。僕たちは駅で路面電車に乗った。車内の明りがついていた。僕たちは階下の席に座った。人々は父のブーツにこびりついた泥やズボンの皺《しわ》をじっと見ていた。しかし父は気にしなかった。向かいのガラス窓に僕たちの姿が映っていた。父は口をむすんで微笑していた。きっと闘鶏のことを考えていたのだろう。

「おとなしいよ、パパ。戦ったんで疲れたんだね」僕は小声で言った。

「ああ、奴はなかなかの闘士だよ」そう言って父は僕の手に半クラウン貨を握らせた。「元気になったら写真を撮ってやろう。」

僕はしっかりとコインを握った。ジョニー・ムアが一緒じゃなくて良かったと思った。もしいれば、半クラウンについて算数の問題を出したろう。

台所の床に袋を置いて僕はソファーに座った。父はディックに塗ってやるオリーヴオイルを取り出した。しかし袋を開けても闘鶏は身動きひとつしなかった。父は袋から出して頭を持ち上げたが、だらりと垂れてしまった。開いた嘴から血が床に滴り落ちた。

「なんてことだ！　死んでいる！」父はそう言って翼を広げてみた。父はディックをガス灯の下に持っていってじっと見た。それから一言もいわずにディックをテーブルの上に置いて椅子に座った。僕はしばらく黙っていた。それから静かに聞いてみた。「ディックをどうするの、パパ。」

父は振り向いて、テーブルに横たわるディックを見た。「可哀そうなディック」と父は呟《つぶや》いた。僕は喉に込み上げるものを感じた。

父は立ち上がった。「どうするって！　剝製《はくせい》にしてやるのさ。そう、そうしてやるぞ。」

(*The Game Cock*, by Michael McLaverty)

（1）　闘鶏はすでに一七世紀にはアイルランドで飼育されていたという記録がある。永く庶民の娯楽として続いていたが、一八三五年、闘犬とともに非合法化された。しかし実際の規制はほとんど行なわれず、独立後も存続していたことはこの作品からも明らかである。

（2）　ジャガイモから作る密造酒。

国　賓

フランク・オコナー

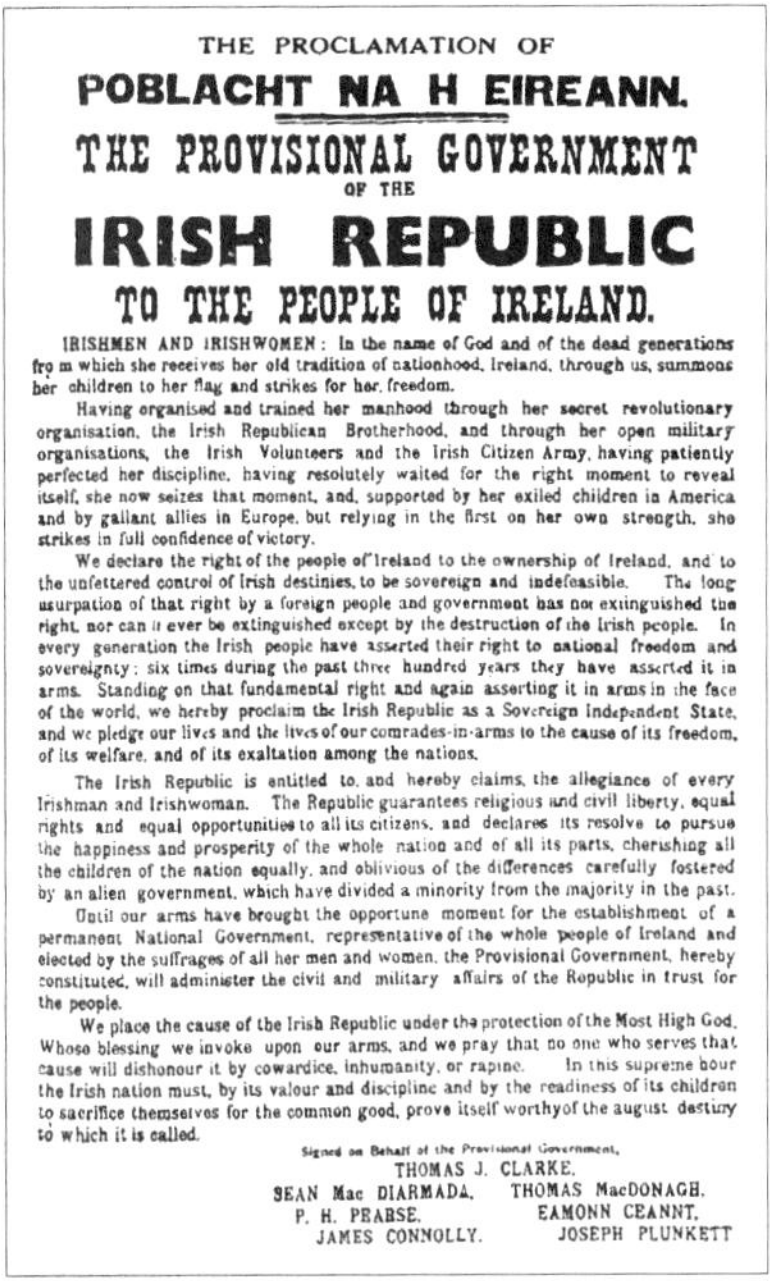

THE PROCLAMATION OF

POBLACHT NA H EIREANN.

THE PROVISIONAL GOVERNMENT

OF THE

IRISH REPUBLIC

TO THE PEOPLE OF IRELAND.

IRISHMEN AND IRISHWOMEN: In the name of God and of the dead generations from which she receives her old tradition of nationhood, Ireland, through us, summons her children to her flag and strikes for her freedom.

Having organised and trained her manhood through her secret revolutionary organisation, the Irish Republican Brotherhood, and through her open military organisations, the Irish Volunteers and the Irish Citizen Army, having patiently perfected her discipline, having resolutely waited for the right moment to reveal itself, she now seizes that moment, and, supported by her exiled children in America and by gallant allies in Europe, but relying in the first on her own strength, she strikes in full confidence of victory.

We declare the right of the people of Ireland to the ownership of Ireland, and to the unfettered control of Irish destinies, to be sovereign and indefeasible. The long usurpation of that right by a foreign people and government has not extinguished the right, nor can it ever be extinguished except by the destruction of the Irish people. In every generation the Irish people have asserted their right to national freedom and sovereignty; six times during the past three hundred years they have asserted it in arms. Standing on that fundamental right and again asserting it in arms in the face of the world, we hereby proclaim the Irish Republic as a Sovereign Independent State, and we pledge our lives and the lives of our comrades-in-arms to the cause of its freedom, of its welfare, and of its exaltation among the nations.

The Irish Republic is entitled to, and hereby claims, the allegiance of every Irishman and Irishwoman. The Republic guarantees religious and civil liberty, equal rights and equal opportunities to all its citizens, and declares its resolve to pursue the happiness and prosperity of the whole nation and of all its parts, cherishing all the children of the nation equally, and oblivious of the differences carefully fostered by an alien government, which have divided a minority from the majority in the past.

Until our arms have brought the opportune moment for the establishment of a permanent National Government, representative of the whole people of Ireland and elected by the suffrages of all her men and women, the Provisional Government, hereby constituted, will administer the civil and military affairs of the Republic in trust for the people.

We place the cause of the Irish Republic under the protection of the Most High God, Whose blessing we invoke upon our arms, and we pray that no one who serves that cause will dishonour it by cowardice, inhumanity, or rapine. In this supreme hour the Irish nation must, by its valour and discipline and by the readiness of its children to sacrifice themselves for the common good, prove itself worthy of the august destiny to which it is called.

Signed on Behalf of the Provisional Government,

THOMAS J. CLARKE.

SEAN Mac DIARMADA. THOMAS MacDONAGH.

P. H. PEARSE. EAMONN CEANNT.

JAMES CONNOLLY. JOSEPH PLUNKETT

1

夕暮れになると、大男のイギリス人のベルチャーが灰(1)から長い脚を出して言った。「なあ、同輩諸君、どうだね?」ノーブルか私が答えた。「やろう、同輩」(私らにも彼らの奇妙な〝同輩〟という言葉が伝染していた)。小男のイギリス人のホーキンズがランプに灯をつけてトランプを取り出した。時々ジェレマイア・ドノヴァンがやってきてゲームを監督した。彼はホーキンズの下手くそぶりに興奮して、ホーキンズが自分らの側の人間でもあるかのように怒鳴りつけた。「くそ馬鹿、なぜ3の札を使わなかった?」

ふだんはジェレマイアも真面目で、ベルチャーと同じように落ち着きはらっていた。彼は文書の作成がうまいという理由だけでみんなに一目《いちもく》置かれていた。ただし作成にはたっぷり時間がかかったけれど。彼は小さな布製の帽子をかぶり、ほとんどいつもポケットに両手を突っ込んでいた。話しかけられると赤くなり、体を爪先から踵《かかと》へ前後に揺すって自分の大きな百姓らしい足を見つめた。ノーブルと私は町の出なので、いつも彼の田舎なまりをからかっていた。

　そもそも私には、ノーブルと二人でベルチャーとホーキンズを監視している意味が分からなかった。私の考えでは、ここからクレアゴールウェイに至る土地のどこであれ、彼らは土着の雑草のようにその土地に根を張ったろうからである。それほど永い間、一緒にいたわけではないが、この二人ほどアイルランドになじんでいる男たちはいないと思った。

　イギリス側の捜査が激しさを増した時期に、第二歩兵大隊から私らは彼らを受け取った。ノーブルと私は若かったので当然の責任感を持って引き継いだ。しかしホーキンズは私らよりもアイルランドをよく知っている点では上手《うわて》だったので、私らは顔色《がんしょく》なしだった。

「あんたは他人の物を返さないボナパルトのような男だ。メアリ・ブリジッド・オコンネルが、あんたが彼女の兄から借りた靴下をどうしたか聞いてくれと俺に頼んだぞ。」

　二人の説明によれば大隊は以前に夕べの催しを開き、近所の娘たちも来たらしい。大隊は二人のイギリス人がきちんとした連中なので仲間に入れてやったらしい。ホーキンズは『リメリックの城塞』『エニスの包囲』『トーリー島の波』などたくさんのダンスを覚えた。大隊はお返しができなかった。というのは当時、大隊の若者は原則として外国のダンスは踊らないことになっていたからだ。

ベルチャーとホーキンズが第二歩兵大隊でどんなふうに優遇されたか知らないが、少なくとも私らとは馬が合った。一日、二日過ぎると、私らは彼らを見張っているふりをやめた。彼らはナイフで刻んだような鋭いアクセントの英語を話し、カーキ色の軍服と外套に一般人のズボンとブーツという服装だったから、遠くまで行けるはずがなかった。しかしそれだけではない。彼らは逃げようなどとは露《つゆ》思わずに現状に満足しているように私には思えた。

ベルチャーが私らが留まっている家の老婆と親しくなったさまは見物《みもの》だった。彼女はガミガミと人にかみつく癖があり、私らに対しても気難しかったが、彼女が毒舌を浴びせるチャンスを与えずに、ベルチャーは彼女を生涯の友にしてしまった。老婆は薪を割っていた。この家に来てまだ物の半時も経《た》たないベルチャーはサッと立ち上がって彼女のほうに行った。

「奥さん、失礼ですが、私にやらせて下さい」彼は奇妙な微笑を浮かべて言った。彼は斧を手にした。老婆は呆気《あっけ》にとられて口もきけない。その後、彼は彼女のご用係になり、バケツや籠や泥炭などを運んだ。ノーブルの言いぐさではないが、ベルチャーは相手の気持を察して、お湯でもなんでも彼女が欲しいものをサッと持ってきた。大男(ちなみに私は五フィートと一インチであるが、それでも彼を見上げるくらいだ)であるのに反して口数のほうは異常なくらい少ない。一言もしゃべらず、幽霊みたいに出入りするベルチャーに慣れるには時間がかかった。ホーキンズは一人で一個小隊分くらいしゃべるので、ベルチャーが温かな灰に足先を入れて、ぽつりと「すまんが、同輩」とか「そのとおりだ、同輩」と言うのを聞くと変な気がした。彼が唯一熱を上げているのはトランプである。なかなかの腕前である。彼が私とノーブルから巻き上げた金は、そのぶんホーキンズが私らに負けてくれた。ホーキンズはベルチャーから貰った金を賭けた。

ホーキンズはしゃべりすぎるので負けた。私らがベルチャーに負けるのも同じ理由だった。ホーキンズとノーブルは朝方まで宗教について激しく議論し合った。司祭の兄がいるノーブルに対して、ホーキンズは枢機卿さえ答えられないような矢継ぎ早の質問で攻めた。さらに悪いことに、神聖な話題に対してもホーキンズの言葉遣いはひどかった。あんなに様々の罵詈《ばり》雑言《ぞうごん》を議論に織り込める男に私は会ったことがない。彼は恐るべき男で、議論の相手として手強《てごわ》かった。彼は一つも仕事はしなかった。話し相手がいないと老婆を相手にした。

二人は互角だった。ある日、彼が旱魃《かんばつ》について彼女に悪口を言わせようと仕向けたとき、彼女は上手《うま》く彼を出し抜いて、天の雨の神(ジュピター・プルヴィウス)のせいにした(ホーキンズも私もそんな神の名前は聞いたことがなかったが、ノーブルによれば異教徒の間では雨と関係した神であるとのことだった)。またある日、ホーキンズはドイツと戦争を始めた資本家たちを罵《ののし》ったが、老婆はアイロンを下に置いて、口をすぼめるとこう言った。「ホーキンズさん、戦争について好き勝手なことを言って、私のような単純な田舎の女をだませるとお思いでしょうが、私は戦争を始めたのが誰だか知ってますよ。それは日本の寺から仏像を盗んだイタリアの伯爵ですよ。秘蔵の力を乱す者には悲哀と貧困しか待っていません。」

まったく変な老婆である。

2

ある晩、私たちはお茶を終えた。ホーキンズがランプをともした。みんなでトランプを始めた。ジェレマイア・ドノヴァンがやってきて、座って私らのゲームを見ていた。

突然、私は彼が二人のイギリス人を好いていないことを思い出した。それは自分にも驚きだった。というのはそれ以前、彼については何も気にしていなかったからだ。

その晩遅くホーキンズとノーブルの間に激しい論戦が繰り広げられた。話題は資本家と司祭と愛国心についてであった。

ホーキンズは怒った声で言った。「資本家は自分たちが何を企んでいるか気づかせないように、あの世について司祭らに語らせるための金を出しているんだ。」

「何を言っている！」カッとなってノーブルが応じた。「資本家なんてものが考え出される前に庶民はあの世のことを信じていたんだ。」

ホーキンズは説教するように立ち上がった。

「本当にそうだったかね？　あんたが信じていることをすべてみんなが信じていたと？　そういう意味かね？　あんたは神がアダムを造り、アダムがセムを造り、セムがエホバを造ったとか信じている。イヴとエデンの園とリンゴと、ふざけたおとぎ話を信じているんだね。聞いてくれ、同輩。あんたが馬鹿な考えを持つ資格があるなら私にもある。あんたの考えでは、神が最初に創造したのは道徳とロールスロイスを完備したいまいましい資本家であるということになる。そうだな、同輩？」と彼はベルチャーに同意を求めた。

「同輩、そのとおりだ」ベルチャーは面白そうにニッコリして言った。彼はテーブルから立ち上がって長い脚を暖炉に伸ばし口ひげを撫でた。ジェレマイア・ドノヴァンが出ていくところだった。宗教論争が終わりそうもないので私も彼と外に出た。私らは村の方にゆっくり歩いていった。彼は立ち止まり、赤くなって呟《つぶや》いた。「残って四人たちを見張ったほうがいいよ。」私はその言い方が気に入らなかったし、老婆のコテージでの生活にうんざりしていたので「いったい彼らを見張ってなんになるのだ」と聞き返した。ノーブルともそのことを話し合ったし、私らはむしろ分隊と外で活動したいと彼に言った。

「彼らがなんの役に立つというんだ?」

彼は驚いたように私を見た。「人質として監視しているのだと分かっていると思ったが。」

「人質?」

「敵もこちらの人質を持っている。奴らは人質を射殺するらしい。向こうがやったらこっちもやる。」

「射殺するのか?」

「それ以外の目的があって人質を取ると思うのか?」

「ノーブルと私に前もって言っておいてくれなかったのは先見の明に欠けるな。」

「どうして?　知っていたはずだ。」

「私らに分かりっこないだろう、ドノヴァン。あの二人はこんなに長く私らに任されていたんだから。」

「敵はこちらの人質を同じくらい、いや、もっと長く拘束している。」

「それとこれとは別だ。」

「どこに違いがある?」

私は説明しなかった。言っても無駄だと思った。獣医は安楽死させる老いた犬を好きにならないほうがいいが、ドノヴァンはそういう危険がある類《たぐい》の男ではない。

「決定はいつ下されるのか?」

「今夜かもしれない。あるいは明日、遅くとも明後日には分かるだろう。ここにいるのが嫌だというのなら、じきに任務から解放されるさ。」

そこにいるのが嫌だというのではない。もっと深刻なことに悩んでいるのだ。コテージに戻ると議論は続いていた。ホーキンズは絶好調で自説を述べたて、あの世はないと主張した。しかしノーブルはあると言い張った。しかしホーキンズに軍配が上がったと私には思えた。

「いいか？　同輩」彼は得意げな笑いを浮かべて言った。「あんたは私と同じ不信心者だ。あんたは来世を信じると言う。しかし私と同様、来世について何も知らない。天国ってなんだ？　知らない。あんたはなんにも知らない。もう一度聞くけど天国じゃみんな翼を生やしているのか？」

「そうくるなら、そのとおりと言ってやる。これでいいか。彼らは翼を生やしているのさ。」

「それじゃ、どこで手に入れる？　誰が作る？　翼の工場があるのか？　翼を小切手で買う店でもあるのか？」

「あんたは話し相手にならない」とノーブルは言った。「俺の話をよく聞いてくれ。」というわけで彼らは再び論争を開始した。

真夜中をだいぶ過ぎてから、私らは鍵を掛け就寝した。ロウソクを消した後、私はノーブルにドノヴァンの言ったことを話した。ノーブルは静かに受け止めた。寝床に入って一時間ほどして、彼はこのことをイギリス人に伝えたほうがいいかなと聞いた。よしたほうがいいと私は思った。イギリス人が私らの捕虜を殺すことはありそうもない。もし殺したとしても、旅団の士官たちは第二歩兵大隊と交渉がありイギリス人たちをよく知っているから、彼らが始末されるのを望まないだろう。「私もそう思う」ノーブルは言った。「いま不安がらせるのは残酷だ。」

「ドノヴァンには先見の明がなさすぎる」と私は答えた。

次の朝はベルチャーとホーキンズに顔を合わせるのがつらかった。私らは一日じゅう、口をきかなかった。ベルチャーは何も感づいていなかった。彼はいつものように灰に脚を伸ばして、何か予期せぬことが起きないか静かに待っていた。しかしホーキンズは気がついた。彼は、私らの沈黙は昨晩ノーブルが議論に負けたためではないかと考えた。

「なぜ議論を冷静に受け止められないのか？　あんたの信仰ときたら！　私は共産主義者だ。共産主義者も無政府主義者も同じようなものだが。」彼は家のまわりを何時間も歩き回り、時々つぶやいた。「アダムとイヴ、アダムとイヴ、リンゴを摘む以外やることのないアダムとイヴ！」

3

その日をどのように過ごしたかは覚えていない。しかし一日が終わってホッとした。お茶が片づけられてベルチャーが「なあ、同輩、どうかね?」と呑気《のんき》に言った。私らはテーブルに向かって、ホーキンズがトランプを取り出した。そのとき、道にドノヴァンの足音が聞こえた。暗い予感が私の心を過《よぎ》った。私は出ていって彼が戸口に着く前に捕まえた。

「なんの用か?」私が聞いた。

「あんたの二人の友人に用がある」彼は顔を赤くして言った。

「ドノヴァン、命令か?」

「そうだ。今朝、我々の捕虜が四人射殺された。一人は一六歳だった。」

「それは残念だな。」

そのとき、ノーブルが出てきた。私ら三人は小声で話しながら小道を歩いた。地区の情報将校のフィーニーがゲートのところに立っていた。

「どうするつもりだ?」私はドノヴァンに聞いた。

「あんたとノーブルで二人を連れ出してくれ。場所を変えると話せばいい。それが一番穏便なやり方だ。」

「俺は外してくれ」ノーブルが息を殺して言った。

ドノヴァンは彼をにらむように見た。

「よし、フィーニーと君は小屋から道具を持ってきて、沼地《ボグ》の端に穴を掘れ。ボナパルトと私はあとから行く。道具を持っているところを人に見られるな。このことは他に漏らしたくないんだ。」

私らはフィーニーとノーブルが小屋のほうへ行くのを見送ってから中に入った。私はドノヴァンに説明を任せた。彼は、彼らを第二歩兵大隊に送り返すようにとの命令が来たと伝えた。ホーキンズはたっぷりと罵詈雑言を吐いた。ベルチャーは何も言わなかったが、彼も少し動揺しているのが見て取れた。老婆は二人にいてほしいと言った。彼女は二人にあれこれ忠告していたが、ドノヴァンはついに癇癪《かんしゃく》を破裂させて彼女に食ってかかった。彼は癇癪持ちだった。コテージの中はすでに真っ暗だったが、誰もランプをつけようとはしなかった。暗闇の中で二人のイギリス人は外套を持ってきて老婆に別れを告げた。

「やっと居心地が良くなったのに、本部のろくでなしがあんたのところは居心地が良すぎるというので避けたようだ」ホーキンズは老婆と握手した。

「いろいろ有り難う。ほんとうにほんとうに有り難う」ベルチャーは今までの埋め合わせをするかのように言った。

私らは家の裏手に回って沼地のほうへ向かった。そのときである。ドノヴァンが彼らに打ち明けた。彼は興奮して震えていた。

「今朝、コークで我々の仲間が射殺された。報復として君らを射殺する。」

「何を言っているんだ？　もうたっぷり手荒な扱いを受けている。そのうえ、そんな冗談を我慢しろと言うのか」ホーキンズが嚙みつくように言った。

「冗談ではない。残念だが本当だ」ドノヴァンは義務について、それがどんなに不快なものであるかについて、いつもの長広舌《ちょうこうぜつ》を始めた。

義務について長々としゃべる人間ほど義務を果たすのを嫌がることを、私は初めて悟った。

「やめてくれ！」とホーキンズ。

「ボナパルトに聞いたらいい」ドノヴァンはホーキンズが真に受けないのを見て言っ

た。「そうだろう？　ボナパルト。」

「そのとおり」私は答えた。

「冗談はやめてくれ、同輩。」

「本気だ、同輩。」

「本気には聞こえない。」

「ボナパルトがそうじゃないとしても俺のほうは本気だ」ドノヴァンは気を奮い立たせて言った。

「ドノヴァン、なぜ私を憎む？」

「憎いと言った覚えはない。しかしなぜイギリス人は我々の四人の仲間を連れ出して冷酷にも射殺したのか。」

彼はホーキンズの腕を取り、引っ張った。しかし私らがふざけているのではないことを彼に分からせることはできなかった。私のポケットにはスミス・アンド・ウェッソン(2)があった。私は指でそれに触れながら、二人が歯向かってくるか逃亡してくれたら、いや、むしろどちらかを実行してほしいと神に祈った。もし逃げ出したら、私は彼らに向かって発砲はしないだろう。ホーキンズはノーブルもこのことに絡んでいるのか知りたがった。私らがそうだと答えると、なぜノーブルは彼を射殺したいのか知りたがった。どうして彼を殺すのか？　彼が何をしたというのか？　みんな同輩ではないか？　私らも彼を理解し、彼も私らを理解したのではないか？　彼はイギリス軍のしかじかの将校のために私らを撃つことなど一瞬でも考えたことがあるのか？

このときには私らは沼地に着いていた。私は気分が悪くホーキンズに答えることさえできなかった。暗闇の中を沼地の端に沿って歩いた。時々ホーキンズは停止を求め、我を忘れて同じ話、私らは同輩であるという話を蒸し返した。墓を見せる以外、彼を納得させる術《すべ》はないと私は思った。そのあいだ私は何かが起きてほしいと願っていた。彼らが必死に逃げるかノーブルが私の役をしてくれるか、どちらかを願っていた。しかし実際はノーブルにとってその任務は私以上につらいものであるだろうと思った。

4

遠方にランタンの灯が見えた。私らはそちらへ向かった。ノーブルがランタンを持ち、フィーニーは背後の暗闇に立っていた。沼地で静かに沈黙している彼らの姿を見ると、これは冗談ではないのだという気持が真に迫ってきて、私の希望の最後のかけらも消えてしまった。

ノーブルを見たベルチャーは物静かに「やー、同輩」と声を掛けた。しかしホーキンズはすぐにノーブルに嚙みついた。議論が再び始まったが、前回と異なりノーブルはいっさい自己弁護をせず、脚の間にランタンを挟んで黙ってうなだれていた。

代わって答えたのはドノヴァンだった。ホーキンズは心につきまとう同じ質問を際限なく繰り返した。「俺がノーブルを撃つと思うか?」

「撃つさ」とドノヴァンが言った。

「いいや、決して撃たない。」

「撃つだろう。そうしなければ自分が撃たれるからだ。」

「いいや、撃たない。たとえ何回撃たれても。友達を撃つようなことはしない。ベルチャーもそうだ。そうだろう、ベルチャー?」

「ああ、同輩」ベルチャーは議論に加わるというよりは質問に答えるつもりで言った。覚悟していた予見不能のことがついに現実になったという口振りだった。

「俺を撃たないとノーブルが撃たれるというのか? もし俺がノーブルの立場だったら、このいまいましい沼地で何をすると思う?」

「何をするんだ?」とドノヴァンが聞いた。

「どこへでもついていく。最後の一銭まで分け合って、何があっても味方する。友達を裏切るようなことはしない。」

「もうたくさんだ。」ドノヴァンは拳銃の撃鉄を起こした。「何か言い残したいことはあるか?」

「いいや、ない。」

「祈りをあげたいか?」

ホーキンズはぞっとするような暴言を吐き、再度ノーブルに訴えた。

「聞いてくれ、ノーブル。君と俺は友達だ。君が俺の側に来られないなら、俺が君の側にまわろう。そうすれば俺が真剣なことが分かるだろう。俺にライフルをくれ。君と君の仲間と一緒に行動する。」

ノーブルは彼に返事をした。それが解決策にならないことはみんな知っていた。

「俺の言っていることを聞いているのか? 俺は辞める。逃亡兵にでもなんにでもなってやる。君らの軍隊を良いと思ってはいない。しかしイギリス軍も同じようなものだ。それで満足か?」

ノーブルが頭をあげた。しかしドノヴァンが話し始めたので彼は返事をせずに再びうなだれた。

「これが最後だ。何か言い残すことはあるか?」ドノヴァンは冷たい張り詰めた声で言った。

「黙れ。おまえには分からない。彼らは分からない。この二人なら分かる。彼らは友達になった人間を殺すようなことはしない。彼らは資本家の手先じゃない。」

そこにいた者の中で私だけが、ドノヴァンがウェブリー(3)をホーキンズのうなじに向けるのを見た。私はその瞬間、目を閉じて祈りをあげようとした。ホーキンズが何か言いかけたとき、ドノヴァンは拳銃を撃った。私はその音で目を開けた。ホーキンズは膝からくずおれて、ノーブルの足元にまるで眠りに落ちる赤子のようにゆっくりと静かに倒れた。ランタンの灯が彼の細い脚と農民の履くブーツに当たっていた。彼の断末魔の様子を見ながら私らは黙って立っていた。

ベルチャーがハンカチを取り出して自分で目隠しをし始めた(私らは落ち着きを失っていたので、ホーキンズに目隠しをしてやるのを忘れていた)。ハンカチが小さすぎたので、ベルチャーは私のを貸してくれと言った。私が手渡すと二つのハンカチを結んでから、足先でホーキンズを指した。

「まだ生きている。とどめを刺してやったほうがいい。」

彼のいうとおり、ホーキンズの左膝が持ち上がった。私はかがみ込んで銃を彼の頭部に当てた。それから我にかえって立ち上がった。ベルチャーは私の気持を察した。

「最初に彼を殺せ。私は構わない。可哀そうだが彼の状態は私らには分からない。」

私はひざまずいて撃った。すでに私は自分のやっていることが分からなくなっていた。ぎこちなくハンカチを結ぼうとしていたベルチャーは銃の音を聞いて笑った。彼の笑い声を聞いたのは初めてだった。私の背筋を戦慄《せんりつ》が走った。そのときの彼の笑い声は物凄く不自然に聞こえたのだ。

「可哀そうな奴。昨晩、彼は来世について知りたがっていた。とても変だ、同輩。今は人に教わるよりも多くあの世について分かったろう。昨晩はまったく知らなかったのに。」

ドノヴァンは彼がハンカチを結ぶのを手伝ってやった。「有り難う」とベルチャーは言った。言い残したいことはあるか、とドノヴァンは聞いた。

「いいや、同輩。私にはない。ホーキンズの母親に誰か連絡したいなら、彼のポケットに彼女からの手紙がある。奴と母親は大の仲良しだった。私の妻は八年前に出ていった。別の男と駆け落ちして子供を連れていってしまった。あんたらもたぶん知っているだろうが、私は家庭の味は嫌いじゃない。しかしあのあとじゃとても再婚する気にはなれなかった。」

予想外のことだった。ベルチャーは過去数週間のすべてを合わせたより多くのことをこのときに話した。銃の音が彼の言葉の堰《せき》を切ったかのようだった。一晩じゅう嬉々として自分について語り続けるのではないか。目隠しをした彼はもう私らを見ることができない。私らはまるで間抜けのように立っていた。ドノヴァンはノーブルを見た。ノーブルは首を振った。ドノヴァンはウェブリーの銃口を上げた。そのとき再びベルチャーは奇妙な笑い声をあげた。私らが彼のことを話していると思ったのか、たぶん私の気づいたことに彼も気づいたがそれを理解できなかったのだろう。

「どうも失礼、同輩諸君。やけにしゃべっているな。家庭のことなんか話して馬鹿だな。突然浮かんできたんだ。許してくれたまえ。」

「祈りをあげたいか?」ドノヴァンが聞いた。

「いいや。祈っても仕方ないだろう。さあ、準備はできた。みんなさっさと片づけたいだろう。」

「私らが任務を果たしているだけだと分かってくれるな?」とドノヴァンが言った。

ベルチャーは頭を盲人のようにあげた。彼の顎と鼻先だけがランタンの明りで見えた。

「私は自分では任務とは何か理解できなかった。あんたらがいい奴だとは分かっているよ。私は不平を言っているのではない。」

もうこれ以上我慢できなくなったノーブルがドノヴァンに向かって拳《こぶし》を突き出した。ドノヴァンが銃を上げて撃ったのは一瞬だった。大男は穀物袋のように倒れた。今度はとどめを刺す必要はなかった。

埋葬については私はよく覚えていない。二人を墓穴に運ぶ仕事は他のことよりつらかった。明りはランタンの灯しかなく、辺りは真っ暗で、銃の音に驚いた鳥たちが鳴いていた。ノーブルはホーキンズの持ち物を調べて母親の手紙を探した。それから両手を胸の上に合わせてやった。ベルチャーにも同じようにした。墓に土を入れ終わると、私らはドノヴァンとフィーニーと別れて、小屋へ道具をしまいに行った。途中二人は一言も口をきかなかった。台所は出かけたときと同じように暗く寒かった。老婆は暖炉にかがむようにしてロザリオの祈りをあげていた。私らは彼女のそばを通り抜け、部屋に行った。ノーブルがマッチを擦ってランプの明りをつけた。老婆は静かに立ち上がり、部屋のドアまで来た。いつもの臍曲《へそま》がりの様子は消えていた。

「二人をどうしたのかい?」彼女は小声で聞いた。ノーブルはぎくりとして、手にしたマッチを消してしまった。

「なんのことだ?」彼は振り向かずに聞いた。

「聞いたよ。」

「何を?」

「聞いたよ。あんたらがシャベルを小屋にしまう音を聞かなかったとでも思うのかい?」

ノーブルは再びマッチを擦った。今度はランプの灯がついた。

「そんなことをしたのかね?」老婆が聞いた。

そのとき、事もあろうにドア口で、彼女はひざまずいて祈りをあげ始めた。その様子をしばらく眺めていたノーブルは自分も暖炉のそばで祈り始めた。私は彼らをそのままにして玄関口に出た。星が出ていた。沼地の向こうで鳥の甲高い鳴き声がした。こんなときの気持はとても言葉で説明できるものではない。ノーブルは、二人のイギリス人がミイラと化していく小さな沼地の他にはこの世に何も存在しないような、この出来事のすべてが物凄い存在感を持っていると言う。私の場合は、イギリス人のいる沼地が何百マイルも遠いところにあるような気がする。ノーブルも、後ろでつぶやいている老婆も、鳥も星も、すべてが遠いところにある。私は雪の中で迷った子供のように小さく孤独な存在だ。そして、その後、すべてのことにそれまでとは違った感じ方をするようになった。

（1）泥炭（ターフ）の燃え残りの温かな灰のこと。
（2）アメリカの銃器メーカーの名前および同社の拳銃を指す。
（3）イギリスのウェブリー・アンド・スコット社の拳銃。

（*Guests of the Nation*, by Frank O'Connor）

ミスター・シング

ブライアン・フリール

毎年、元旦にぼくは汽車、郵便車、最後は徒歩という具合に四五マイルを旅して、ドニゴール州にある祖母の家に行った。その家はマラハダフの教区のどんづまり、荒れ狂う大西洋の上にそびえる崖の上にあった。この恒例の滞在は、毎年一月から夜が短くなり始める三月までで、主として祖母のためを思ってのことだった。というのはこの期間、祖父は一年の残りを乗り切る収入を得るためにスコットランドへ出稼ぎに行っていたからである。しかしそれはぼくにも好都合だった。学校に行かなくて済んだし、厳しい両親ややっかいな弟や妹たちから離れていられた。何より祖母の家ではぼくがお山の大将で、何をやっても許された。

家は祖父母が寝起きする一部屋だけの造りだった。大きな部屋に小さな窓が一つだけで、ドアはほとんど一日じゅう開けっ放しだった。家が東向きで、風はいつも西から吹いていたからである。部屋には、三脚の椅子、テーブル、隅にベッド、箪笥《たんす》、それから生活の中心であるマントルピースの付いた平炉があった。ほとんど何もない簡素な部屋の中ではマントルピースが一際《ひときわ》目立った。両端には陶器の犬が鎮座して、真ん中には輝く銀の目覚まし時計、二つの花瓶、中身の水銀がこぼれてしまった、ひびの入った温度計を抱えている真鍮《しんちゅう》の妖精、競馬のカラー写真の入った金色の写真立て、クレープペーパーで覆った三箱のマッチの上にのせられた三つのウニの殻が並んでいた。祖母の家に毎年行くたびに、ぼくはそれらを手渡してもらって、しげしげと眺めて値踏みした。ぼくが気に入っていたので、祖母にとってもそれらの品はますます貴重な宝となった。

祖母は小柄でふっくらしていた。若い頃は小粋《こいき》で綺麗な娘だったに違いない。彼女はいつも黒い服を着ていた。ブーツにウールの靴下に上着、その見苦しい黒い上着も、洗い過ぎと干し過ぎで灰色になりかけていた。しかし首から上はびっくりするほどの色彩の取り合わせだった。白髪、海のような青い瞳、日焼けした生き生きとして艶《つや》のある顔。嬉しいことがあると、祖母は長い巻毛のおしゃまな子供のように頭を左右に振る癖があった。当時すでに六〇歳は過ぎていたが、その半分の年齢の女性のように生き生きしていた。ぼくが疲れているときや怠けているときには、牛小屋までかけっこしようとか、引き潮の岩場を遠くまで行ってみろとけしかけた。そんなとき、ぼくは母がよく言っていた言葉をまねて、祖母に「おばあちゃんは本当にそそっかしいアホな婆さんだね」と言ったものである。

夏の一番恵まれた日でもマラハダフは寒々とした土地だ。辺りは草木も生えない、でこぼこの岩だらけで、茶色のヒースだけが一面を覆い、岩を穿《うが》つ幅三〇センチにも満たない小川が無数に流れている。小川は思い思いの方向へ勝手に流れているが、巧妙にも互いに交わることはない。祖母の家は一番近い街道から三マイル離れた荒野の、人も通わぬ一番どんづまりにある。辺鄙《へんぴ》なところに家を造ったものだが、祖父という人は陰気で寡黙な男だった。父親の分からない私生児を生んだ一七歳の娘と結婚してやることで十分な慈善心を示したつもりだったのだろう。祖母も彼のプロポーズを受けざるを得なかった。あるいは祖母の生き生きとした魅力に嫉妬して、背後には大西洋、前方には三マイルの荒野という土地が彼女のうわついた心を抑えるとでも考えたのかもしれない。動機はどうであれ、それはうまくいって、祖母は世界からすっかり切り離されて、ぼくが一三歳になってまもなく祖母が死んだとき、祖母が一生のうちで出かけた最も遠いところは五二マイル離れたストラバンの町だった。祖父と結婚する月の前に彼女の私生児、つまりぼくの母との関係で法的手続きをするためにそこまで出かけたのだった。

ぼくと祖母は大いに楽しんだ。共に笑い、また互いを嗤《わら》った(笑いの種だったのは祖母の英語だった。ゲール語が彼女の母語で英語にはなじんでいなかったので、英語を話すときはそれが邪魔物であるかのように、叫んだり吐き出したりした)。ぼくたちは真夜中近くまでおしゃべりと噂話をして起きていた。ベッドに行かずに、突然バターでニシンを揚げたり、真っ赤な石炭でイカナゴを焼いたり、翌日の食事のための野鴨を食べたりした。またあるときは、炉端に座ってぼくが教科書の読本から物語を読んで聞かせた。祖母は読み書きができなかった。彼女は一言も聞き漏らすまいと耳を傾けた。よく分からない箇所はぼくに再読させたり、時には中断させて細部について質問した。

「バスに乗ったことあるの？　人を乗せる本物のバスに。」

「一度だけあるよ。」

「どんなふうだった？　胃に悪くないかしら。」

ぼくが読み終えると彼女はぼくに向かって復唱する(「わたし、ちゃんと理解しているかしら」)。特に灯台守の娘の冒険とか、キュリー夫人やナイチンゲールの名場面を好んで復唱した。しかし外界についての知識欲はあっという間に消えて、急に立ち上がると言った。「ちくしょう、忘れるところだった！」祖母がこの罵《のの》り言葉を使っても少しも嫌な感じはなかった。今にして思えば、祖母は同時代の女性の会話をめったに耳にしたことがなかったからだろう。「崖下の岩場まで走れば、岬の先端にノルウェーの漁船が見えるよ。急いで、急いで！　晴れた晩にはなかなかの見ものよ。」

　マラハダフの突端には、ぼくを楽しませてくれる、世にいうような既成の娯楽はない。でも祖母は自分の苦労は顧みずに、ぼくの滞在を楽しいものにしてくれた。ぼくたちはよく夜明け前に起きて、大西洋の氷のように冷たい上空を雁が渡っていくのを眺めた。またあるときは、サバの群れのいる油を流したような海面を回遊してからサバに襲いかかるサメたちを一目《ひとめ》見ようと、家の下の平らな岩に何時間も座っていた。またあるときは浅瀬に膝まで入った。足の裏にカレイが潜り込むとなんともいえないスリルを覚え、目をつぶってから両手を入れてカレイをつかみ出した。これらの小さな探検は、ぼくを楽しませるために祖母が考え出してくれたものであることは今にしてみれば明らかだ。しかし冒険が始まると、ぼくに負けず劣らず祖母も心から楽しんでいたことも確かだ。

「あら、わたしの足の下にいるのはカレイじゃなくて子牛だわ。」彼女は青い瞳を喜びで輝かして不安そうに悲鳴をあげている。「こっちへ来てわたしの腕を押さえて！」

　スパンコールのようにキラキラ光っている大西洋航路の客船を見るために、家の裏手の地面が盛り上がって瘤《こぶ》のようになっているところに立っていると、祖母はぼくに向かって陽気で呑気《のんき》な乗客のリストを読み上げる。「紳士に淑女。英雄のようにハンサムで背筋の伸びた男性たちと、爪先まで明るい絹に包まれた淑女。みんな、笑ったり、踊ったり、お酒を飲んだり、歌ったりしているのよ。あー、みんな幸せな老いた船荷！」

二月になって海から強風が吹きつけてくる夕方、行商人が風と闘いながらぼくたちの家にやってきた。台所の窓から眺めていると、風に向かって体をへし曲げている泥炭地の灌木《かんぼく》のように見えた。だんだん近づいてくるとはっきり人の姿になり、しばらくすると身の丈の半分はありそうな段ボールの箱を背負っているのが分かった。ドアの前まで来ると白人ではないことが分かった。当時、アイルランドの辺鄙な土地では行商人は珍しくなかった。彼らは、包みや箱を持って家々をまわって歩いた。中には衣服、靴下、シーツ類、テーブルクロス、安物の派手な装身具などが詰まっていた。客が選んだ品に払う現金がない場合は、行商人は家禽《かきん》や魚を代価として喜んで受け取った。評判では、彼らはなかなか抜け目がなくて信用ならないとも言われていた。

この行商人はぼくを恐れさせた。母親から行商人には気をつけろと言われていたし、有色の行商人を見たのは初めてだったから。ぼくは祖母を窓まで連れていって、背後から覗いていた。

「襲われるかな？」ぼくは泣き出しそうな声で聞いた。

「何いってんの。わたしは負けないわよ!」

祖母は勇敢にもそう言って、ドアを開けた。「入りなさい」彼女は強風に向かって怒鳴った。「入って休みなさい。今日、ここまで登ってくるのはあんたみたいなお馬鹿さんだけで、山羊《やぎ》だってこないわよ。」

男は大きな箱を引っ張りながら後ろ向きに台所に入ってきた。彼は戸口に置いてあった椅子に倒れ込むように座り、頭を壁にもたせかけた。せわしなく息を切らしてあえいでいたために、口をきくことができなかった。それほどまでに疲れていたのだ。

ぼくは一歩近づいて男をよく観察した。二〇歳そこそこの若い男だ。滑らかなハシバミ色をした肌は彼の顔にぴったりだ。頭には包帯のように真っ白なターバンが巻かれている。肩幅は狭く、体格は貧弱で、ほころびたズボンは草露で濡れていた。足はぼくの妹のように小さかった。次にぼくは手を見た。ほっそりと繊細で、指先には新鮮な海草のようにつやつやしたピンクの爪が見えた。左の中指には指輪があった。それは蛇の形をした金《きん》の指輪で、頭と尾の間に暗紫色の宝石がはまっていた。眺めていると、それは瓶の中の煙のようにのったりと渦巻いて七変化した。最初は紫、次にバラ色、と思うと今度は黒、真っ赤、青、それから八月のリンボクの実の色に変わった。この奇跡に見とれているると、行商人は床に膝をついて低音の、祈りをあげるような声で言った。「わたしはうーつーくーしいものを売っています、奥さん。あなたのうーつーくーしい家を飾るものなんでもあります。何を買います？　リーネン、シルク、シーツ、壁に掛けるうーつーくーしい絵ですか？　奥さんのうーつーくーしいカーディガンですか？　何を買います？」

そう言いながら行商人は箱の中身を全部出して見せた。床は黄色、緑、白、青に塗られたようだった。特にどれか一つを勧めるというのではなく、自己満足のように全部を陳列した。それも当然かもしれない。世界のあらゆる財宝を持っているのだから！

「あなた買う、奥さん？　なに買う？」彼は丸暗記したまま、関心も熱意もなく暗唱した。あまりに疲れていて気を遣う力もなかったのだろう。彼は床を見つめたまま両手で自分のまわりに多彩な品物を広げた。男はまるで明るい湖の真ん中の島のようになった。

しばらく祖母は口をつぐんでいた。彼女は品物に目が眩《くら》んだようになっていただけでなく、男が言うことを一言も聞き漏らすまいと必死に聞き耳を立てていたのである。男の発音は祖母には難しかった。ついに言葉が戻ってきたとき、それは叫び声のように噴出した。

「おー、まーあ、見てごらん！　見てごらん！　神様、こんな物があるなんて！」それからぼくに向かって「この人はなんて言っているの？　なんて言っているのか教えて！」次に行商人に向かって「ミスター、わたしはあまり英語できません。あー、ミスター、すごい宝ですね、ほんとにすごい！」

彼女は男のそばの床にペタリと座り込んで、祝福するように商品の上に両手を広げた。それから両手を下げて指先で衣服の表面に軽く触れた。彼女は畏れの気持に圧倒されて口を開けたまま黙っていた。両眼だけが恍惚として光っていた。

「奥さん、着てみて下さい。試着して下さい。」

祖母は正しく聞き取れたかどうか自信がなくて、ぼくのほうを見た。

「おばあちゃんの好きなの着てみて。さあ、早く」ぼくが言った。

彼女は行商人の顔を、ほんとうにいいのかしら、というように探った。

「わたし、お金ないのよ。」

彼女の言葉を聞かなかったかのように行商人は品物をあれこれ並べ替えていた。無意識に仕事の流儀を続けていた。

「試して下さい。ぜんぶ、うーつーくーしい。」

祖母はどれを選んでよいのか、少しためらった。

「さあさあ」男はせかすように言った。「急いで！」

「ぜんぶ、良い奥さんと家庭のための品です」彼は床に向かってつぶやくように言った。「試着して下さい。」

祖母は餌に舞い降りてむさぼり食べる鳥のように身をかがめた。真紅のブラウスをつかみあげると胸に当てた。それを見下ろし、どう似合うかしらという表情でぼくたちのほうを見た。顎の下にそれを押さえて、撫でつけ、空《あ》いたほうの手で顔にかかる髪の毛を本能的に後ろへ払った。それからぼくたちの判決を待ってじっとしていた。

「うーつーくーしい」行商人は自動的に呟《つぶや》いた。

「美しい」ぼくが言った。はやく試着して、おしまいにしてほしかった。

「うつくしい」初めてその言葉を使うかのように祖母は柔らかくゆっくりとまねた。それから祖母は急に立ち上がって、見上げるぼくらのまわりを踊り狂うように飛び跳ねた。「すごい！」祖母は叫んだ。「あなたたちと同じようにわたしも頭がおかしくなったと思うでしょうね。見て！　見て！　こんなに綺麗でお城のお姫様みたい！」

堰《せき》が切れたように祖母は夢中になった。ブラウスを床に投げ出すと、次は黄色のモヘアのストールをつかんで肩に回し、自分の歌に合わせてショーを演じた。それから緑の帽子、白い手袋、青のカーディガン、彩り豊かなエプロンを身につけた。その間、歌ったり、踊ったり、腕を振り回したり、気が狂ったように頭を振り、喜び、当惑し、楽しさに酔いしれて、すっかり我を忘れたかのようだった。

衣服の半分も試さないうちに、年寄の悲しさ、道化もおしまいになった。彼女はすっかり疲れ切ってベッドの上に体を投げ出すと、ぐったりしてしまった。「さあ、ミスター、品物を片づけてね。わたしはお金がないんだから。」

行商人は相変わらず彼女の言うことを聞かず、ものうげに品物を並べ替えていた。改まった口調で彼が言った。「これいかがです、奥様。」彼は真鍮の二脚の燭台に触れた。「うーつーくーしい、安いです。とてもとても安いです。」祖母は手を振って断わった。

「お金ないの、ミスター。」

「こちらはいかがです。聖なる救い主のうーつーくーしい絵です。あなたにはお安くしておきますよ、奥様。」

彼女は目を閉じ、手首を振った。元気を奮い起こしているようだった。

「素晴らしいですよ。」男の手は今度は模造革の小箱に触れた。中には六本のアポスル・スプーン（1）が入っていた。「これはたくさん売れます。みんな気に入ります。数が足りないくらいです。」男の口調は少し怪しかった。「半値にしておきましょう。」

「だまりなさい！」祖母は突然、噛みつくように言った。ベッドの上にピンと跳ね起きて、男が発散していた無気力を払いのけた。「おだまり！　わたしたち、この土地の者は貧しいのよ！　おだまり！」

行商人はさらに俯《うつむ》いて商品を自分のほうにかき集め始めた。辺りは暗くなっていた。彼は箱の留め金を手探りした。

祖母は怒鳴ったことをすぐに後悔した。彼女はベッドから飛びおりると泥炭の火を起こした。「わたしたちと夕食を食べましょう。おなかが空《す》いているでしょう。今日の食べ物は……」彼女は言葉を中断してぼくに向かって言った。「日曜日のご馳走に取ってあるライチョウをローストしましょう。それがいい。ライチョウにポテトにバターにバターミルクに薄焼きケーキ、ご馳走だわ、ほんと！　ご馳走！」彼女は次に行商人に向かって聞いた。

「あなた、いっぱい食べられる？」

「はい、奥様、なんでも食べます。」

「それではご馳走しましょう。日曜日なんかどうでもいいわ。」

祖母は腕まくりをしてテーブルの支度を始めた。行商人は箱を閉じて部屋の隅に行った。そこの闇に男が消えたように見えた。祖母は炊事をしながら話しかけた。

「ねえ、あなたの名前はなんて言うの?」

「シンハです。」

「なんですって?」

「シンハです。」

「まあ、変な名前ね。シング、シング、シング」彼女はその名前を舌で味わうように繰り返した。「いい? これからわたしがあなたに名前をつけてあげるわ。『ミスター・シング、わが心の喜び』としましょう。そう、それがいいわ。すてきな長い名前でしょう? 『ミスター・シング、わが心の喜び』」

「はい」男は従順に返事した。

「さあ、ミスター・シング、わが心の喜び、一時間だけ眠って下さい。一時間経《た》って起きたら目の前にご馳走とフェスティバルがありますよ。さあ、目を閉じて眠りなさい。

可哀そうな、やつれた人よ。」

彼はおとなしく目を閉じ、五分も経たないうちに頭を垂れた。

祖母がテーブルの端、ぼくが真ん中、行商人が上座に座ってオイルランプの明りで食事をした。彼は満足な食事は一カ月ぶりだったに違いない。ガツガツと呑み込むように食べ、皿がきれいになるまで顔をあげなかった。食べ終わると椅子に座り直し、初めてぼくたちに向かってニッコリ笑った。満足した彼は少年っぽく見えた。

「有り難うございます、奥様。すーばーらーしい食事でした。」

「どう致しまして。わたしたちみんなが食べ物に困りませんように」そう祈りながら祖母はライチョウの骨を指に挟み、頭を一方に傾《かし》げて皿の上に模様を描いた。

「出身は？　ミスター・シング、わが心の喜びさん。」

祖母の口調はこれから質問ぜめにするわよ、という暗示だった。

「パンジャーブです。」

「どこかしら。」

「インドです、奥様。」

「インドね。インドって暑い国でしょう？」

「暑いです。そしてとても貧しい。」

「とても貧しい?」祖母は静かに繰り返し、心の中で作り上げているインドのイメージに「貧困」と描き加えた。「インドではオレンジとかバナナとかが木になるんでしょう? 虹色のあらゆる種類の果物とか花もね。」

「はい」行商人は簡単に答えた。心の中で自分の国を思い出していたのだ。「とてもうーつーくーしいです、奥様。」

「女の人たちは地面まで届く絹の服を着ているのでしょう? 男の人たちはワイン色のビロードの服に銀のバックルのついた黒い靴をはいているのでしょう?」

男は両手を広げてニッコリした。

「女の人たちはオレンジの木の下を日を浴びながら散歩してる。お日様は女の人の髪から光を受け、粋《いき》な男の人たちは羽根飾りのついた帽子を取って女の人に道を譲る……太陽を浴びて……パンジャーブでは……エデンの園では……」

祖母は別の国にいる。ぼくたちは隙間風の入る石を敷いた台所で、下の大西洋を荒波にし、藁《わら》葺《ぶ》き屋根のもろい箇所を吹き飛ばそうとしている風の音に聞き入っている。行商人は目を閉じてうなずいた。

「エデンの園では気紛れに流れる小川とか草も生えない岩地はない。パンジャーブではお日様が燦々《さんさん》と射して、歌と楽器と子供たちと……そうだわ、子供たち……」

そのとき驟雨《しゅうう》の最初の雨滴が煙突から入って、火の上でしゅーと音を立てた。

「あら、たいへん！」祖母は立ち上がった。「あんたたちはなんて間抜けなの！　さあ、立って！　台所を片づけなくては。」

行商人ははっとして目を覚まし、箱を取りに行った。

「どこへ行くの？　あなた、こんな晩はアナグマだって出歩かないわよ。」

彼は部屋の真ん中で足を止めた。

「何してるの？　わたしに叩かれるとでも思うの？　今夜はここに寝るのよ。暖炉の前で、猫のように」祖母はそう言ってから笑った。

行商人も笑った。

「さあ、ミスター・シング、わたしとこの子が片づけるまでどいていてね。」

食器を片づけ、翌朝の泥炭を火の前に並べ終えると、もう寝る時間だった。祖母とぼくは部屋の隅のベッドで一緒に寝た。大きな鉄のベッドは側面が暖炉の熱でいつも暖かだった。祖母が壁際に、ぼくが反対側に寝た。ぼくと祖母は部屋の暗い隅に行って服を脱いだ。それから行商人にきまりわるい思いをさせる前に、急いで二人でベッドに飛び込んだ。

祖母はぼく越しに彼を見た。「ランプを吹き消してね。床に横になるといいわ。マットが欲しかったらドアのところにあるわよ。」

「おやすみなさい、奥様。」

「おやすみ、ミスター・シング、わが心の喜び。」

彼はマットを持ってきて、赤と白の斑《まだら》の残り火の前に体を横たえた。外では雨が激しく屋根を打っていた。家の中ではペットの雌鶏のようにぼくたちはぬくぬくと眠った。

素晴らしい朝が来た。さわやかな風が雲を追い、家から街道へ通じる道は乾いていた。行商人は元気になって、颯爽《さっそう》と小脇に箱を吊した。彼は、祖母が品物の売れそうな村への道順を教えている間、戸口に立ってうなずきながらにこやかに笑っていた。

「さあ、前途の無事を祈るわ」最後に祖母が言った。

「奥様、払うお金がありません。こんな安物を差し上げるわけには……」

「さあ、行きなさい。お昼前には雨が降るでしょう。それまでには八マイルは行けるでしょう。」

彼はまだもじもじしていた。内気な少女のように微笑したり、頭を下げたり、箱を振ったりしていた。

「何してるの！　早く行かないとお昼御飯を出さなくてはいけなくなるでしょう。あなたはそれを昨晩食べちゃったのよ。」

行商人は箱を地面に置いて、左手を見た。それから長い繊細な指で指輪を抜いて祖母に差し出した。「あなたに差し上げます」彼は改まった声で言った。「お礼に……受け取って下さい。」

手の中で宝石が虹色に輝いた。祖母は困ったような顔をした。永いこと人からプレゼントを貰ったことがなかったので、どう受け取っていいのか分からなかったのだろう。彼女は首を傾《かし》げてぶっきらぼうに「だめ、だめ」と呟き、後ろに下がった。

「そんなこと言わずに受け取って下さい、奥様」彼は強引に言った。「パンジャーブの紳士からドニゴールの淑女への贈物です。」

彼女が後ろに下がったままなので、彼は進み出て祖母の手を取った。左手の中指を選び、指輪をはめた。「有り難うございました、奥様。」

それから彼は箱を持ち上げると、お辞儀をして荒野と街道のほうに向かった。追い風が彼をどんどん進ませた。

道の曲がり角の小丘の背後に彼の姿が見えなくなるまで、ぼくたちは身動きもせずに見送った。ぼくは家の脇に回り込んだ。雌鶏を外に出して、牛のミルクを搾る時刻だった。しかし祖母は動かなかった。行商人が指輪をはめたときの姿勢のまま道のほうを見ていた。

「さあ、おばあちゃん、ぼくたちが死んじゃったと牛が思うよ。」ぼくはいらだっていた。

祖母は変な目でぼくを見て、それから泥炭地や道、そのさらに向こうの周囲をとりかこむ山並みを見上げた。

「さあ、おばあちゃん、急いで、急いで。」ぼくは祖母の仕事着を引いた。

彼女は引っ張られるままについてきた。牛小屋のほうに連れていく途中、彼女は独り言のように呟いていた。

「クロリー橋に着かないうちに雨に降られるかしらね。ワイン色のズボンとバックル付きの靴が台無しでしょう。どうか雨が降りませんように、神様どうか……」

（1）柄の部分に十二使徒像を彫ってあるスプーン。昔、洗礼時に名付け親が幼児に贈る風習があった。

(*Mr Sing My Heart's Delight*, by Brian Friel)

アイルランドの酒宴

エドナ・オブライエン

メアリは傷《いた》んだ前輪のタイヤが破裂しなければいいなと思った。このままでもチューブに軽い空気漏れがあり、途中二度ほど止まって空気入れを使わなければならなかった。空気入れの接続部分が欠けていて、ハンカチの角を巻いてタイヤの空気入れ部分に押し込まなければならなかったので腹が立った。思い出す限り小さい頃から、彼女は自転車に空気を入れ、泥炭を運び、屋外便所を掃除し、男の仕事をしてきた。父親と二人の兄は森林関係の仕事をしていた。だから彼女と母親で、家事や三人の子供と家禽《かきん》や豚の世話、バター作りをしなければならなかった。彼らの家はアイルランドの山地の農家で、生活は楽ではなかった。

しかし一一月初旬のこの寒い夕べ、彼女は仕事から解放された。彼女はパーティーに思いをはせながら、裸になったサンザシの垣にはさまれた山道を走っていた。一七歳になっていたが、これが生まれて初めてのパーティーだった。コマーシャル・ホテルのミセス・ロジャーズから今朝になって招待が来た。その晩に必ず来てくれ、というミセス・ロジャーズの伝言を郵便配達屋が伝えにきた。初め、母親はメアリを行かせたくなかった。仕事が山ほどあるし、粥《かゆ》を作らなければならない。双子の一人が耳に痛みがあり夜中に泣き出しそうだ。メアリは一歳の双子と寝ていた。時々、彼らの上になって窒息させてしまうのではないかと心配だった。それほどベッドが小さかった。彼女は行かせてくれと懇願した。

「行って何になるの？」母親は言った。彼女にとっては外出は不安材料だった。自分たちでは手に入れられないものの味を外で覚えるのは良くない。しかし最後に母親は折れた。コマーシャル・ホテルのオーナーとしてミセス・ロジャーズは土地の有力者であり、その面子《メンツ》を汚すわけにはいかなかったからである。

「朝のミルク搾りの時間までに帰れるなら行ってもいいわよ。馬鹿なことをしてはいけないよ」母親は忠告を与えた。メアリは村のミセス・ロジャーズのところで一晩明かすことになっていた。彼女は髪を編んだ。梳《と》かすと黒い縮れ毛のウェーヴが肩に届いた。彼女は黒いレースのドレスを着てもよいと言われた。それは何年も前にアメリカから送られてきたもので誰のものとは決められていなかった。母親は聖水を彼女に振りかけ、道路に出るまでの小道を見送りにきて、アルコールには手を出してはいけないと注意した。

薄い氷のはった穴ぼこを避けながらゆっくり自転車をこいでいくと、幸せな気持になった。その日は寒気《かんき》が居座った。地面は硬く凍ったたままだった。このままだと牛たちを小屋に入れて乾草を与えなければならないだろう。

道路は曲がりくねり、上り下りもあった。メアリは曲がりくねる道を上り下り、いくつもの丘を越えていった。ビッグ・ヒルの下りでは自転車を降りた。ブレーキが信用できなかったから。そこではいつもの癖で自分の家を振り返ってみた。それは山の奥にある、白漆喰《しろしっくい》の小さな一軒家だった。周囲には何本かの樹が植えてあり、裏手には家族が菜園と呼んでいる狭い畑があった。ダイオウの畑、お茶の葉を捨てる藪《やぶ》、夏に鶏を放し飼いにする草地があった。鶏の放し飼い用の草地は一日おきに場所を変えなければならなかった。彼女は遠くを見た。ジョン・ロランドのことを思った。彼はオートバイにまたがって、この土地に二年ほど前にやってきた。生け垣に干したミルク搾り用の布に埃《ほこり》をふりまきながら物凄いスピードでやってきた。彼は道を聞くためにメアリの家に立ち寄った。彼はミセス・ロジャーズのコマーシャル・ホテルに泊まっていた。その日は色の綺麗な湖を見物するためにやってきたのだった。湖の色は一時間のうちに青、緑、黒と目まぐるしいほどに変化した。日没時にはブルゴーニュの赤ワインのような、とても湖とは思えない神秘的な色になった。

「向こうのほうよ」メアリはその見知らぬ青年に言い、下の湖のほうを指さした。湖にはその真ん中に小島がある。青年は道を間違えていた。

丘や小さな麦畑が深く湖まで落ち込んでいる。大きな石が転がっている丘陵が痩せた土地であるのは一目瞭然だった。真夏になっていたので麦が色づき始めていた。排水溝には血のように赤いフクシャの花が咲き誇っていた。タンカーに入れられたミルクが五時間で酸《す》っぱくなるような暖かさだ。青年は、なんてエキゾチックなんだろうと言った。彼女は景色にはなんの関心もなかった。空を見上げると鷹がじっと空中にとどまっていた。静止している鷹はメアリの生活の休息の時間に似ていた。ちょうどそのとき、誰が来たのだろうと母親が出てきた。彼はヘルメットを取って丁寧に挨拶し、イタリアに住んでいるイギリス人の画家です、と自己紹介をした。

どうしてそうなったのか正確には覚えていないが、しばらくしてから彼は台所に来て、一緒にお茶を飲んだ。

あれから二年になる。でもメアリは決してあきらめなかった。たぶん今夜こそ再会できると思った。郵便配達人が、コマーシャル・ホテルに泊まっている特別な人が彼女に会いたがっていると言っていた。彼女は天にも昇る気持だった。彼女は自転車にも語りかけた。自分の幸福が、冷たい真珠色の空、夕闇の中で青く変化している霜枯れの野、通過するコテージの窓に灯をともしているように感じた。両親はお金持で明るく、双子は耳を痛がらず、台所のかまどが煙らない家を想像した。時々、彼女は自分が彼の目にどう映るかを思ってほほ笑んだ。背も伸びたし胸も出てきた。ドレスはどこに着ていっても恥ずかしくないものだ。彼女は傷んだタイヤのことを忘れて、自転車に飛び乗ると走り出した。

メアリが村に入っていくと街灯が五つともっていた。その日は家畜市が開かれて表通りは糞だらけだった。村人は窓を木製の半開シャッターと急場凌《しの》ぎの板や樽で守っていた。バケツとブラシを手に自宅への道をこすり洗いしている人もいた。モーモーと鳴き声をあげながら歩き回っている牛たちがいた。見知らぬ通りでは牛たちも落ち着かないのだ。酒を飲んで酔った農夫たちは、手に杖を持って暗い片隅で自分の牛を見分けようとしていた。

コマーシャル・ホテルのショー・ウインドーの中から大勢の大きな話し声、歌声が聞こえた。曇りガラスなので誰が中にいるのかは分からなかった。中で動き回っている人たちの頭が見えるだけだった。みすぼらしいホテルだった。五年前に選挙運動のためにデ・ヴァレラ（1）が村にやってきたとき以来そのままの黄色い漆喰の壁は、塗り替えが必要だった。デ・ヴァレラはそのとき、階上の特別室に座ってサイン帳に安物のペンで署名し、最近亡くなったミスター・ロジャーズへのお悔やみの言葉を夫人に述べた。

メアリは窓の下の黒ビールの樽に自転車を立てかけて、ホール・ドアへ通じる三段の石段を上がろうと考えた。しかしちょうどそのとき、パブのドアの掛け金が外れる音がした。彼女はパブの脇の小道に慌てて走りこんだ。父親と知り合いの誰かが、彼女が酒場を通って中に入っていくのを見たと告げ口するのを恐れたのである。彼女は差し掛け小屋に自転車を入れて裏口に回った。ドアは開いていたが彼女はわざわざノックした。

二人の町中《まちなか》の娘が走り出てきた。一人はドリス・オバーンという馬具製造屋の娘だった。この村でドリスという名前は彼女だけで、そのためにみんなに知られていた。また彼女の目が片方は青く、もう片方は焦げ茶であることも有名だった。彼女は地元の専門学校で速記とタイプを学んだ。いずれダブリンに出て、政府の有力者の秘書になるのが夢だった。

「あらまあ、誰か大切なお客様かと思ったわ」彼女はメアリを見て言った。メアリは顔を赤らめ、着飾り、クリームの入った瓶を手に立っていた。また女の子！　近隣では女の子は十把ひとからげの安物扱いだった。こんなに女の子ばかり生まれるのは、石灰質の水のせいではないかというのが村人たちの意見だった。ピンクの肌の女の子たち、両目が同じ色の女の子たち、ウェーヴのある長い髪でスタイルのいい、メアリのような女の子たち！

「お入りなさい、嫌なら外にいてもいいわよ」エスニ・ダガンというもう一人の娘が言った。むろん冗談のつもりだったが、二人ともメアリが嫌いだった。彼女たちは内気な山奥の人たちが嫌いだったのだ。

メアリは母親がミセス・ロジャーズへの手土産として持たせたクリームを手にして中に入った。彼女はクリームを食器棚の上に置き、コートを脱いだ。娘たちは彼女のドレスを見ると互いに小突き合った。台所は牛の糞のにおいと油でいためた玉葱《たまねぎ》のにおいがした。

「ミセス・ロジャーズはどこかしら?」メアリは聞いた。

「お客様のところよ」ドリスはそんなこと知らないなんて馬鹿じゃない、とでもいうような生意気な口調で言った。二人の老人がテーブルで食事をしていた。

「わしゃ噛めんのじゃ、歯がないからのー」一人がドリスに言った。「こりゃまるで革のようだ。」老人は焦げたステーキの皿を彼女のほうに突き出した。彼は潤んだ目を子供のようにしばたたいた。歳をとると水差しに入れたブルーベルのように、目があんなふうに色褪《あ》せてくるのだろうか、とメアリは思った。

「まさかこんなのでお金を取らんだろうな。」コマーシャル・ホテルではお茶とステーキが五シリングした。

「噛むのは体にいいのよ」エスニ・ダガンがからかった。

「歯茎じゃ噛めんのだよ」と老人が答えた。二人の娘はくすくす笑い始めた。老人は二人を笑わせたので嬉しそうだった。彼は口を閉じて焼きたての店のパンをもぐもぐと一、二度噛んだ。エスニはおかしくてたまらず、笑いをこらえるために布巾《ふきん》を噛んだ。

メアリは店のほうに行った。

ミセス・ロジャーズはカウンターを離れてメアリに話しかけた。

「メアリ、よく来てくれたわ。あの二人は笑ってばかりいて役立たずでね。まず二階の特別室を片づけなくては。ピアノを除いて全部運び出すのよ。ダンスとかすべてをあそこでやるのですからね。」

メアリは仕事をやらされるのだとすぐに悟り、ショックと落胆で顔に血がのぼった。

「全部、狩猟用の道具も裏の寝室に投げ込んでね」ミセス・ロジャーズがこう言っている間、メアリは自分の上等のレースのドレスを心配した。これは母親が日曜日のミサにも着せてくれなかったものだ。

「ガチョウに詰め物をして、オーヴンに入れなくては。」ミセス・ロジャーズの説明によれば、地元の消費税局の役人が、妻が宝くじに当たったので退職する記念のパーティーだった。賞金は二〇〇〇ポンド。妻が三〇マイル離れたリメリック州の向こう端に住んでいるこの役人は、月曜日から金曜日までコマーシャル・ホテルに泊まり、週末に帰宅するという生活をしていた。

「私に会いたいという人がここに泊まっているの。」メアリは誰かがその人の名前を言ってくれるのを聞きたいという思いで体が震えた。どの部屋があの人の部屋かしら。いま部屋にいるのかしら。想像の世界ではすでに彼女はきしむ階段を上がって、ドアをノックし、中でその人が動く気配を感じていた。

「あなたに会いたいって！」ミセス・ロジャーズは怪訝《けげん》そうな顔をした。「あー、石切り場の若者があなたのこと尋ねていたわ。いつかダンスであなたを見かけたと言って。変わった若者ね。」

「誰かしら?」メアリは喜びが胸からこぼれていくのが分かった。

「名前はなんていったかな?」ミセス・ロジャーズは考え込んだ。それから空《から》のグラスを振って彼女を呼んでいる男たちのほうに向かって「分かった! いま行くわ」と言った。

二階ではドリスとエスニが重い家具の移動の手伝いをしてくれた。彼女たちはサイドボードを踊り場を通して運んだ。キャスターの一つが床のリノリウムを裂いた。メアリは重い方の端を持っていたので息が切れた。二人は一緒に他方の端を持っていた。意地悪をしているのだ。二人で菓子を食べていてもメアリにはくれなかった。彼女たちはメアリのドレスを見て互いに顔をしかめてみせた。メアリも心配だった。ドレスにもしものことがあると大変だ。レースの糸がささくれた木やビールの樽にでもひっかかったら翌朝、家に帰れない。彼女たちはニスを塗った籐《とう》の重ね棚、小形のテーブル、装飾用骨董品、枯れた紫陽花《あじさい》の生けてある取っ手のとれた室内用おまるを運んだ。紫陽花はひどい悪臭がした。

「くねった尻尾のこのワンちゃんはいくらかしら?」ドリスが白い陶器の犬の値段を聞いた。「この部屋の家具は全部で一〇ポンドもしないわね、きっと。」

「ドリス、あなたパーティーが始まるまでカーラーをそのままにしておくの?」エスニが聞いた。

「そうよ。」ドリスはあらゆる種類のカーラー、つまりパイプ・クリーナー、金属のクリップ、ピンクのプラスチック・ローラーを髪に巻いていた。エスニのほうはカーラーを外していたので、染めたブロンドの髪がびっくりするほど縮れて逆立っていた。それを見てメアリは、跳び上がろうとしている羽の抜けた雌鶏を思い出した。エスニは斜視で、乱杭歯《らんぐいば》で、ほとんど唇のない、言ってみれば急場作りの造作をした不幸な娘だった。くじ引きのようなまったくの偶然の産物だった。

「これ持って」ドリスが長いピンに刺した黄ばんだ請求書の束をメアリに渡した。

これをして! あれをして! 彼女らはメアリを女中のように扱った。メアリはピアノを掃除した。上、脇、黄ばんだ白と黒の鍵盤、その周囲、腰板。至る所に積もった汚れは部屋の湿気のために厚い膜を成していた。これがパーティー? 家にいたほうがまし、子牛や豚なんかの世話のほうが清潔だわ。

ドリスとエスニはピアノででたらめの音符を弾いたり、鏡を次々と覗いたりして遊んでいた。特別室には鏡が二つあった。暖炉の折り畳み式の火除《よ》け用衝立《ついたて》の一面は染みだらけの鏡だった。他の面には黒地に蓮《はす》の花が描いてあったが、この部屋のすべてのものと同様に古びていた。

「あれ何かしら?」階下で騒がしい物音がしたとき、ドリスとエスニは互いに聞いた。彼女たちが飛び出していった後をメアリもついていった。手摺《てすり》越しに見ると、玄関からホールに入り込んだ雄の子牛がタイルの床の上で足を滑らせながら出口を捜していた。

「興奮させるな、いいか、興奮させるな!」子牛を追い出そうとしている若い少年に向かって、歯なしの老人が叫んでいた。二人の別の少年が、牛が床の上で粗相をするかどうか賭けをしていた。そのときミセス・ロジャーズが姿を現わし、おもわず黒ビールの入ったグラスを落としてしまった。牛は入ってきた戸口から頭を左右に振りながら後ろ向きに出ていった。

エスニとドリスは抱き合って笑った。しかしドリスは、カールをしたままの姿を少年たちに見つかって悪口を言われないように、後ろに下がった。メアリはうなだれて部屋に戻った。彼女はうんざりしたように椅子を壁際に寄せて、ダンスをする床を掃いた。

「あの娘《こ》はあそこで泣いているわ」エスニがドリスに言った。彼女たちはリンゴ酒の瓶を持ってバスルームに入り、鍵をかけていた。

「あんなドレスを着ているとまるで馬鹿みたい」ドリスが言った。「それにだぶだぶね。」

「母親のを借りてきたのよ」とエスニ。彼女はさっきドリスが部屋から出たときには、メアリに素晴らしいドレスね、と褒めてから、どこで買ったの、と聞いたくせに……。

「なんで泣いているの？」ドリスが大声で聞いた。

「あの娘《こ》は男がここにいると思ったのよ。一昨年《おととし》ここに来たあのオートバイを持っている男、覚えているでしょう？」

「あの人はユダヤ人よ。鼻を見れば分かるわ。ドレスを着て気を惹こうというんでしょうけど、案山子《かかし》と思われるのが落ちよ」ドリスは顎のにきびをつぶし、緩んだカールのピンを直して言った。「あの娘の髪は不自然だわ。カールしてるでしょう。」

「あの黒い髪は大っ嫌い！　まるでジプシーみたい。」エスニはリンゴ酒の残りを飲み干した。彼女たちは洗った風呂の下に瓶を隠した。

「口中香錠《カシユー》を舐《な》めましょ。息のにおいを取らなくちゃ。」ドリスはバスルームの鏡に息をかけながら、今晩パーティーに来る石切り場のオトゥールという男と親しくなれるかしらと思った。

フロントルームでメアリはグラスを磨いていた。涙が頬を流れ落ちているので明りをつけなかった。パーティーの様子が分かるようだった。みんな立ったまま、いま泥炭のレンジでじゅーじゅーと焼けているガチョウを平らげるのだろう。男たちは酔っ払い、娘たちはくすくす笑いをすることだろう。食べ終えたら、ダンスと歌に幽霊話。朝、メアリは早起きして、ミルク搾りに間に合うように家へ帰らなければならない。彼女は片手にグラスを持ったまま、暗い窓ガラスのほうに近寄り、外の汚れた通りを眺めた。そして、二人の心臓の鼓動の幸せな音以外、何の伴奏もなしに、ジョンと二人で山の上の道で踊ったことを思い出した。

あの夏の日、ジョンはお茶の時間に家へ来た。父親の提案で、彼は四日ほど滞在して乾草作りを手伝い、父親に代わって農機具のすべてにオイルを注《さ》してくれた。彼は機械に詳しかった。また、外れてしまったドアのノブをつけ直してくれた。メアリは毎日、夕方になると、彼が体を洗えるように天水桶の水を汲んだ水差しを運んだ。彼の格子縞のシャツを洗った。日焼けした彼の背中が一皮むけたとき、メアリはミルクを塗ってやった。それが彼との最後の日だった。夕食後、彼は赤ん坊以外の子供たちを一人ずつ、オートバイに乗せてあげようと言った。メアリの番は最後だった。彼がそうなるように仕向けたとメアリは思った。あるいは、兄弟たちが我先《われさき》に乗りたがったので、偶然最後になったのかもしれない。あのドライヴは忘れられない思い出だ。素晴らしさと喜びに全身が熱くなった。彼はメアリが上手にバランスを取ると言って褒めてくれた。時々、彼はハンドルから片手を離して、メアリの組んだ手を安心させるように叩いた。陽が沈んで、エニシダの花が黄色くもえていた。二人は何マイルも黙ったままドライヴした。メアリはジョンの腹部を抱えていた。恋をしている乙女のやさしい、そして必死の抱擁だった。どんなに遠くまで走っても、二人は黄金色の霞《かすみ》の中を走っているような気持だった。ジョンは一番素晴らしい時刻の湖を見た。家から五マイル離れた橋のところでオートバイをとめ、二人は苔《こけ》と地衣類がクッションのようにビッシリ生えている石灰岩の石垣に座った。メアリは彼の首からダニを取った。そしてダニが血を吸って赤い点のようになった皮膚に触れた。それから二人は踊った。ヒバリのさえずりと水の流れる音だけが聞こえていた。刈り取られたばかりの青い乾草が並び、辺りにはその甘い香りが漂っていた。二人は踊り続けた。

「可愛いメアリ」ジョンが彼女の瞳をじっと見つめながら言った。彼女の瞳は灰色がかった茶だった。彼は、自分にはすでに妻子がいるのでメアリを愛することはできないと告白した。「それに君はまだ若すぎるし、うぶだから」と彼は言った。

翌日、別れ際に彼は郵便で贈物をしてもいいかと聞いた。それは一一日後に届いた。メアリのモノクロのスケッチだった。それはメアリにそっくりだったが、ただし絵の中のメアリより実物のほうが美しかった。

「ご愛嬌ね」金《きん》のブレスレットかブローチを期待していた母親が言った。「これじゃあんまり役に立たないわ。」

その絵はしばらく台所の釘に掛かっていたが、ある日、下に落ちると、誰かが(たぶん母親だろう)塵取《ちりと》り代わりに使用した。それ以来、ずっと塵取りとして使われている。メアリはそれを自分のものにしてトランクにしまっておきたかったが、恥ずかしくてなかなか言い出せなかった。気性のしっかりした家族で、感傷的になったり泣いたりするのは、人が死んだときだけだった。

「可愛いメアリ」とジョンは言ったけれど、手紙はこなかった。ふた夏が過ぎた。デビルズ・ポーカーが二回咲いた。アザミの種が風に舞い、森の樹がいくぶん成長した。

ジョンが戻ってきてくれそうな気がした。しかし反面、もうこないかもしれないと思うと、胸が締め付けられるように痛かった。

「もう雨は降らない、もう降らない、もう雨は降らない、と年寄たちは言っているが。」コマーシャル・ホテルの二階の部屋で、パーティーの主客であるブローガンが歌っていた。彼は茶色のチョッキのボタンをはずし、椅子に深く座って「なんて素晴らしいご馳走なんだ」と言った。マホガニーのテーブルの真ん中には、大皿にのせられて階下から運ばれたガチョウが置かれ、中に詰めたポテトがこぼれ出ていた。ソーセージもあった。磨かれたグラスは伏せられた状態に置かれ、各人に皿とフォークが用意されていた。ミセス・ロジャーズによれば、それは「フォーク・サパー」だった。新聞によれば、ダブリンの上流階級ではこれが大流行だと彼女は説明した。各自で食べ物を取って、フォークだけで食べるのだ。メアリは、誰かが難儀するのを見越して、階下からナイフを持ってきていた。

「アメリカみてえだな」ヒッキーが煙る火に泥炭をくべながら言った。

階下のパブのドアは閂《かんぬき》を掛け、シャッターも下ろされていた。八人の客は、ミセス・

ロジャーズがガチョウを切り分けて、指で小さく裂く様子を眺めていた。彼女は頻繁に布巾で指をぬぐった。

「さあ、メアリ、これをブローガンさんに差し上げて。一番のお客さんだから。」ミスター・ブローガンはたくさんの胸肉と香ばしくカリカリに焼けた皮を貰った。

「メアリ、ソーセージも忘れないで」ミセス・ロジャーズが言った。メアリはなんでもやらなくてはならなかった。食べ物を回し、詰め物を配り、みんなに紙皿がいいか、陶器の皿がいいか尋ねた。ミセス・ロジャーズは紙の皿が上品だと思ってたくさん買い込んでいた。

「腹が減って子供だって食えるくらいだ」ヒッキーが言った。

町の人がとても下品で、なんでも口にすることにメアリは驚いた。ヒッキーが彼女の指を握ったときも、彼女はほほ笑み返さなかった。ああ、家にいればよかった。家族がいま何をしているか目に浮かぶようだった。男の子たちは勉強し、母親は昼間は時間がないので今頃ホールミールのパンを焼き、父親は独り言をいいながら煙草を巻いているだろう。ジョンが煙草の巻き方を教えてくれて以来、彼は毎晩、四本の紙巻き煙草を作って四本だけ吸っていた。父親はいい人だったけれど、むっつりとした気難しいところがあった。あと一時間もすれば、みんなロザリオの祈りをあげてから寝るだろう。彼らの生活のリズムはいつも同じだった。焼きたてのパンは朝までにいつも冷たくなっていた。

「一〇時だわ」踊り場の時計のチャイムを聞いたドリスが言った。

パーティーは遅く始まった。男たちがリメリックのドッグレースから戻るのが遅かったからだ。彼らは帰宅を急ぐあまり、途中豚を轢《ひ》いてしまった。豚は道で遊んでいた。角を曲がってきた車があっという間に轢いたのだ。

「あんな悲鳴は生まれて初めて聞いた」一番旨《うま》そうなガチョウの手羽を取ろうとしながらヒッキーが言った。

「持ってくればよかったな」オトゥールが言った。石切り場で働いている彼は豚や農業については何も知らなかった。痩せて背の高いとげとげしい男だった。明るい緑の瞳でグレーハウンドのような顔をしていた。髪の毛は黄金色だが、染めたわけではなく、雨風にさらされてこんな色になったのだ。誰も彼に食べ物を切り分けてやらなかった。

「素晴らしい客扱いじゃないか」彼は皮肉を言った。

「あらまあ、メアリ、オトゥールさんに差し上げなかったの？」ミセス・ロジャーズは急ぐようにメアリの背中を指で押しながら言った。メアリは紙のお皿に料理を盛って渡した。彼は礼を言い、あとで踊ろうと誘った。彼の目から見ると、ろくでもない町娘よりはメアリのほうがずっと綺麗に見えた。メアリは彼と同じように背が高くて痩せていた。彼女の髪は黒くて長く、人によってはふしだらな印象を受けたかもしれないが、オトゥールは長い髪の純朴な娘が好きだった。あとで別室で二人で踊ろうとメアリを口説《くど》くつもりだった。メアリは、よく見ると少し変わった瞳をしていた。泥炭の穴のように茶色で深みのある瞳だった。

「願いごとをしな」彼はガチョウの胸の叉骨《さこつ》(ウィッシュ・ボーン)を差し出しながら言った。メアリは飛行機でアメリカに行きたいと言おうと思ったが、考え直して、宝くじを当てて、父と母のために街道筋に近いところに家を買いたいと言った。

「あれは司教になったあなたのお兄さんですか?」エスニは知っているくせにわざわざ聞いた。マントルピースの上に、生気のない顔をした聖職者の写真入り鏡があった。メアリは埃のついた鏡にパーティーの始まる前、無意識にJという字を書いてしまっていた。みんな、なぜJという字がそこにあるのか分かっているという顔つきでそれを見ているようだった。

「そうよ。可哀そうなチャーリー。」ミセス・ロジャーズが自慢げに兄について説明を始めようとした矢先、ブローガンが急に歌い始めた。

「歌わしてやんな」オトゥールが二人の娘を制して言った。二人は一緒に座っていた椅子について冗談を言おうとしていた。下からスプリングが飛び出て、今にも椅子が壊れそうだったからだ。

メアリはレースのドレスだったので身震いした。ヒッキーが火を起こしたにもかかわらず、湿っぽい寒さが居座っていた。デ・ヴァレラがサイン帳に署名して以来、この部屋が暖房されたことはなかった。あらゆるところから湿気が立ちのぼっていた。

誰か女性で歌いたい人はいないのか、とオトゥールが聞いた。女性は全部で五人いた。ミセス・ロジャーズ、メアリ、ドリス、エスニ、それからクリスタル。クリスタルというのは地元の美容師で、最新の赤い染料で髪を染めていた。彼女は料理がもたれると言った。ガチョウは脂《あぶら》っこくて十分火が通っておらず、生《なま》のピンクの色が嫌だと言った。私は甘いピクルスのついた冷たい鶏の胸肉のようなご馳走がいいわ、と彼女は言った。本当の名前はカーメルというのだが、美容師を始めてからクリスタルに変名して茶色の髪を赤く染めた。

「メアリは歌えるだろう？」オトゥールが言った。

「メアリはどこの出身か分からないのよ」ドリスが言った。

メアリは青白い頰に血がのぼるのを感じた。教えてやるものか、彼女の父の名前は一度新聞に出たことがある。植林地でテンを見たからだ。家ではナイフとフォークで食事しているし、食卓にはテーブルクロスも掛けてある。見知らぬ客が来たときのために缶入りのコーヒーだって用意してある。教えてやるものか。彼女は下を向いたまま、歌うつもりはないということを態度で示した。

オトゥールは司教への敬意として『オーストラリアに遠く離れて』を蓄音機にかけた。ミセス・ロジャーズがリクエストしたからだ。レコードはザーという音やカリカリという音を立てて歌い始めた。ブローガンは自分のほうが上手《うま》いと言った。

「あら、いけない！　スープを忘れていた。」ミセス・ロジャーズはフォークを置いて、ドアのほうに向かった。最初に出す予定のスープだった。

「私が手伝います。」ドリスがその晩、初めて自分から体を動かした。二人は一日じゅう煮込まれたガチョウの臓物の黒いスープの鍋を取りに降りていった。

「さあ、男は一人、一ポンドだぞ。」ミセス・ロジャーズが席を外している機会に、オトゥールはデリケートなお金のことを切り出した。男たちは酒代として二ポンド払うことに同意した。女たちは払う必要がなかった。パーティーに花を添えるためと手伝いのために招待されたのだから。

オトゥールは帽子を持ってみんなの間をまわった。ブローガンは自分のパーティーなのだから五ポンド出そうと言った。

「五ポンド出すべきだが、みんなが承知しないだろうから」と彼は言いながら二ポンド紙幣を出した。ヒッキー、オトゥール、ロング・ジョン・サモンも払った。サモンはそれまで一言も口をきかなかった。オトゥールはミセス・ロジャーズが戻るとお金を渡し、安全なところへしまっておくように言った。

「ほんとうに有り難う」彼女は礼を言った。彼女は司教の写真が見張っているマントルピースのフクロウの剥製の後ろにお金を置いた。

彼女はカップにスープを注ぎ、メアリにみんなへ配るようにと言った。カップの表面には溶けた金《きん》のように脂《あぶら》が浮いていた。

「またあとで、ワニさん（2）」ヒッキーはカップを受け取るとふざけて言った。彼はパンなしでスープを飲むのに慣れていなかったので、ミセス・ロジャーズにパンを所望した。

「ブローガンさん、お金持になったようですけど、これから何をします」ヒッキーが聞いた。

「そうよ、話して」ドリスが迫った。

「そうだな」彼は少し考えてから答えた。「家を改装するつもりだ。」

彼の家はリメリック州の向こう端、三〇マイル離れたアデルにあったので誰も行ったことがない。そこに住んで養蜂をしているという彼の妻に会った人もいなかった。

「どんな改装？」誰かが聞いた。

「客間を改装して、それから花壇を作るつもりだ。」

「他には？」クリスタルが聞いた。彼女はそれだけお金があれば買える洋服のことを考えた。洋服、それに宝石。

「えーと、それからルルド(3)に行ってもいいな。まだ分からない、なりゆき次第さ。」

「ルルドに行けるなら両目をあげてもいいわ」ミセス・ロジャーズが言った。

「向こうに着いたら取り戻すんだろう？」ヒッキーが言ったが、誰も反応しなかった。

オトゥールは四つの小型タンブラーにウイスキーを注《つ》いで後ろに下がり、等量に注がれているか確かめた。男たちは酒については公平であることにいつも大きな関心を払っていた。それからオトゥールは黒ビールの瓶を六本ずつに分けて一人一人の飲み分とした。女性たちはジンとオレンジジュースにした。

「私はオレンジ」とメアリは言った。しかしオトゥールは「そんなにいい子ぶるなよ」とからかって、彼女が背中を向けているすきにオレンジジュースにジンを注いだ。

彼らはブローガンのために乾杯した。

「ルルドのために乾杯」とミセス・ロジャーズが言った。

「ブローガンに乾杯」とオトゥールが言った。

「自分に乾杯」とヒッキーが言った。

「目糞！」ドリスは強いリンゴ酒を飲んでいたため、すでに酔っていた。

「ルルドは分からない。だが客間は改装して、花壇も作るぞ」とブローガンが言った。

「私のところにも客間があるけれど、誰も利用したことがないわ」ミセス・ロジャーズが言った。

「客間に行こう、ドリス」とオトゥールはメアリに言った。メアリはちょうど大きな琺瑯《ほうろう》の洗面器からゼリーを取り分けていた。ゼリーを入れる陶磁器がなかったのだ。それは掻《か》き混ぜた卵の白身を入れた赤いゼリーだった。しかしうまく固まらずに失敗だった。メアリはそれを皿に取り分けながら、なんてぞんざいなパーティーかしらと思った。テーブルクロスもプラスチックの間に合わせだし、ナプキンがないうえに、ゼリーを入れた器もこのざまである。きっと階下ではこの洗面器で顔を洗っているのだろう。

「誰か素敵なジョークを話してくれないかな」客間と花壇の話に飽きたヒッキーが言った。

「よし話してやろう」それまで黙っていたロング・ジョン・サモンが急に切り出した。

「たのむ」ブローガンが言った。彼はウイスキーと黒ビールを交互にすすっていた。それが唯一の楽しい飲み方というわけだ。だからパブでは、彼はけちな人のおごりを当てにせずに自分で飲み物を注文するほうが好きだった。

「面白い話かい?」ヒッキーが聞いた。

「俺の兄のパトリックの話なんだ」ロング・ジョン・サモンが言った。

「おい、おい。例の漫談はよしてくれよ」ヒッキーとオトゥールが同時に言った。

「聞きましょうよ」その話を聞いたことのなかったミセス・ロジャーズが言った。

ロング・ジョン・サモンが話し始めた。

「俺には兄がいた。彼は死んだ。心臓が悪かったんだ。」

「その話はもう聞いたよ」ブローガンが思い出して言った。

しかし三人の男の悪口にも構わずにロング・ジョン・サモンは話し続けた。

「死んでからおよそ、一カ月もしたろうか。俺が納屋に立っていると兄が家の壁から出て、庭を横切ってくるのが見えた。」

「そんなの見たら、あなたどうする?」ドリスがエスニに言った。

「話を聞きましょう。さあ、続けて」ミセス・ロジャーズが言った。

「それは俺のほうに向かってくる。どうしようかと思った。ひどい雨降りだった。俺は兄に言ったんだ。『雨に当たらないところへ行こう。濡れてしまうよ』と。」

「そしたら?」娘たちの一人が不安そうに聞いた。

「姿が消えた。」

「またか! 音楽でもやろう」その話を聞き飽きていたヒッキーが言った。その話には始めも真ん中も終わりもなかった。彼らはレコードをかけた。オトゥールはメアリをダンスに誘った。彼は自己流にステップを踏んで跳ね回った。そして時々、気が狂ったように「イッピー」と叫んだ。ブローガンとミセス・ロジャーズも踊っていた。クリスタルは誰かに誘われれば踊りたいと言った。

「さあ、ブラウン母さん、膝を上げて」オトゥールがふざけてメアリに言った。彼は部屋中を飛び回り、みんなの椅子の脚を蹴っていた。メアリはなにか愉快になってきた。頭がグルグルまわった。胃の下が素晴らしく、くすぐったいような感じになって、彼女は仰向けになって脚を伸ばしたい気持になった。今まで感じたことのない変な気持だった。

「客間に行こう、ドリス。」オトゥールはメアリをダンスに誘って部屋を出、寒い廊下で不器用にキスをした。

クリスタル・オメラは泣き出していた。泣き上戸《じょうご》だった。泣いたかと思うと、今度は外国語なまりでしゃべったり忙しい。「あたし、なんで外国語なまりで話しているのかしら。」そしてまた泣き出した。

「ヒッキー、あたし生きていても楽しいことなんかないわ。」彼女はテーブルに突っ伏して頭を両腕で抱えた。ブラウスの裾《すそ》がスカートのバンドからはみ出ていた。

「楽しいだって?」ヒッキーは飲めるだけ飲んでいた。彼は誰も見ていないときにフクロウの後ろから一ポンド紙幣を失敬していた。

ドリスとエスニはロング・ジョン・サモンを真ん中にして座り、来年、甘いプラムが熟したときに行ってもいいかと聞いた。彼は人里離れたところに住んで大きな果樹園を持っていた。彼は変わったところのある寡黙な男だった。家の裏にある小川で夏でも冬でも毎日泳いだ。

「二人とも老いた既婚者だな」ダンスで息を切らしたブローガンがミセス・ロジャーズに腕をまわして座るように促しながら言った。これでみんなのいい思い出を持って行ける、そう言いながら彼はミセス・ロジャーズを膝にのせて座った。大柄なミセス・ロジャーズは昔は栗色の髪をしていたが、今ではぼさぼさの茶色になっていた。

「生きていても楽しいことなんかないわ。」蓄音機が割れた音を立てている間、クリスタルはすすり泣きをしていた。メアリはオトゥールから逃れて、踊り場から部屋に駆け込んできた。

「俺は本気だぜ」オトゥールはそう言いながらウインクした。

オトゥールがまず喧嘩腰になった。

「紳士淑女諸君、まずお笑いを一席」彼は言った。

「さあ、たのむぞ」ヒッキーが言った。

「さて、昔々、三人の若者がおりました。アイルランド人にイングランド人にスコットランド人。みんなとても欲しかったのは……」

「下品な話はやめて！」ミセス・ロジャーズはオトゥールが卑猥《ひわい》な言葉をいう前に制止した。

「何が下品だって？」オトゥールは怒った。「下品とはなんだ！」彼はミセス・ロジャーズに釈明を求めた。

「娘たちのことも考えなさい」ミセス・ロジャーズが言った。

「娘たちか」オトゥールは馬鹿にしたように笑うとクリームの瓶を取り上げ（ゼリーにかけるのをみんな忘れてしまったのだ）、食べ散らかしたガチョウのがらの中に注いだ。

「おい、いいかげんにしろよ」ヒッキーがオトゥールから瓶を取り上げながら言った。

ミセス・ロジャーズは、パーティーはおしまいだからみんな寝る時間だと告げた。

みんなコマーシャル・ホテルに泊まることになっていた。家に帰るには遅すぎる時間だった。こんな時間に客がよろめきながら帰宅する姿を人に見せたくないとミセス・ロジャーズは思った。警察が鵜《う》の目鷹《たか》の目で彼女を見張っていた。少なくともクリスマスが終わるまで悶着《もんちゃく》を起こしたくなかった。すでに寝場所の配分は決まっていた。三つの寝室があった。一つはブローガン用、いつも彼が使っている部屋だ。二番目の大きな寝室には三人の男たちが詰め込まれる。裏の寝室にはミセス・ロジャーズと一緒に女の子たちが泊まることになった。

「さあ、みんな、ブランケット・ストリートへ」ミセス・ロジャーズは洒落を言って、残り火の前に衝立《ついたて》を置き、フクロウの後ろからお金を取り出した。

「甘みをつけてやる」オトゥールはがらに黒ビールを注ぎながら言った。ロング・ジョン・サモンは、こなければよかったと後悔した。彼は日の光と、自分の灰色の石造りの家の後ろを流れる谷川での水浴びを思い出していた。

「沐浴《もくよく》」彼は大きな声で言った。言葉の響きと体に触れる冷たい水の感触を楽しみながら。人間などいなくてもいい。人間は屑だ。彼は窓の外のネコヤナギ、雪のように白い二月のネコヤナギを思い出した。人間は必要だろうか?

「クリスタル、立ちな。」ヒッキーは彼女に靴をはかせて、ふくらはぎを叩いた。

ブローガンは四人の娘たちにおやすみのキスをして寝室まで見送った。メアリはオトゥールに気づかれずに逃げられたことを喜んだ。彼は手がつけられなくなっていて、ヒッキーがうまくなだめようとしていた。

寝室でメアリは溜め息をついた。ここに家具を詰め込んだことを忘れていた。うんざりという表情で彼女たちは家具を片づけ始めた。ぎっしり詰まっていて身動きもできなかった。オトゥールが踊り場でわめいたり歌ったりしているのが聞こえたとき、メアリはびくりとした。オレンジジュースにジンが入っていたことに彼女は気づいた。手の平に息を吹きかけたときのにおいで分かったのだ。堅信の誓いを破ってしまった。母との約束を破ってしまった。きっと災いが起きるだろう。

ミセス・ロジャーズがやってきて、五人で寝るにはここは狭すぎるから私はソファーで寝るわ、と言った。

「二人ずつベッドの両側から寝るのよ。それから装飾品を壊さないでね。一晩じゅうおしゃべりしていてはだめよ」ミセス・ロジャーズは注意した。「おやすみ」と言って彼女はドアを閉めた。

「いい気なものね、私たちをこんなところに閉じ込めて。ミセス・ロジャーズはいったいどこへ行ったのかしら」ドリスが言った。

「カーラー貸して」クリスタルが頼んだ。彼女にとって髪の毛はこの世で一番大切なものだった。ベッドではカーラーがつけられないから、彼女は結婚しないだろう。エスニは、五〇〇万ポンド貰ってても今はカーラーをつける気になれないと言った。それほど疲れていた。彼女は体を掛け布団に投げ出すと両腕を広げた。エスニはうるさくて汗くさい娘だったが、メアリは他の二人よりは彼女が好きだった。

「俺の仲間たち。」オトゥールがドアを押し開けて入ってきた。彼女たちは悲鳴をあげた。「寝るところだからすぐに出ていって!」

「客間にこいよ、ドリス。」彼はメアリを人差し指で招いた。彼は酔っていて、きちんと焦点が合わないようだった。しかしメアリがどこかにいることは分かっていた。

「寝なさいよ、酔っぱらい!」ドリスが言った。彼は一瞬、気をつけの姿勢をして、メアリに自分で返事をしてくれと頼んだ。

「寝なさいよ、マイケル、疲れているんでしょう」メアリが言った。オトゥールがすさんでいるので、彼女はなるべく静かに口をきいた。

「客間にこいと言ってるんだ。」彼はメアリの手首を摑《つか》んでドアのほうに引っ張った。彼女は悲鳴をあげた。「手を離さないと頭を叩くわよ」エスニが言った。

「あの花瓶を取って」エスニは叫んだ。喧嘩が始まるのではないかと心配したメアリは泣き出した。彼女は喧嘩が嫌いだった。以前、父親と隣人が境界線のことで喧嘩したことを彼女は決して忘れなかった。縁日の後で二人とも少し酔っていた。

「おまえは馬鹿か？　それとも狂ってるのか？」彼女が泣いているのを見てオトゥールが言った。

「一秒だけ待つわ」エスニは間の抜けたオトゥールの顔めがけて投げようと花瓶を持ち上げたまま言った。

「ずうずうしい馬鹿女どもめ、抱かせてくれもしない！」彼は彼女たち一人ずつに悪態をつきながら出ていった。彼女たちは急いでドアを閉めて、寝込みを襲われないようにその前へサイドボードを移した。

彼女たちは下着のままベッドに入った。メアリとエスニが一緒に寝ると、クリスタルの足が二人の顔の間に来た。

「あなたの髪ってきれいね」エスニがメアリに囁《ささや》いた。精一杯の褒め言葉をいったつもりだった。彼女たちは祈りをあげて、カバーの下で握手をし、眠ろうとした。

「ねえ、私トイレに行かなかった」数秒後にドリスが言った。

「今はだめよ。サイドボードがドアの前にあるんだから」エスニが言った。

「行かないと死にそうよ」ドリスが言った。

「私も。オレンジをたくさん飲んだから」クリスタルが言った。

メアリはショックだった。下《しも》の用を口にするなんて。家では決して口にしない。ただ石垣の裏に隠れるだけのこと。ある日、道路工夫《こうふ》にしゃがんでいるところを見られてしまった。その日以来、彼女はその人と口をきかず、会っても知らぬふりをした。

「たぶん、あの古いポットが使えるわ」ドリスが言った。エスニは起き上がり「もし誰かがこの部屋でポットを使うようなことをしたら、私ここに寝ない」と言った。

「でも何かを使わなくてはできないわ」ドリスが言った。彼女は起き上がって明りをつけた。ポットを裸電球にかざして穴の部分を見た。

「試してみたら」クリスタルが笑いながら言った。

踊り場に足音がした。それからむせたり咳《せ》きこむ音。つづいて何かわめきながらオトゥールが拳《こぶし》でドアを叩いている。メアリは布団の下に潜り込んだ。一人でなくてよかった。みんなぴたりと話をやめた。

「私はパーティーに来た。パーティーってどんなものか分かったわ」彼女は眠ろうとしながら思った。そのうち水の流れる音がした。雨は降っていないようだ。彼女はうとうとしていた。夜明け方、玄関のドアがばたんと音を立てた。メアリはがばっと起き上がった。ミルク搾りのために早く帰宅しなければならない。彼女は靴とドレスを取り、サイドボードを引いて、ドアの隙間から出た。

踊り場とトイレには新聞が敷きつめてあった。至る所に重苦しいにおいが立ち込めていた。階下では黒ビールが酒場から玄関に流れていた。たぶんオトゥールが五つのビール樽の栓をあけてしまったのだろう。石を敷いたバーと外側の低い通廊は黒ビールの海だった。ミセス・ロジャーズは黙っていないだろう。メアリはハイヒールをはいてそっと忍び足で部屋を横切り、玄関に行った。彼女はお茶も入れずに外へ出た。

小道から表通りへ自転車をこいだ。前輪のタイヤはぺちゃんこだった。三〇分も空気入れを押したが無駄だった。

霜が魔法のように道路に、眠る窓々に、間口《まぐち》の狭い家々のスレートの屋根に白く降りていた。糞だらけの通りも信じられないほど白く綺麗になっていた。疲れてはいなかったが、外に出られた喜びでホッとした。寝不足でぼーっとしていたが、朝のおいしい空気を胸いっぱい吸った。彼女はどんどん歩いていった。白い道路に残る自分の自転車と足の跡を時々振り返って見た。

ミセス・ロジャーズは八時に起きて、ブローガンの暖かなベッドから大きなナイトガウンを着たままよろめき出てきた。彼女はすぐに事故のにおいを嗅ぎつけて階下に走りおり、バーとホールに黒ビールの海を見た。すぐに彼女はみんなを呼んだ。

「至る所ビールだらけ。家のビールが一滴残らず床に流れている！　聖母マリア様、私の苦難を助けたまえ！　みんな起きて、起きて！」彼女は部屋のドアを叩いて名前を呼んだ。

娘たちは眠い目をこすり、欠伸《あくび》をして起き上がった。

「あの娘《こ》がいないわ」エスニはメアリの頭のあった枕を見た。

「あのずるい田舎者め」ドリスが言った。彼女はタフタ織りのドレスを着てから階下にビールの海を見に下りた。「このドレスを着てあれを片づけるのなら死んだほうがいいわ。」しかしミセス・ロジャーズはすでにブラシとバケツを持って仕事に掛かっていた。彼女たちはバーのドアを開けて表にビールを掻《か》い出した。犬たちが来てビールを舐めた。下りてきたヒッキーは立ったまま「こんなにビールを無駄にして、なんてことだ」と嘆いた。外ではビールが一面の霜を溶かし、昨日の家畜市の糞が見えていた。犯人のオトゥールは昨夜のうちに逃亡した。ロング・ジョン・サモンは泳ぎに行ってしまった。階上のベッドではブローガンが最後の暖かいまどろみの中で、コマーシャル・ホテルを離れたら失ってしまう楽しみについて繰り返し反芻《はんすう》していた。

「レースのドレスの、俺の淑女はどこだ?」ヒッキーが聞いた。彼はメアリの顔はよく覚えていないが、皿に浸《つ》かった彼女の黒いドレスの袖のことははっきりと記憶していた。

「私たちが起きる前にこっそり逃げてしまったの」ドリスが言った。メアリはまったくの役立たずだ、招待しなければよかった、という意見にみんなが同意した。

「オトゥールをおかしくしたのはあの娘《こ》よ。そそのかして、あとで振るなんて」ドリスが言った。ミセス・ロジャーズは流れてしまったビールの代金を、オトゥールかメアリの父親か誰かにたっぷり払わせてやると息巻いた。

「今頃家に着いているのじゃないかな。」ヒッキーは吸い差しの煙草を探すためにポケットの中を探った。彼は新しい煙草の箱を持っていたが、それを取り出すとみんなに吸われてしまうのが心配だった。

メアリは家から半マイルの川の土手にいた。

「頼れる恋人がいればなあ」と彼女は考えていた。彼女はハイヒールで氷を割って、ひび割れがあちこちに広がるのを見ていた。可哀そうに小鳥たちは地面が凍っているので餌がない。霜がアイルランド全土を覆っている。霜は樹木の枝に不思議な花を咲かせ、毛深い裸のロング・ジョン・サモンが飛び込む川の土手を白くしている。霜は冬じゅう外に放置されている鋤《すき》の上にも降りている。石だらけの野原にも、この世のすべての汚辱と醜悪の上にも霜は降りている。

再び歩き始めたメアリは、母親と兄弟たちにどう話そうか、パーティーとはみんなこんなにひどいものなのかと考えをめぐらしていた。丘の上に着いたとき、世界の果てにある小さな白い箱のような自分の家が見えた。家は彼女の帰りを待っているようだった。

(1) イーモン・デ・ヴァレラ(一八八二―一九七五)はアイルランドの政治家で、一九三七年以後、何期も首相をつとめた。
(2) ダンス・ソングの一節。
(3) フランス南西部の町。羊飼いの少女の前に聖母マリアが現れて以来聖地となった。諸病を癒《い》やすと言われる泉でも有名。現在も毎年二〇〇万人以上の巡礼者が訪れている。

(*Irish Revel*, by Edna O'Brien)

罪なこと

ジョン・モンタギュー

ダブリンから一〇マイル南へ行った、ブラックロックからさほど遠くないところに、小さな海水浴場があった。脇道に入り鉄橋を渡ると、護岸壁の下に小湾がある。左手には海に向かって桟橋《さんばし》が突き出ている。水深は深くはないが、周辺の海岸沿いのどこよりも澄んでいて温かい。満ち潮になると右手一面の緑の岩が海水に覆われて、海藻が長い髪のようにたなびいた。湾の一番高いところにあるマーテロ・タワーの岩棚から海に飛び込むことができた。タワーは桟橋と護岸壁に挟まれていて一部しか見えない。

フランソワーズ・オミーラは一九五六年のイースターの終わった頃まもなく、この湾に通うようになった。まるぽちゃで、屈託のない、無邪気な若い女性で、結婚して半年前にフランスからやってきた。最初、彼女はアイルランドが嫌いだった。一一月の湿った霧が気を滅入らせた。しかし夫のために黙っていた。春の気配が漂い始め穏やかな日々が続くようになると、彼女の心は伸びやかになった。それくらい単純だったということである。

新年早々、夫は彼女に車を買ってやった。彼が仕事でいない間の暇つぶしのためである。たいした車ではない。広いステップと屋根に錆縞《さびじま》の浮いている古いオースチンだった。しかし彼女はピカピカになるまでそれを磨きあげた。それに乗って彼女はダブリンの周囲の村を探検して歩いた。デルガニーでは道路いっぱいにビーグル犬の群れが走ってきた。ホウスでは崖を何時間も歩いた。ラスファーナムの上の道も走った。夫が許可すると彼女はシーコウヴへすぐに泳ぎに行った。

「こんな時期に泳ぐのはフォーティー・フット・プール(1)のおかしな奴らだけだよ。」

「でも私は泳ぎたいの。他人のことなんか構わないわ。私はやると言ったらやるわ。」

彼女は両腕をいっぱいに広げた。彼女が弱音を吐くような女性ではないことを彼は認めざるを得なかった。ブラウスを盛り上げている乳房、厚いしっかりした唇、大きな灰色の瞳。彼はこんなに積極的な女性には会ったことがなかった。

最初は、一人で泳いでいることや飛び込むときの冷たい海水の感触が堪らなく素晴らしかった。子供の頃すごしたノルマンディーのエトレタを思い出した。あの頃は一一月いっぱい泳いだ。海から上がって人気《ひとけ》のない海岸を走ると、冷たい風で体が乾いた。シーコウヴで同じことができるだろうか。彼女は日だまりになっている護岸壁の隅を見つけた。雨が激しく降ってきたときはマーテロ・タワーのカフェに入って、チョコレートを食べ紅茶を飲んだ。時には鳥肌が立つほど寒かったが、彼女は気にならなかった。こんなに充実した生活は初めてだ。

護岸壁にいた彼女に仲間ができたのは五月の半ばだった。最初に来たのは肥《ふと》った小男で、裸になると白い毛に覆われた太鼓腹が見えた。桟橋の突端から海に飛び込むときに彼女に手を振って、まっすぐに沖へ向かって泳ぎ出した。戻ってくると上気した顔が茹《ゆ》で蛸《だこ》みたいに赤かった。それから体じゅうをタオルで叩いた。彼は驚くほど小さかった。白く息を吹きながら石の上を飛び跳ねているときの足は華奢《きゃしゃ》だった。彼は帰りぎわ必ず彼女にウインクをするか、「バナハーよりここのほうがいい!」と叫んだ(声は風に呑み込まれた)。

彼女はこの男が大変気に入った。他の誰よりも安心していられた。ステラ・マリスの下宿に泊まっているイギリス人のカップルがピクニック・ランチを食べにやってきて『デイリー・エクスプレス』を読んでいた。並んで座っていながら二人はめったに口をきかなかった。彼らは晴れているのに今にも降り出しそうな気配をとどめている空を恨めしそうに見ていた。地元の人たちも次々とやってきた。多くの者は自転車で来て、壁に自転車を寄せかけると、ズボンからクリップを外して荷台から海水着などを取り、一目散に海へ向かって歩いていった。その中の、勤め人ふうの男(痩せて、眼鏡をかけ、口の端がつりあがっている)は、ゴーグル、足ヒレ、銛《もり》といった潜水具を持っていた。

彼女が困惑したのは彼らの脱衣風景だった。そんな風景は見たことがなかった。彼らはまず地面に紙を敷く。その上に座って外套や上着を脱ぐ。シャツとズボンだけになると周囲をちらりと見回してから、痙攣《けいれん》するように体をくねらせる。するとズボンの下の方がゆるんで下がる。次にちらっと下着が見えたかと思うとタオルが臀部《でんぶ》に巻かれる。体を震わせているうちに次第にズボンが脱げる。座ったまま足を突き出し、海水着が少しずつ腿《もも》を上がって腰骨で止まる。彼らは再びちらりと周囲を見回して左手でタオルを引き、右手で素早く海水着を引き上げる。これで作業は完了だ。いや、まだある。その後、彼らは関節の音を立てながら立ち上がり、腿まである長いシャツを頭から脱いで青白い胴体を人目にさらすのである。

初めはこの手続きが彼女には面白かった。まるで喜劇のようだった。さらに彼らが海から上がってこの逆を演じるときは喜劇の続きだ。彼女は頭をひねった。なぜ彼らはこのようなことをするのだろう？　女性がいるからか？　しかし、いるのは、海を見ながらサンドイッチをほおばっているイギリス人の妻と彼女だけである。子供の頃から男性が浜辺で服を脱ぐのを見てきたが、気に留めたことは一度もなかった。たしかに人間は男と女に分かれている。そんなことはずっと昔に慣れっこになっていた。改めてこんなふうにそのことに注意を向けさせられる必要もない。

さらに彼女が困惑したのは、彼女の脱衣風景を見ているときの彼らの様子である。彼女はふだんドレスの下に水着をつけて家を出た。そうでないときは護岸壁の隅に座って素早く水着を引き上げ、下に飛び下りてドレスを頭から脱いだ。素早くこれをするのは気持が良かった。しかし背中のストラップを留めているとき、彼女の動きの一つ一つに視線を感じた。まるで檻の中の動物のような気分だった。それは好奇心とか賛美の行為ではない。彼らは彼女が再び視線を上げると、見ていないふりをした。ゴーグルをつけた男は最悪だった。彼は耳にゴムバンドを回したレーシングカーの選手のような姿で、穴の開くほどじっと彼女を見ていた。彼女が決まり悪さを隠すためにほほ笑みかけると、そっぽを向いた。私のどこがいけないのだろう?

何かがある。どこか間違っているのだ。彼女はその場を立ち去りたかった。彼女は夫に疑問をぶつけてみた。夫は笑ってから急に真顔になった。

「君はみんなの気持が分かっていない。なんといってもここは寒い土地だ。太陽に慣れていないのさ。」

「くだらない！　ここはノルマンディーと同じくらい暖かいわ！　他に何かあるのよ。」

「慎みじゃないかな。」

「じゃあなぜあんなふうに私を見るの？　すけべそのものじゃない。しかもそれを認めようとしない。」


シーコウヴに神学生たちが姿を見せたのは六月の中旬だった。彼らはダン・ラガーレから自転車でやってきた。まるでカラスの群れみたいに黒い服だ。ペダルに体を立てて互いに抜きつ抜かれつ競走している彼らのコートは海風にはためいた。彼らはマーテロ・タワーへの脇道に入ると、自転車（いかついローリー社製のものや低いハンドルの競輪用のもの）を木製のラックに積み上げた。

自転車に乗っているうちにコートやカラーを脱ぎ始める学生もいる。大部分の者はすでに海水着をつけていて浜辺でズボンを脱ぐ。黒い衣服の塊ができた。護岸壁の陰で脱ぐ一団もいた。彼らは一緒に駆けおりてきて、軍隊のように栈橋の突端に向かった。

一五分間、海はサバの群れのように彼らで沸き返る。飛び込み、跳ね回り、ひっくり返る。臆病な者は浅いところに戻り、後ろから忍び寄った二人の学生に水の中に沈められる。しかしあとで背後から今度は彼らがやられる。海面は飛沫でいっぱいになる。沖には灯台の辺りまで競泳している三人の強い学生の腕が光っている。

彼らが海から上がって体を乾かすために横になるとき、彼らの衣服の山の周囲には空きができている。他の人たちが彼らのために空間を作ってやったからだ。しかし神学生たちはいっこうに人の気遣いを気にする様子は見せず、その空間に体を投げ出す。本を持参する者も二、三人はいるが、大部分の学生は仰向けに寝てしゃべったり笑ったりしている。初めのうち彼らのおしゃべりが邪魔になってフランソワーズは読みかけの小説に集中できなかった。やがて祈禱《きとう》の文句みたいに彼らのおしゃべりが心にしみこんできた。

「ローマ教皇のピウスは処女マリアを大変崇拝していたんだ。彼はヴァチカンの庭でマリアを見かけたそうだ。」

「カーロウがあのペナルティーで得点していたら、日曜日には決勝戦に出られたのに。」

「コンロイ神父は、アフリカの未開地に二年もいると故国があることさえ忘れかけると言っている。」

彼らの活発な若さが面白かったけれど、次のようなことがなかったら彼女は彼らに話しかけたりはしなかったろう。

ある日、彼女は黄色い表紙のモーリヤックの小説をおなかに置いたまま眠ってしまった。目が覚めると学生たちが彼女のまわりに集まっていた。暖かな日で、彼らのいつもの場所は子供連れのイギリス人家族が占領していた。彼らは近くの空き場所を探したのだった。無関心を装っていたが、近くにいる彼女に関心を持っている様子はありありだった。互いに目配せをしてくすくす笑ったり、ちらりと彼女のほうを見た。彼らの白い肌や長いパンツに囲まれていると、フランソワーズは陽射しを浴びた旗のような、派手な青と赤の縞のスーツと日焼けし始めた脚と腕が突然気になりだした。

「読んでいるのはフランス語ですか?」一人がついに切り出した。海に二度飛び込んで、たったいま上がってきて、ゆっくりとタオルで体を拭きながらみんなに水を振りかけていた学生である。無骨《ぶこつ》な親しみやすい吹き出物だらけの学生だった。くしゃくしゃの髪はニンジン色で、濡れたまま突っ立っている。

彼女は本を差し出して見せた。「『炎の河』よ」彼女はスペルを言った。「モーリヤックの小説。」

「それはカトリックの作家ですよね？」学生は関心を示した。他の学生たちが一斉に彼を見た。彼は真っ赤になって地面に腰を下ろした。

「ええ、まあ」彼女は小説の中のエピソードを思い返して言った。「そうともそうでないとも言えるわ。とても荒涼としているの。昔ふうにね。炎の河とは人間の激情のこと。」

しばらく沈黙があった。「あなたはフランス人ですか？」誰かがおずおずと聞いた。

「そうよ」彼女は申し訳なさそうに言った。「でも私はアイルランド人と結婚しているの。」

「絶対に地元の人ではないと僕たちは思っていた」勝ち誇ったように別の一人が言った。彼女の国籍が分かったので打ち解けた雰囲気になった。彼らは赤毛の学生の前に集まってしばらく雑談していた。赤毛の学生はリーダー役をしているようだった。彼は腕時計を見て、帰る時間だと言った。彼らは急いで服を着た。自転車で護岸壁の上を走っている彼らは(頭だけが見えて、祭のときの射的のようだ)、彼女に向かって手を振った。

「また明日」彼らは陽気に叫んだ。

七月初旬にはフランソワーズと彼らは毎日顔を合わせるようになった。彼らはやってくると「やあ、フランソワーズ」と声を掛ける。海で泳いだあと、彼らは岩を這い上がって彼女のまわりに半円形に座る。大柄な赤毛の学生が(仲間にジンジャーと呼ばれていた)、たいていきれぎれの質問で会話を始めた。「フランスのどこから来たのですか?」「アイルランドはどうです?」しかしすぐに他の学生たちが会話を引き継いだ。彼は期待された芸を成し遂げた犬のように静かにひっこんだ。

初めは世間話だった。パリのことを聞かれるとき、フランソワーズは教師になったような気分だった。彼女の説明は、彼らにとって現実の生活というよりは教科書のテキストのように現実離れした別世界の出来事のようだった。ルーヴル、ノートル・ダムについて彼らは知りたがった。しかし彼女が自分の最もよく知っているカルチェ・ラタンの学生生活について話してやると、彼らは関心を示さなかった。彼女が悪いのではない。彼ら自身の将来(世界各地へ布教に行くのだ)について彼女が聞くと、彼らは一様に答えに窮した。彼らにとっては現在だけが真実で、その他のことはよそごとだった。よそごとはそこに飛び込んでみなければ現実とはならない。彼らのそんな愚鈍さに彼女は腹が立った。

「パリを見たくないの?」

彼らは互いに顔を見合わせて「はい、見たいです。たぶん、いつかアフリカからの帰りに。でも一番やりたいのはフランス語の勉強です。いまはダンディー神父から週に二、三回のレッスンを受けているだけです。」

ある日、話題が社会奉仕の司祭の話になった。修道女学校を出てから、「思慮深き若き乙女」のフランソワーズはそのままベルオム街とモンマルトルの場末のソーシャル・ワークの仕事に飛び込んだ。社会奉仕の司祭たちとも知り合いになった。彼女の知っている司祭の一人は売春婦と恋に落ちた。聖職と恋の板挟みに彼は苦悩した。素晴らしい男性だった。しかし神学生たちはこの話を黙って聞くだけだった。人々がミサに行かない世界、性の情熱が商売になり危険であるような世界は彼らにとって存在しない。それはテキストに出てくる悪の姿にすぎなかった。

「フランスはとても放縦な国に違いない」とジンジャーが言った。

フランソワーズは彼の頭を殴りつけたかった。

それでも彼女は彼らとの付き合いが楽しかった。試験か宗教的催事で彼らが現れないときにはがっかりした。自分を好きになってくれる男性たちに取り囲まれていたいという女性の夢だけではなかった。すっかり彼女に打ち解けていたので、彼らは友達としてからかう以外は、巧みに誘惑するとか甘言を弄することはしなかった。男ばかりの兄弟の中で長い夏休みを過ごした少女時代を彼女は思い出していた。神学生との付き合いが他の人々には無邪気に見えないかもしれないことには思い至らなかった。

ある日の午後、ひと泳ぎしたあと護岸壁の上で横になっていると、視界に人影がよぎった。最初、彼女は学生の一人かと思った。前日、彼らは明日は来ないと告げていた。それは例の最初に出会った肥満した小柄な男だった。陽射しを手で遮りながら彼女はほほ笑みかけた。彼は挨拶も返さずに、いきなりどしんと彼女のそばに座った。いつもはにこやかな顔が今日はいかめしい。

「学生たちがいなくて寂しいかい？」

彼女は笑った。「ええ、少し。とても楽しい若者たちなので気に入ったわ。」

男はしばらくして言った。「彼らと口をきくのがあんたのためになるかどうか疑問だね。」

「浜辺にいる大勢の人たちは」――彼は明らかに不愉快そうだった――「みんな噂してるぞ。」

「でも彼らはほんの子供でしょ！」フランソワーズはショックのあまり体が震えた。この感じの良い男がこんなことを思っているとすれば、他の人々はいったいどう思っているのだろう？

「彼らは神学生だ。司祭になるんだよ」彼はきつく言った。

「それならなおさら」彼女は次の言葉を探した。「隔離してはいけないわ。」

「我々はそういう見方はとらない。あんたは悪い模範を示している。」

「なんですって？」

「悪い模範。」

思わず目頭《めがしら》がじんと痛くなった。「本当にそう思うの？」彼女は無理に笑おうとした。

「さあどうかな。あんたの良心の問題さ。しかし独身の娘が神学生と親しくなるのはよくない。」

「でも私は独身じゃないわ。」

ショックを受けるのは彼の番だった。「え！　結婚してるって！　それなのに……」

彼はそれ以上言わなかったが、彼女は相手の言わんとしていることを読みとった。

「結婚しています。夫は、私が一人で海に来て、誰とでも話すことを認めています。

つまり信頼しているの。」

男はゆっくり立ち上がった。「あんたの好きなようにすればいい。ただ注意したかっただけさ。」彼は温和な表情に戻っていた。

彼が足音を立ててゆっくり離れていく間に、彼女は海岸にいる人々の目が自分に注がれているのに気づいた。今度は彼女はほほ笑まなかった。じっと前方を見つめていた。ダン・ラガーレの港に向かって蝶のように帆を並べてヨットが何艘も進んでいた。向きを変えると壁のコンクリートに顔を隠して彼女は泣き始めた。

どうしたらいいのだろう。ダブリンに戻る途中、彼女は住んでいるジョージ朝ふうの通りに入ろうとしたときに、フランスで運転していた癖が出て右車線に入ってしまい、あやうく事故を起こしそうになった。対向してきたフォードが大きく警笛を鳴らしたので、彼女は慌ててハンドルを切り、すんでのことで歩道に乗り上げて助かった。窓から驚いている夫の顔が見えた。有り難い、夫は帰宅していた。

浜辺にいたときよりはるかに気持が落ち着いてきた数時間後、彼女は初めて夫に打ち明けることにした。やっと切り出したときも、自分と事件の距離を取って客観的に見ようと、できるだけ軽く話した。夫は最初のうちは笑っていたが、次第に真剣な顔になった。彼女の心に不安が再び湧いてきた。

「あんなことを言う権利があの人にあるの？」彼女はついに爆発した。

夫のキエラン・オミーラは答えずに、黙って『イヴニング・プレス』のページを繰っていた。

「あんなふうに人を非難する権利があるのかしら？　彼は自分が正しいと信じているみたい。」彼女はためらいを見せた。「でもあなたはそうは思わないでしょう？……」

夫は顔を少し赤らめて答えた。「もちろんさ。だがある状況では君が『罪つくり』と見なされる可能性があることは否定できない。」

彼女は布巾《ふきん》を手に持ってどしんと肘掛け椅子に腰を下ろした。最初は笑い出したい気分だったが、「罪つくり」という言葉を何度かつぶやいているうちに悲しくなって泣きたい気持になった。この国ではみんなこんなふうに物事を見るのか。何日か前のパーティーで彼女の夫の友人の一人が、セックスは最も楽しいから一番の罪であると真顔で言った。また、かつて通りを横切っていたとき、別の人物が彼女の腕をつかんで「危ないぞ」と言った。「あなただって危ないじゃない！」と笑った彼女が聞いた答えが「私は大丈夫だ。心配なのはあなただ。私は神の恩寵《おんちょう》を受けているから」であった。肥った小男の顔が彼女の前に浮かんだ。彼女が悪い模範になっていると言ったときのあの痛ましい自己正当化ぶり！　なんのために彼女はこんな遅れた土地にいるのだろう？

「あなたは私が『罪つくり』だと思うの？」喉から声を絞るように聞いた。

「僕にとっては違う。なんといっても僕らは結婚しているんだから」夫はいらだたしそうに答えた。

彼女が椅子から立ち上がってテーブルに布巾を投げだし部屋から消えたとき、彼は本当に驚いた。やがて玄関のドアが音を立てて閉まり、石段を駆けおりる妻の足音が聞こえた。

両手を白いレインコートのポケットに突っ込んで、フランソワーズはグランド・カナルの岸を歩いていた。霧雨が降っていたが、顔に当たる雨滴がかえって心地よかった。靄《もや》の中から樹々がぼんやり現れた。恋人が幹に身を寄せて顔を合わせている。どちらもコートを着ていない。肌まで濡れているだろうが、二人は気にしていないようだ。楽しんでいる恋人がいる。しかしなぜ彼らはダブリンでも湿気の多いこんなところを選ぶのだろう。彼らの悩みに肺炎が追い討ちをかけるだけではないか。心地よい日中を選ばないで暗闇と不快な場所を求める本能とはなんなのか？　彼女は、イギリスのホリーヘッドからのフェリーの船上で甲板《かんぱん》に寝ていた恋人たちのことを思い出した。船室に降りるときに彼らにつまずくこともあった。爆撃を受けた都市の夜のように、人々は運命の一撃から逃れている。こんなに寒々とした光景は初めてだった。バーの騒音とビールの汚れから逃れて女性トイレに入ると、床にペーパーが引き散らかされ、鏡に〝ファック・カヴァン〟と口紅で書かれた落書きがあった。

彼女がどういう意味なのかと聞くと、夫はおなかを抱えて大笑いした。しかし教養と経験があるにもかかわらず彼も変だった。外見はまったく普通だ。特に朝、パリッとしたビジネススーツで出かけるときは。しかし中身は迷信と頑固でいっぱいである。まるでズールー族の人と生活しているみたいだ。それは些細なことにも現れた。梯子《はしご》の下は歩かない。雷が鳴っている間はずっと十字を切っている。教会の前では必ずお辞儀をする。どんなに混雑している場所でも車のハンドルから手を離して額に触るのだ。さらにひどいことがある。ある晩、目を開けると、夫はベッドの上でまっすぐに起きていた。蒼白の顔面が引きつっている。

「聞こえるかい?」口をきくのもやっとである。

風に乗って微《かす》かに何かが泣くような音、嘆き悲しむような声がする。たしかに不気味だ。しかしたぶん締め出されたか、さかりのついている動物の鳴き声だろう。庭でよく耳にする類《たぐい》の声だ。夜のしじまに響くので誇大に聞こえるのだろう。

「あれはバンシーだ。(2) うちの家族に憑《つ》いている。マーガレットおばさんが死ぬところに違いない」と夫は言った。

不思議なことにおばはたしかに死んだ。しかし数週間後だし、死因は老衰だ。八〇歳を越えていればいつ墓に転がり込んでもおかしくはない。しかし葬儀の間じゅう彼は、それ見たことかという非難の表情でフランソワーズを見ていた。夫の病は彼女にも取り付き始めた。そのせいで、いま彼女はモーリヤックのヒロインみたいに、陰鬱《いんうつ》な心で夜の街を歩いている。リーソン・ストリート橋に近づくと、白鳥のつがいがゆっくりと流れに乗って下っていた。その後には灰色の羽の、目立たない四羽の子白鳥がいた。それを見て心がなごんだ。帰らなくては。夫が悪いが、心配はかけたくなかった。ともあれ、これからのことはおおかた決心がついていた。

大事なのは、人の思惑を気にしている様子など毛ほども見せないことだ。左手に水着を揺らして、フランソワーズはシーコウヴの浜辺に足取りも軽く降りていった。すでにかなりの人が来ていたが、彼女がいつも使用する壁の真下は、意図的にであろうか、少し空けてあった。私を除《の》け者にするつもりね。よし、見せつけてやる。彼女は視線が自分に集まっていることを心地よく意識しながら、コンクリートの上に登って服を脱ぎ始めた。半分着替えたときに学生たちが到着した。いつもならこんなことは気にもしなかったろう。しかし今は衆人環視の下《もと》にある。ブラジャーの掛け金がひっかかった。彼女は服を半分脱ぎかけたまま学生たちに挨拶しなければならなかった。水着をきちんと身につけると、一斉に到着していた学生たちが彼女と一緒に泳ぐつもりであることが分かった。祭壇布のように注意深くタオルを地面に置いたジンジャーが海のほうを向いて「行きましょう」と言った。

真っ赤な顔をして彼女は桟橋の先端まで彼と歩いた。満ち潮だった。マーテロ・タワーの真下でゴーグルをした男が海面に上がってきて、水を掻《か》き、故意に彼女をじっと見た。少し沖では神学生の一団がふざけている。彼女はそこに加わるつもりはなかった。彼女はジンジャーにも黙ったまま、伸《の》し泳ぎで灯台のほうへ泳ぎ出した。さほど行かないうちに、ジンジャーともう一人の学生が彼女を挟むようにして泳いできた。彼らはクロールで抜きつ抜かれつしながら灯台のところまで泳ぎ、再び海岸に戻った。彼らは私を一人にしておいてくれないのかしら？

その後、浜に横になって彼らは彼女を質問ぜめにした。無邪気ながらいつもと異なって大胆な質問だった。どうしたのだろう？　最初に質問してきたのはモーリヤックについて聞いた学生だった。小説を読み終えたか。小説の人物のような人々を実際知っているか。そこに描かれている恋愛の見方についてどう思うか。それからいきなり、

「結婚ってどうです？」

彼女は腹這いになって相手を見た。悪ガキぶっているのではない。真面目だ。彼は他の者たちと一緒にじっと答えを待っている。しかし衆人環視の中でこんな質問にどのように答えたらよいだろう。

「結婚は女性にとって、当然とても大切なことね。」新聞の婦人欄のコラムニストみたいに陳腐な言い方だなと自分でも感じていた。「世間、いや、社会が結婚しない女性は失敗者だと見なすからというわけじゃないの。そう見なすのはひどい偏見ね。でも結婚は一緒に生活するというだけでなく」――彼女は彼らを見た。彼らはじっと聞いている

――「楽しいことは楽しい、でも、与えることで自己を実現する。本当の結婚だったら、与えることによって自由になる。パラドックスだわ。」

「自由に？」

「そう、独身のときよりも。恋愛とは違う。恋愛は激しいけれどそこから逃げ出せると分かっている。結婚の自由は献身の自由。少なくとも女性にとってはそうだわ。」

彼女の言葉をみんな黙って聞いていた。しかしそれは初めの頃の理解できないための沈黙ではなく、彼女の言葉をすべて理解できなくともじっくり考えてみようという姿勢の表われだった。しかし彼女は心にわだかまる疑問をぶつけてみた。

「でもなぜ私にこんなことを聞いたの？」

答えたのは最初に質問した学生ではなく、ジンジャーだった。彼は自分の持ち物を集めながら陽気に言った。「フランス女性はラヴのことしか頭にないのは有名です。」

彼は巻き舌でラヴと発音した。彼女が返事を考えている間に、彼らは浜辺の向こうへ行ってしまった。

帰宅しても彼女の怒りはおさまらなかった。夫には言えないだけに余計だった。寝ても怒りは続いた。彼女があまりに寝返りを打つので夫は文句を言った。目覚めても怒りは消えなかった。夢の中にも海辺での経験が澱《よど》んでいた。

早朝のシーコウヴにいる夢だった。海は深い緑色だった。小波《さざなみ》が桟橋の先端を洗っている。誰もいないので彼女は服を脱いで海に入った。灯台に向かって半分ほど来たとき、彼女は自分の下に何かがいるのを感じた。それはゴーグルの男だった。彼は音もなく足ヒレで水を蹴って彼女のほうに上がってきた。彼女の脚に手を伸ばしながら、じろじろと彼女の裸身を舐《な》めるように見た。彼女は海中に引きずり込まれそうになり、強く足をキックした。海面に出ると同時にゴーグルが割れる音がした。それは夫が朝日を入れようと窓のブラインドを開ける音だった。

今日こそ馬鹿げたことはすべておしまいにしよう。永く続きすぎた。悩みが多すぎた。結局、彼女に反対した人たちが正しかったのかもしれない。学生たちが彼女に馴れ馴れしくなってきたのが証拠だ。もう二度と海岸には行くまいと思ったが、それは卑怯なことかもしれない。彼らに直接会って、もう会えないことを告げたほうがいいだろう。

神学生たちが三時頃浜に着くと、フランソワーズが膝に本をのせて護岸壁に硬い姿勢で寄りかかっていた。彼らはいつものように打ち解けた挨拶をしたが返事がない。そのときは彼らも黙ったままに過ごした。あとでひと泳ぎしてから寝そべっているときに、彼らは重苦しい沈黙に負けて彼女に質問しようとした。彼女はそれを遮って、これみよがしに本を読み続けた。

「どうしたんです?」ついに一人が聞いた。

本から目を離さずに彼女は「ええまあ」とうなずいた。

「僕たちに関係することですか?」ジンジャーが突っ込んで聞いた。

「じつのところ、そうなの。」硬さがとれて少しホッとした。彼女は肥った小男との会話について話した。「でも、もちろん私が悪いの。」最後はしどろもどろの声で「考えが足りなかったわ」と言った。

彼らの反応を見るために顔をあげた。驚いたことに彼らは愛情深くニッコリと彼女に笑いかけた。

「それだけですか?」

「それだけでも十分じゃない?」

「僕たちはもう知ってました。」

「知っていたですって!」彼女は怖くなって叫んだ。「どうして……」

「誰かが二、三日前に学校へ来て学長に苦情を言ったんです。」

「学長さんはなんと言ったの？」

「あなたがどんな人か尋ねました。」

「なんと答えたの？」

「僕たちは言いました。」半分からかっているような、でも真剣な声だった。「僕たちは言いました。あなたはダンディー神父より良いフランス語の先生だと。」

口をついて出たこの無邪気な一言で以前の親しみが戻り、彼女は思わず笑った。しかし驚きがおさまるともう一度、疑いの質問をぶつけてみたくなった。

「でもみんなの噂はどう？　いやな気持にならなかった？」

ジンジャーはしばらく彼女に視線を注いでいたが、弾むゴムまりのように海への石段に視線を移した。

「なんでも悪くとる人がいますから。」

それで終わりだった。彼らはその話題に関心を失って別のことを話し始めた。まもなく休暇だ（どうりで浮き浮きしている）。彼女にもあまり会えないだろう。会えて良かった。来年も来るでしょう？　彼女は塀にもたれて話を聞いていた。新しい本、ボーヴォワールの『第二の性』が傍らに置いてあった。浜辺の向こうで動くものが目に留まった。マーテロ・タワーの岩棚に誰かが登ろうとしている。銛、次に黒いゴーグル、足ヒレ、まるで海の怪物の登場だ。夢を思い出し、彼女は笑い始めた。あまりに笑うものだから神学生たちは怪訝《けげん》な面持ちで見た。「そう、たぶん来年も来るわ」彼女は急いで答えた。心の中では、もうこないだろうと思いながら。

（*An Occasion of Sin*, by John Montague）

（1）ダブリン郊外、ジョイス・タワーの下の海水浴場。以前は男性専用で、全裸で泳ぐことになっていた。

（2）アイルランドの民話によく登場する妖精。その哀切な泣き声は家族の死を予告すると言われている。

ロマンスのダンスホール

ウィリアム・トレヴァー

日曜日(日曜日は忙しいのでしばしば月曜日になってしまうのだが)、カノン・オコンネルはブライディーの父親の手助けに農場へ行った。父親は壊疽《えそ》に罹って片脚を切断して以来、歩くことができなかった。その当時はポニーと荷車を所有し、母親も生きていた。ミサに出かける父親を荷車に乗せる仕事は二人にとってそんなに難しいことではなかった。しかし二年後にポニーが足を傷《いた》め、ついには始末しなければならない事態になった。それからまもなくして母親が亡くなった。「まったく心配はいらないぞ」父親をミサに連れていく苦労についてオコンネルが言った。「一週間ごとに私が来るから、ブライディー。」

大型ミルク缶ひとつのために、毎日タンクローリーが来た。ミスター・ドリスコルはヴァンで雑貨や食料品を配達し、一週間のうちにブライディーが集めておいた卵を引き取ってくれた。一九五三年にカノン・オコンネルが助力を申し出てくれた。その後はブライディーの父親は農場を一歩も離れたことがなかった。

日曜日ごとのミサ、そして週に一回、道端のダンスホールへ出かけるほかに、ブライディーは月に一度だけ、金曜日の午後に自転車で町へ買い物に行った。自分の物、たとえばドレスの生地、編み物の毛糸、靴下、新聞、それから父親のためにペーパーバックの西部ものの小説を買った。彼女は店で、かつて同級生だった幾人かの女たちと世間話をした。彼女たちは店員や経営者と結婚したり、あるいは自分が店員になっていた。大部分の者はすでに家庭を持っていた。「あなたって幸せよ。山の中で静かに暮らせて。私たちみたいに、こんな穴蔵生活をしなくて済むんですもの」と彼女たちは言った。彼女たちはおなかに子供がいたり、大家族のきりもりで疲れた表情をしていた。

ブライディーは金曜日に買い物を済ませて山に自転車で帰る途中、みんな本当に私の生活を羨《うらや》んでいるんだなと感じた。しかし同時に、羨まれることは驚きでもあった。父親がいなければ、自分も町で暮らしたい、缶詰工場で働くとか店員をしたい。町には「エレクトリック」と呼ばれている映画館があった。またフィッシュ・アンド・チップの店があって、夜に人々はそこに集まって外の歩道で新聞紙の包みからフライドポテトを食べている。夕方、父親と農家の中に座って彼女はしばしば町のことを想った。商品を陳列したショー・ウインドーの明りとか、まだ開いている菓子店から人々がチョコレートや果物を買って映画館に行く様子を想像した。しかし町までは一一マイルあり、夕方の娯楽に自転車で往復するには遠すぎた。

「おまえにとってはつらいことだな。片脚のわしにかかりっきりで」父親は心の底から申し訳なさそうに言った。畑地でできるだけの仕事をして、片脚で跳ねて戻ってきた父親は溜め息まじりに「母さんが生きていたら」と言いかけたが、そこで黙ってしまった。

母親が生きていたら、夫とわずかの土地の世話をしたろう。ミルク缶を収集台まで持ち上げて、雌鶏や牛の世話もしたろう。「わしは娘がいなければ、死んだだろう」彼女は父親がカノン・オコンネルに言うのを聞いた。本当に娘さんがいて幸運だったとオコンネルは答えた。

「私はここでじゅうぶん幸せじゃないかしら」ブライディーはそう言ったが、父親は娘の本心ではないことを知っていた。境遇の重荷が彼女の人生のひどい足枷《あしかせ》になっていることに彼は心を痛めていた。

父親にはガールと呼ばれていたが、ブライディーはすでに三六歳だった。彼女は背が高く丈夫だった。指と手の平はしみだらけで、ざらざらしていた。植物の汁や土の色がしみこんだかのように労働の跡が残ったのだ。春ごとに父親の飼料用ビートやテンサイの畑に生える強いスコッチ草を、彼女は子供の頃から引きぬいてきた。八月には鋤《すき》で返した土に毎日手を突っ込んでジャガイモを収穫した。風に当たって顔の皮膚が硬くなり、陽射しにさらされて日焼けした。彼女の首と鼻は筋張って、唇にはすでに皺《しわ》が寄り始めていた。

しかし土曜日の夜にはブライディーはスコッチ草と土を忘れた。父親の勧めもあって、いろいろなドレスを着て彼女はダンスホールに自転車で出かけた。父親は彼女がダンスの楽しみを抑えていると思うのか、「おまえにとって良いことだ」とか「楽しんだらいいではないか」と言った。彼女が入れた午後のお茶を終えると、父親はラジオか西部ものの小説を相手にくつろいで、まだ彼女がダンスをしている時間に、よたよたと階段を上がってベッドに入った。

ジャスティン・ドワイヤー氏が所有するダンスホールは辺鄙《へんぴ》な場所にあった。辺り一面、木の生えない泥炭地の道路端にぽつんと立つ建物で、前面には砂利が敷いてあった。ピンクの、小石だらけのセメントの壁に、背景の陰影とマッチして、しかも目立つ空色で《ロマンスのダンスホール》と単純に書かれていた。これらの文字の上には赤、緑、オレンジ、藤色の四つの電球がしかるべき時にともされ、ホールが開店していることを示していた。建物の正面だけがピンクで、他の壁は普通の灰色だった。内部はやはりピンクの自在ドアを除いて、すべてがブルーに塗られていた。

土曜日の夜、小柄で痩せたドワイヤー氏が、器具を保護している金属の格子を外し後ろにずらすと、音楽が流れてくる舞台が現れる。彼は妻と一緒に車からレモネードの箱やビスケットの包みを運ぶ。それから彼らは、格子とピンクの自在ドアとの間の小室に場所を占める。ドワイヤー氏はトランプ台に座って、目の前にお金とチケットを広げる。噂では彼はひと財産こしらえたそうだ。彼は他にもいくつかのダンスホールを持っていた。

ブライディーと同じように、山奥の農家や村から人々が自転車に乗ってやってきた。少年と少女、男と女、みんなふだん他人と出会わない人々が一堂に会した。彼らはドワイヤー氏に金を払い、ダンスホールに入る。中では淡いブルーの壁に影が映り、クリスタル・ボールの照明は暗い。ロマンチック・ジャズ・バンドと呼ばれる楽団はクラリネットとドラムとピアノだった。ドラマーが歌手を兼ねることもあった。

母親が亡くなる前から、プレゼンテーション・ナンの女学校を卒業して以来ずっと、ブライディーはダンスホールに通《かよ》ってきた。彼女は片道七マイルの道程《みちのり》を苦にしなかった。学校時代も同じくらいの道程を自転車で通ったのだ。その自転車は母から譲り受けたのだが、もともとは一九三六年に購入されたラッジ社製のものだった。日曜日にミサへ行くのに六マイル走ったが、ブライディーにはそれも苦にならなかった。すっかり慣れっこになっていたのだ。

一九七一年のある秋の夕べ、真新しい深紅のドレスを着たブライディーが現れたとき、ドワイヤー氏は「元気かい、ブライディー」と声を掛けた。ええ、元気よ、と返事したブライディーは、彼が父親の安否を尋ねたので「父も元気です」と答えた。「そのうち会いに行かなくては」と彼は言ったが、その約束は二〇年間、守られたためしがなかった。

ブライディーは入場料を払って、ピンクの自在ドアを通った。楽団が昔のなつかしい『デスティニー・ワルツ』を演奏していた。ジャズ・バンドと銘打っていても、ホールでジャズが演奏されたことは一度もなかった。ドワイヤー氏は個人的に、その種の音楽が好きではなかった。また彼は流行《はや》り廃《すた》りのある流行のダンスも嫌いだった。ジャイヴ、ロックンロール、ツイスト、そのような類《たぐい》のダンスは認めなかった。彼は、ダンスホールは可能な限り品《ひん》のある場所でなければならないと信じていた。ロマンチック・ジャャズ・バンドの構成は、ミスター・マローニー、ミスター・スウォントン、ドラムのデイノ・ライアンであった。三人とも中年の男たちで、マローニーの車で町からやってきた。このアマチュア・バンドのメンバーの勤め先は、缶詰工場、電力会社、州の役場というところだった。

「元気かい」ブライディーがクロークルームに向かうと、ライアンが聞いた。彼は手持ちぶさただった。演奏中の『デスティニー・ワルツ』ではドラムの出番があまりなかった。

「ええ、元気よ。あなたは？　眼のほうはどう？」先週ライアンは、眼から涙が出てしょうがない、風邪か何かだと言っていた。朝、目が覚めると涙が出ていて午後まで止まらない、こんなことは初めてだ、生まれてこのかた病気ひとつしたことがないから、と彼は言った。

「眼鏡が必要かもしれないな」と彼は続けた。その言葉を聞き、ブライディーはクロークルームに入りながら、道路工事の作業中に眼鏡をかけているライアンを想像した。彼は州の役場に雇われていた。眼鏡をかけた道路工夫《こうふ》などあまり見かけたことがないとブライディーは思った。道路工事に付き物の埃《ほこり》が眼に影響したのかしら。

「元気、ブライディー？」とイーニー・マッキーという娘が声を掛けてきた。彼女は昨年プレゼンテーション・ナンの女学校を卒業したばかりだ。

「素敵なドレスね、イーニー」ブライディーが言った。「ナイロンなの？」

「トライセルなの。アイロンがけ不要の。」

ブライディーはコートを脱いで、フックに掛けた。クロークルームには小さな洗面台があり、その上には変色した楕円《だえん》の鏡が掛かっていた。使用されたティッシュ、木綿屑、吸い殻、マッチなどがコンクリートの床に散らかっていた。緑に塗られた板が隅のトイレとの仕切りになっていた。

「あら、素敵ね、ブライディー」鏡のところで順番を待っていたマッジ・ダウディングが言った。彼女はそう言いながら鏡に向かって進み、睫《まつげ》にメイクアップするために眼鏡を外した。彼女は近眼らしく楕円の鏡を覗きこんで、鼻歌を歌った。他の娘たちはそわそわしていた。

「早くしてよ、お願いだから。私たち一晩じゅうここに立っているのよ。マッジ」イーニー・マッキーが叫んだ。

マッジはただ一人、ブライディーよりも年上だった。自分を若く偽ったが、実際は三九歳だった。娘たちはそれを笑いの種《たね》にした。マッジは自分を知るべきだ。年齢、斜視、悪い顔色。男漁《あさ》りをして笑い者になるべきではない。彼女のような女を相手にする男はいない。マッジはマリア連盟(1)の土曜日の奉仕に身を捧げるべきではないか、カノン・オコンネルが人手を欲しているではないか。

「あの人いるの？」鏡から離れながらマッジは聞いた。「あの腕の長い人。誰か彼を外で見かけた？」

「彼はキャッツ・ボルジャーと踊っているわよ。あの娘《こ》、ぴったりくっついてるわ」娘たちの一人が答えた。

「恋するボーイ」パティー・バーンがそう言うとみんな笑った。言われた本人が五〇歳を越えているとの噂で、とてもボーイとは言えなかった。たまにダンスホールに現れる独身者だった。

マッジは急いでクロークルームを離れた。キャッツと腕の長い男の組み合わせについて穏やかな気持でいられないのがみえみえだった。頰にくっきりと赤みがさしていた。急ぐあまりマッジはつまずいた。娘たちは笑った。もっと若い娘だったら素知らぬふりをしたろうにとみんな思った。

ブライディーは鏡の順番を待ちながらおしゃべりをした。遅れるのが嫌な、何人かの娘はコンパクトの鏡を用いた。それから三々五々、あるいは一人で彼女たちはクロークルームを離れて、ホールの端にある木製の椅子に座り、ダンスの誘いの声が掛かるのを待った。ミスター・マローニー、ミスター・スウォントン、デイノ・ライアンは『ハーヴェスト・ムーン』『誰が彼女にキスをしているの？』『近くにいるわ』の三曲を演奏した。

ブライディーは踊った。父は暖炉のそばで眠りこけているだろう。アイルランド放送に合わせたラジオが背後でかかっているだろう。父は『信仰と秩序』『タレントをみつけろ』の番組は聞き終えたはずだ。西部ものの、ジェイク・マッタルの『馬を駆る三人』は一つしかない膝から石の床に落ちてしまっているだろう。いつもの晩のようにびくっとして目を覚まし、日付けも忘れて、彼女がそこにいないので驚くだろう。たいていは彼女は繕い物をしたり、卵を洗いながらそばにいる。「ニュースの時間かな？」彼はいつもの癖で聞くだろう。

埃と煙草の煙がクリスタル・ボールの下に靄《もや》のように掛かっている。みんな足を踏み鳴らし、娘たちは金切り声をあげたり、笑ったりしている。男のパートナーがいないので女性同士で踊っている組もある。ミュージシャンたちはジャケットを脱ぎ、音が大きくなった。彼らは精力的に『ステイト・フェア』の何曲かを演奏した。次にもっとロマンチックに『よくあること』を演奏した。ポール・ジョーンズの曲でさらにテンポが速くなった。その後、ブライディーはある青年と組んだ。彼は、この国はもう駄目だから移住するために貯金している、と言った。「僕はおじと山地に住んでいる。一日、一四時間働きづめだ。こんなのが若者にとって人生と言えるのだろうか？」彼女はそのおじを知っていた。山地の農夫である彼の石だらけの土地は、彼女の父親の農地と一つの農場を隔てて接していた。「おじは僕をへとへとになるまで働かせる。こんな生活に意味があるのだろうか、ブライディー？」

一〇時になると、ひと騒ぎある。カリーのパブから自転車で三人の独身中年が到着したのだ。彼らは叫んだり、口笛を吹いて、踊り場の向こうの人たちに挨拶した。彼らは黒ビールと汗とウイスキーのにおいがした。

毎週、この時間に彼らは到着する。彼らにチケットを売るとミスター・ドワイヤーはトランプ台を片づけて、その晩の売上げを入れた箱に鍵をかける。これでダンスホールは完璧だ。

「ブライディー、どうだい？」バウザー・イーガンという独身男の一人が聞いた。もう一人のティム・ダリーという男はパティー・バーンに挨拶した。「踊ろうか」アイズ・ホーガンがマッジ・ダウディングに聞いた。マッジはすでに彼のネイヴィー・ブルーのスーツのボタンに自分のレース織りのドレスを押しつけていた。ブライディーはバウザー・イーガンと踊った。彼は、今夜のブライディーは素晴らしいと褒めた。

彼らは決して結婚しないだろうと娘たちは考えていた。彼らは三つのもの、つまり黒ビールとウイスキーと怠慢とすでに結婚していた。また、山に暮らす老いた母親に縛りつけられていた。長い腕の男は酒を飲まなかったが、他の点では同様だった。彼の顔にも独身と書かれていた。

「素晴らしい」バウザーは身も軽く、酔っ払いらしい不正確なステップを踏みながら言った。「素晴らしく踊りが上手《うま》いね、ブライディー。」

「やめて！」マッジが音楽よりも大きな金切り声をあげた。アイズ・ホーガンが彼女のドレスの後ろに二本の指をすべりこませて、偶然そうなったようなふりをしたのだ。彼はどんよりした表情で微笑した。大きな赤ら顔に汗をかいていた。アイズというニックネームの拠り所となった眼は、飛び出たうえに血走っていた。

「この曲はステップに気をつけて」バウザーが大声を出して笑ったので唾がブライディーの顔にかかった。近くで踊っていたイーニー・マッキーも笑って、ブライディーにウインクした。ライアンはドラムをやめて歌い出した。「あー、あなたのやさしいキスが忘れられない。強くあなたを抱き締めたーい」彼は甘い声で歌った。

長い腕の男の名前を誰も知らなかった。ダンスホールで彼が口をきくのは、女性をダンスに誘うときだけだった。フロアで踊っているとき以外は一人でいる内気な男だった。ホールが閉店すると、彼は誰にも挨拶せずに自転車で帰っていった。

「キャツ、今晩のあんたの相手は、ついていくのが大変だった。」ティム・ダリーが言う相手とはパティー・バーンのことだった。キャツがフォックストロットとワルツを踊るときの激しい動きはみんなの目を見張らせた。

「あなたのことだけを想いー、そばにいたいー」ライアンが歌った。

ブライディーはライアンならいいだろうと思った。ライアンは他の独身男と違っていた。彼には一人暮らしにうんざりした男の孤独の影があった。毎週、彼女は同じことを思った。土曜日以外の日も同じ思いが繰り返し湧いた。彼なら、片脚の父親がいても自分のところへ来て一緒に住んでくれそうな気がした。彼なら一緒に三人で住んでも二人分の生活費と同じで済むだろう。彼の道路工夫としての賃金がなくなっても、下宿代が浮いて穴埋めできるだろう。一度、ダンスホールの閉店時、彼女は自転車の後輪がパンクしているふりをした。彼はミスター・マローニーとミスター・スウォントンが車で待っている間に自転車の具合を見た。自動車のポンプでタイヤに空気を入れて、これで大丈夫だろうと言った。

ブライディーがライアンとの結婚を夢見ていることは、ダンスホールに来る誰もが知っていた。同時に、彼は自分なりの生活にはまりこんで何年にもなることも知れ渡っていた。彼は町外れにある、ミセス・グリフィンとその知的障害をもつ息子の住むコテージに下宿していた。彼はその子を可愛がり、菓子を買い与えたり、自転車のクロスバーに乗せて連れ出した。毎週、聖母マリア教会に一、二時間の奉仕をし、ドワイヤー氏にも忠義を尽くした。彼は氏の経営する、辺鄙な場所にある他の二つのダンスホールでも演奏した。もっと便利な場所にある、しかももっと実入りの多い、洗練された上等のダンスホールからの出演依頼を断わった。ドワイヤー氏に見いだされた恩義を忘れなかったのだ。氏はまた、ミスター・マローニーとミスター・スウォントンを見いだし、彼らもそのことを忘れなかった。

「レモネードとビスケットはどうかね？　ブライディー」バウザー・イーガンが聞いた。《ロマンスのダンスホール》ではアルコール類は供されなかった。酒類販売の免許がなかったからである。ドワイヤー氏はあえて免許を取ろうとしなかった。ロマンスと酒は、特に彼の経営する上品なホールでは、相性の悪い組み合わせだとわきまえていたからである。娘たちの座っている木製の椅子の背後で、氏の妻(がっしりした小柄な女だった)がレモネード瓶とストロー、ビスケット、ポテトチップを売っていた。ブライディーは以前、彼女が七面鳥は子供の代わりよ、と言うのを聞いたことがある。彼女は、自分が飼っている七面鳥についてせわしなく話していた。同時に彼女は、自分が飼っている七面鳥についてせわしなく話していた。

「有り難う」ブライディーは答えた。するとバウザーは彼女をトレスル・テーブルに導いた。まもなく中休みだ。バンドの奏者たちもお茶を飲みにこちらへ来る。ブライディーはライアンにする質問を考えた。

彼女が一六歳、初めてこのダンスホールで踊ったとき、四歳年上のライアンもいた。彼は今と同じようにミスター・マローニーのバンドでドラムをやっていた。彼はダンサーの一人ではなかったので、ブライディーの目には留まらなかった。彼はトレスル・テーブル、レモネードの瓶、ドワイヤー夫妻と同じように背景の一部にすぎなかった。土曜日の夜用のお洒落なブルーのスーツを着て、彼女と踊った若者たちはその後、町に、たぶんダブリンやイギリスに出ていった。後に残された若者たちも、やがて山地に住む独身男となった。当時、彼女が愛したのはパトリック・グレイディーという若者だった。毎週、彼女は彼のイメージを胸にダンスホールから自転車で帰った。彼は黒髪で、ほっそりした青白い顔をしていた。彼と踊るのは特別だった。口には出さなかったが、彼も彼女とのダンスを特別視しているのが分かった。彼女は昼も夜も、台所で母親の手伝いをし、牛の世話で父親の手伝いをしながら彼のことを想った。毎週、彼女はダンスホールに通って、そのピンクの建物の正面にほほ笑みかけ、パトリックの腕の中で踊った。しばしば二人は何も言わず、レモネードを飲んだ。彼女は彼が自分を愛していることを知っていた。彼が薄暗いダンスホールから、そのブルーとピンクの建物、クリスタル・ボールの照明、音楽から自分を連れ出してくれる、と当時ブライディーは思っていた。彼女を陽射しの中へ、町へ、聖母マリア教会へ、結婚と笑顔へと連れ出してくれる、と思っていた。しかし他の女がパトリックを奪った。道端のダンスホールでは踊ったことのない町の娘だった。彼女はあっという間にパトリックをさらっていった。

ブライディーはそれを聞いて泣いた。夜、彼女はベッドで声を殺して泣いた。涙が髪を濡らし、枕を湿らせた。早朝、目覚めたときもその思いが胸を嚙んだ。昼間も幸福の白昼夢に代わって、その苦《にが》い思いが頭から去らなかった。後に人伝《ひとづて》に聞いたところでは、パトリックは結婚した女性とイギリスのウルヴァーハンプトンに移住したらしい。ブライディーは、見たこともなければ想像もできない土地に住むパトリックを思い描いた。工場で働き、子供が生まれて、その土地の訛《なまり》を身につけるパトリックを想像した。《ロマンスのダンスホール》は彼女なしではもはやロマンスがない。その後、数年間、誰も彼女の関心を惹かず、誰も求婚してくれないので、ブライディーの思いはライアンに向かっていった。恋人がいないとなれば、次善の候補は「きちんとした男」である。

バウザー・イーガンとティム・ダリーはその範疇《はんちゅう》に入らない。キャッとマッジが、長い腕の男に時間を無駄に費やしているのは誰の目にも明らかだった。マッジが独身男を追っかけているさまはダンスホールの物笑いの種になっていた。キャッも気をつけないとそうなりかねない。笑い者になるのは簡単だ。マッジのように年増《としま》になる必要もない。以前、プレゼンテーション・ナンの女学校を卒業したばかりの娘がアイズ・ホーガンに、ポケットの中に何を持っているの？　と聞いたことがあった。彼はペンナイフだと答えた。彼女は後でこの話をクロークルームで話して聞かせた。ペンナイフが刺さるからあまり体を寄せて踊らないでね、と彼女はアイズ・ホーガンに頼んだ。「なんと、あんたはうぶだね！」とアイズ・ホーガンが応じた。それを聞いて、パティー・バーンが大喜びした。みんなつられて大笑いした。アイズ・ホーガンがダンスホールに来るのは、そういうくだらない遊びを楽しむためだ。彼は女性に相手にされなかった。

「ミセス・ドワイヤー、レモネードを二つ。それからケリー・クリームを二つ。ブライディー、ケリー・クリームは好きかい？」バウザー・イーガンが聞いた。

ブライディーはうなずいて、好きよ、と答えた。

「ブライディー、素敵な服を着てるわね」ミセス・ドワイヤーが言った。「赤は彼女に合うわ、そうでしょう？　バウザーさん。」

自在ドアのそばに立っていたドワイヤー氏は、左手で包むようにして煙草を吸っていた。彼の小さな眼はすべてのことを把握していた。アイズ・ホーガンの二本の指がドレスの背中の切れ目に入ったときのマッジの不安にも気づいていた。気づかぬふりはしていたが、それ以上続けば、アイズ・ホーガンに注意したろう。実際、今までも何度か注意したことがある。若者の中には分別のないものがいて、パートナーにぴったりくっついて踊る。女性は困惑しても、若いので何も言えない。しかし、それはホーガンの場合とは別問題だ。若者はきちんとした連中で、やがてそのうち一人の娘と付き合うようになり、最後は自分のようになるとドワイヤー氏は信じていた。つまり、自分と妻の場合のように結婚して同じ家に住み、同じベッドに寝るようになる。目が離せないのは中年の独身男だった。彼らは野生の山羊《やぎ》のように、母親の束縛と、動物と土のにおいから解放されて、山を下りてくる。ドワイヤー氏は、奴はどれくらい飲んだのだろうと訝《いぶか》りながらアイズ・ホーガンを見張っていた。

ライアンの歌が終わって、ミスター・スウォントンはクラリネットを下に置き、ミスター・マローニーはピアノを離れた。ライアンは額の汗をぬぐい、三人はトレスル・テーブルの方にゆっくり歩いてきた。

「わー、すげえ脚してるな」アイズ・ホーガンがマッジに囁《ささや》いた。しかし彼女の関心は長い腕の男にあった。彼はキャッツのそばを離れて男性トイレのほうに行くところだった。彼は決して食べたり飲んだりしなかった。マッジは男性トイレのほうに行って、外に立った。しかしアイズ・ホーガンがついてきた。「レモネードを飲むかい?」彼はウイスキーの小瓶を隠し持っていた。隅に行って、レモネードに一滴垂らすのはどうかね、と彼は言った。マッジは、私は飲みませんと断わった。彼は立ち去った。

「ちょっと失礼。」バウザー・イーガンがレモネードの瓶を置いてトイレのほうに行った。彼もウイスキーの小瓶を持っていることをブライディーは知っていた。彼女は、ホールの真ん中に立ち、頭を傾《かし》げてミスター・マローニーの話に耳を傾けているライアンを観察した。彼はがっしりと体格の良い男で、微《かす》かに白髪《しらが》が混じった黒髪をしていた。両手も大きかった。彼はミスター・マローニーの話が終わると笑って、今度はミスター・スウォントンの話を聞くために頭を傾げた。

「あなた、一人？」キャッツが聞いた。ブライディーはバウザー・イーガンを待っているのだと答えた。「私、レモネード飲もーっと」キャッツが言った。

若者と娘たちは互いの体に腕をまわして飲食のために並んでいた。ステップを知らないので踊れない若者たちは、いくつかのグループに分かれて煙草を吸いながら冗談を言い合っていた。ダンスの相手のいなかった娘たちは、目を周囲に走らせながらおしゃべりしていた。そのうちの何人かはストローでレモネードを吸っていた。

デイノ・ライアンを見ていたブライディーは、例の眼鏡をかけた彼が自分の農家の台所に座って父親の西部ものの小説を読んでいる姿を想像した。彼女は自分が作った料理を三人で食べているところを思い描いた。目玉焼き、ベーコン、揚げたジャガイモのパン、お茶、バター付きパン、ジャム、ブラウン・ブレッド、ソーダ・ブレッド。彼女は、朝、ライアンがテンサイ畑の草取りをするために台所を出ていき、その後を父親が片脚でついていって、二人で仕事に精を出す様子を想像した。彼女が使い方を学んだ大鎌でライアンが乾草を刈り、父親が熊手を巧みに使いこなす様子を想像した。牛や雌鶏の世話と畑仕事で手がいっぱいだった自分が、人手が増えて他の家事にいそしめるようになったところを思い描いた。レースが裂けてしまった寝室のカーテンの修理、はがれた壁紙を糊で貼りなおすこと、洗い場の塗りなおしなどいろいろある。

自転車のタイヤの空気を入れてくれた晩に、彼がキスをするのではないかとブライディーは予感した。彼は暗がりの中で地面にかがみこみ、空気漏れを確かめた。空気が漏れていないことを確認すると彼は立ち上がり、乗っても大丈夫だと言った。彼の顔がすぐ近くにあった。彼女はほほ笑みかけた。そのとき、運の悪いことにミスター・マローニーが、せかすように自動車の警笛を大きく鳴らした。

帰宅の途中までどうしても送っていくと言うイーガンに、ブライディーは何度もキスされた。彼らは上り坂で自転車をおりて、押していかねばならなかった。初めて送ってくれた晩に、彼はわざと倒れかかって彼女の肩に手を掛けて体を支えた。次の瞬間には彼の湿った唇が押しつけられて、自転車が派手な音を立てて道路に倒れた。それから彼は息を吸い、畑地に入ろうと言った。

あれから九年になる。その間に、似たような状況で彼女はアイズ・ホーガンとティム・ダリーに幾度かキスされた。彼女は畑地に入り、息の荒い彼らの抱擁を許した。一、二度彼女は彼らのどちらかと結婚し、父親と農家で一緒に生活している様子を想像してみたが、それはあり得ない空想だった。

ブライディーは、バウザー・イーガンがトイレから出てくるには時間がかかると知っていたので、キャツと話をしていた。そこへ奏者の三人が近づいてきた。ミスター・マローニーは、トレスル・テーブルからレモネードを三本取ってくると言った。

「最後の歌、素晴らしかったわ」ブライディーはライアンに声を掛けた。「美しい歌だと思いません？」

ミスター・スウォントンが、前代未聞のすばらしい歌だと言った。それに対して、キャツは『ダニー・ボーイ』のほうが好きだと言った。彼女の意見では『ダニー・ボーイ』こそ前代未聞の最高の歌だった。

「飲みな。」ミスター・マローニーは瓶をライアンとミスター・スウォントンに渡した。

「ブライディー、元気かい。父さんの具合はどうだい？」

父は元気です、とブライディーは答えた。

「セメント工場が造られるそうだ」ミスター・マローニーが言った。「誰か聞いていないか？　良いセメントになる素材を掘り当てたそうだ。キルマロッホのほうの一〇フィート地下に。」

「就職口ができるだろう。この土地で必要なのは職だよ」ミスター・スウォントンが言った。

「カノン・オコンネルがそのことを話していた。アメリカの資本が絡んでいるそうだ」ミスター・マローニーが言った。

「ヤンキーがやってくるのかしら。彼らが自分たちで経営するの？　マローニーさん」キャッツが聞いた。

レモネードを飲むのに忙しいミスター・マローニーは聞いていなかった。キャッツも質問を繰り返さなかった。

「オプトレックスという薬があるわ」ブライディーはライアンに言った。「父が風邪で眼を悪くしたとき使ったの。きっとオプトレックスなら涙眼が治るわ。」

「そうだろう、でもそんなに大したことじゃない……」

「眼が悪いのはいけないわ。試してみたほうがいいわ。薬屋で買えるから。眼を洗えるように小さなボウルも。」

彼女の父親の眼は縁が赤くなり、みっともなかった。彼女は町のリョーダン薬局に行って、症状を説明した。ミスター・リョーダンはオプトレックスを薦《すす》めた。その後、父の眼はなんともない、と彼女はライアンに説明した。彼はうなずいた。

「ドワイヤーさん、聞いたかい？　キルマロッホにセメント工場ができるそうだ」ミスター・マローニーが大きな声で言った。

ミセス・ドワイヤーは瓶を箱に入れながらうなずいた。そのことは聞いたことがあるわ、最近の一番のニュースね、と彼女は答えた。

「キルマロッホがこの先どうなるか分からないな」ミスター・ドワイヤーが空き瓶の片づけを手伝いながら口を挟んだ。

「間違いなく繁栄をもたらすよ。たった今、必要なのは就職口だと話していたんだ」ミスター・スウォントンが言った。

「きっと、ヤンキーは……」とキャッツが言いかけると、ミスター・マローニーが口を挟んだ。

「ヤンキーはトップに来るか、あるいはここには来ないで資金を出すだけかもしれない。地元の人間だけの職場になるだろう。」

「おまえさんはヤンキーとは結婚しないさ。ヤンキーの奴らをつかまえるのはおまえさんには無理だ」ミスター・スウォントンは大声で笑いながら言った。

「まわりに地元産の独身男が大勢いるじゃないか」ミスター・マローニーも笑いながら言った。彼は吸っていたストローを投げ捨てて、瓶を口に傾けた。キャッツは、余計なお世話よ、とやりかえした。彼女は男性用トイレのほうに行って外に立った。そこにはマッジが頑張っていたが、キャッツは話しかけなかった。

「アイズ・ホーガンから目を離さないでね」ミセス・ドワイヤーは夫に言った。それはホーガンがトイレの中で酒を飲んでいるのを知っている彼女が、土曜日ごとに夫に与える助言である。酔ったホーガンは独身の男たちの中でも最も始末に負えない輩《やから》だったからである。

「目薬が少し残っているから、今度の土曜日に持ってきてあげる」ブライディーは小さな声でライアンに言った。

「ブライディー、心配しなくても……」

「面倒じゃないわ。正直のところ……」

「ミセス・グリフィンがドクター・クリーディーのところで診察をするように手配してくれたんだ。年齢《とし》のせいだから心配ないさ。ただ新聞を読んだり、映画を見ているときに困るんだ。ミセス・グリフィンが言うには、眼鏡がないから目を緊張させすぎているらしい。」

彼は話しながら視線を逸《そ》らした。ブライディーは、ミセス・グリフィンはライアンとの結婚を考えているのだと本能的に直感した。彼女は、彼がコテージから出て他の女と結婚すれば、障害のある息子によくしてくれるような別の下宿人を捜すのはむずかしいと思っているのだろう。ライアンはその息子にとってはやさしい父親のような存在になっていた。無理もない。彼女は、ブライディーのように週末ごとの出会いを計画しなくても、毎朝毎晩ライアンに会えるのだからチャンスがたっぷりある。

彼女はパトリック・グレイディーのことを想った。彼の青白い、ほっそりした顔が浮かんだ。今頃、彼と結婚していれば、四、五人の子供、いや、七、八人の子供がいたかもしれない。ウルヴァーハンプトンに住んで、片脚の父親の面倒などはみずに、晩には映画を見に行っているだろう。重い境遇が邪魔しなかったら、こんな田舎のダンスホールにいて、好きでもない道路工夫と他の女との結婚を嘆いたりしないで済んだだろう。ウルヴァーハンプトンにいるグレイディーのことを想うと泣きたいほどだった。彼女の生活では、畑でも家でも、涙は禁物だった。涙はテンサイ畑に植えた花のように、あるいは、流し場の真新しい石灰塗料のように贅沢だった。父親が『タレントをみつけろ』に聞き入っている間に、台所で涙を流すこともできなかった。片脚のない父親のほうがもっと泣きたい気持だったろうから。父親は娘よりも苦しい目に遭いながら、相変わらず彼女にやさしく、心配してくれている。

《ロマンスのダンスホール》では、父親のいる前では流せない涙が目頭を熱くするのを感じた。彼女は思いきり泣きたかった。頬に涙を流して、ライアンや他の人たちの同情を受けたかった。パトリック・グレイディーのことや、死んだ母親のこと、その後の自分の生活について聞いてほしかった。ライアンに抱いてもらい、彼に頭をもたせかけたかった。ライアンの感じの良いまなざしを受け止め、その道路工夫の指で手の甲を撫でてほしかった。彼と一緒に寝て、一瞬でも彼がグレイディーであると想像したい。彼の眼に薬を垂らし、求婚したかった。

「さあ、仕事だ。」ミスター・マローニーがバンドのメンバーを楽器のほうに導いた。

「父さんによろしく言ってくれ」ライアンが言った。ブライディーはニッコリして約束した。何事もなかったように「父に伝えるわ」と答えた。

彼女はティム・ダリーと踊った。それから国外移住を考えている若者と再び踊った。マッジがキャッツに負けないように素早く、トイレから出てきた腕の長い男のほうに行った。アイズ・ホーガンがキャッツに近づいた。キャッツと踊りながらホーガンは、帰りに途中まで送らせてくれと熱心に口説《くど》いていた。クイックステップで踊っているマッジが腕の長い男にぴったりと身を寄せている様子を観察しているキャッツの嫉妬のまなざしに、ホーガンは気づかなかった。キャッツも三〇歳を越えていた。

「どきな」踊っているブライディーと若者の間に割って入ったバウザー・イーガンが言った。「ママのところへ帰んな」イーガンは若者にそう言ってブライディーを奪い、再び、今夜は綺麗だと褒めた。「セメント工場のこと聞いたかい？　キルマロッホにとって素晴らしいことじゃないか。」

ブライディーは同意した。彼女はミスター・スウォントンとミスター・マローニーが言ったことを繰り返した。「工場が地元に職をもたらすでしょうね。」

「ブライディー、途中まで一緒に帰ろう」イーガンが誘ったが、ブライディーは聞こえないふりをした。「おまえは俺の女じゃないか。今までだってそうだろう?」彼は訳の分からないことを言った。

彼は囁き続けた。明日にも結婚したいが、母親は嫁が来ることを許さない、親の面倒がどんなものか知ってるだろう、ほっておくわけにはいかない、両親は大切にしなくてはな、と彼は言った。

イーガンの脚の動きに合わせてブライディーは『ベルが鳴っている』を踊った。彼女はイーガンの肩越しに、小型のドラムの一つをやさしく叩いているライアンを見つめた。ミセス・グリフィンが彼を射止めたのだ。あの五〇歳近い、美人でもない女が。ずんぐりした脚と腕の、あの気の利かない女が。以前、ある女性にパトリック・グレイディーを奪われたように、ミセス・グリフィンにライアンを奪われてしまった。

音楽がやんだ。イーガンは彼女を強く抱き締めて、顔を寄せてきた。まわりの人々は口笛を吹いたり、手を叩いていた。ダンスは終わった。彼女はイーガンから離れた。二度とこのホールでは踊らないと心に決めながら。彼女は、中年の、州の役場の労働者と関係を深めようとして物笑いの種になってしまった。年頃を過ぎても踊り続けるマッジと同じようにみっともないことをした。

「キャツ、外で待っているぞ」と言って、ホーガンは煙草に火をつけながら自在ドアのほうに行った。

すでに腕の長い男は(噂では自分の土地の石を運んだために長くなったと言われていた)ホールにいなかった。他の人たちもきびきびと帰り支度をしていた。ドワイヤー氏は椅子を綺麗に整頓していた。

クロークルームでは女性たちがコートを着ながら、明日ミサで会いましょう、と互いに挨拶していた。マッジは焦っていた。「ブライディー、だいじょうぶ？」パティー・バーンが聞いた。「ええ」とブライディーは笑顔で答えた。パティーもやがては道端のダンスホールで物笑いの種になる日が来るのだろうかと考えながら。

「おやすみなさい。」ブライディーはクロークルームを出た。そこでおしゃべりを続けていた女たちも挨拶を返した。ブライディーはクロークルームの外で立ち止まった。ドワイヤー氏が椅子を整頓し、床から空《から》のレモネード瓶を拾い上げていた。妻は床を掃いていた。「おやすみ、ブライディー」夫妻が言った。

夫妻は仕事の手元がよく見えるように予備の照明もつけていた。煌々《こうこう》とした明りで見ると、周囲のブルーの壁はおそまつだった。寄りかかった男たちのヘアーオイルで汚れ、イニシャルや弓矢で射たハートの落書きがあった。クリスタル・ボールの明りも色あせて見えた。ボールにはあちこちひび割れができていた。照明が暗いときは見えなかっただけだ。

「おやすみなさい」ブライディーは夫妻に挨拶した。彼女は自在ドアを通り、三段のコンクリートのステップを降りて、建物の正面の砂利を敷いた空き地に出た。自転車を手にして、あちこちにかたまって話し続けている人たちがいた。マッジ・ダウディングがティム・ダリーと一緒に帰るところだった。自転車のクロスバーに女の子を乗せていく若者もいた。自動車のエンジンが始動した。

「おやすみ、ブライディー」ライアンが言った。

「おやすみ」ブライディーは答えた。

砂利を踏んで自転車のほうに歩いていくと、背後で「どうみてもセメント工場はキルマロッホにとって素晴らしいものだ」と繰り返しているミスター・マローニーの声が聞こえた。車のドアがばたんと閉められる大きな音がした。いつもの癖で、ミスター・スウォントンがミスター・マローニーの車のドアを力いっぱい閉めたのだ。彼女が自転車のところに着いたと同時に車の残りのドアが閉まる音がして、ヘッドランプがついた。彼女は空気圧を確認するために自転車の二つのタイヤに触れてみた。ミスター・マローニーの車が砂利にきしみ音を立てて動きだし、道路に出た後は静かになった。

「おやすみ、ブライディー」誰かの声がした。ブライディーはそれに答えて、道路のほうに自転車を押していった。

「途中まで送っていっていいかい」バウザー・イーガンが聞いた。

彼らは一緒に出発した。自転車をおりて押さなければならない丘の麓《ふもと》に来たとき、ブライディーは振り返ってみた。遠くに《ロマンスのダンスホール》の正面を飾る四つの彩色電球の光が見えた。その明りが消えたとき、彼女はドワイヤー氏を思い浮かべた。彼は金属格子を引き出して、器具の前に置き、安全のために二つの南京錠《なんきんじょう》をかけるだろう。妻はその晩の売上金を持って、車の前で待っていることだろう。

「ブライディー、知ってるか？　今晩ほど綺麗に見えたことはなかったってこと」イーガンはそう言って、ポケットからウイスキーの小瓶を取りだした。栓を開けて少し飲み、瓶をブライディーに渡した。彼女は受け取って飲んだ。「やるじゃないか。」彼は今まで彼女が飲むところを見たことがなかったので驚いた。まずいと彼女は思った。以前に歯痛のときに二度ほど飲んだことはあるが、同じようにまずかった。「ウイスキーは体に良いのさ」イーガンは彼女が瓶を再び口に当てるのを見て言った。しかし彼女が余分に飲んでしまうのではないかと心配になったのか、瓶の方に手を伸ばした。

彼が自分より上手に飲む様子をブライディーは見ていた。彼は今後も酒を飲み続けるだろう。怠け者で、役立たずで、『アイリッシュ・プレス』を広げて台所に座っているだろう。中古の車に金を無駄に使うだろう。それも市の立つ日に町のパブをはしごするためである。

「この頃、具合がよくない」彼は母親のことを言った。「あと二年もたないと思っているんだ。」彼は空き瓶を溝に投げ捨てて煙草に火をつけた。二人は自転車を押していった。

「おふくろが死んだら俺はあそこを売り払うつもりだ。豚も二束三文の家財も。」彼は煙草を口にくわえるため話を中断した。煙草を吸って、煙を吐いた。「その金で他の土地を改良するつもりなんだ。」

道路の左側にある畑地に入るためのゲートに着いた。彼らは自然にそちらへ向かい、自転車をゲートに寄せ掛けた。彼はゲートをよじ登って畑に入った。彼女も後についていった。「ブライディー、ここに座ろうか?」彼は、何か他の目的で畑に入ったかのように、たったいま思いついた提案のような口調で言った。

「ブライディーのところのように良くすることができるだろう」彼は腕を彼女の肩に回しながら言った。「キスしたくないか?」彼はキスをした。歯で押しつけるようにして。母親が死んだら彼は農場を売って、町で散財してしまうだろう。その後、行くところもなくなって結婚を考えるだろう。炉端と料理をしてくれる女が欲しいから。彼は再び、キスをした。熱い唇だった。彼の頬の汗がブライディーについた。「キス、上手だな」と彼は言った。

ブライディーは、もう遅いから帰らなくてはと言って、ゲートを越えて道に戻った。「土曜日って最高だな」イーガンが言った。「ブライディー、おやすみ。」

彼は自転車にまたがって丘を下っていった。彼女は自転車を頂上まで押してから再び乗った。何年も土曜日の夜にこのようにして夜の闇を走ってきた。しかし今晩が最後だ。彼女はある年齢になっていた。母親が死んだ後、イーガンが自分を選んでくれるまで待つしかない。その頃には彼女の父も亡くなっているだろう。彼女はバウザー・イーガンと結婚するだろう。農家で一人で暮らすのはあまりに寂しすぎるから。

（1） アイルランドのダブリンで一九二一年に創立された平信徒の宗教団体。社会奉仕および第三世界でのボランティア活動に力を入れている。

（*The Ballroom of Romance*, by William Trevor）

解　説

橋本槇矩

本書に収録されている一五の短篇小説は、一七九九年に書かれたマライア・エッジワースの「リメリック手袋」から一九七一年のウィリアム・トレヴァーの「ロマンスのダンスホール」までのおよそ一七〇年間に書かれている。時代的にはイギリスによるアイルランドの合併(一八〇一年)から北アイルランドの紛争の激化(一九七一年)までをカバーしている。この間にアイルランドは大きく変化した。主な歴史的事件を列挙してみても、ダニエル・オコンネルのカトリック解放運動(一八二三年)、大飢饉(一八四五―一八四九年)、フィニアン団の蜂起(一八六七年)、土地闘争(一八七九年)、イースター蜂起(一九一六年)というように、イギリスの植民地支配のくびきからの解放をめざす運動や蜂起が連綿と続き、アイルランド自由国成立(一九二二年)で一応の独立を達成、その後の内戦を経て現在のアイルランド共和国が正式に成立したのは一九四九年である。共和国に組み入れられなかったアルスターの六州は北アイルランドとしてイギリスの領土の内にとどまり、一九六九年に始まる紛争の要因となった。

本書に収録してある一五篇の中には、アイルランドの歴史的背景に関する知識なしでは鑑賞が難しいものがある。したがって、後述の作家紹介と作品解説の中で、作品鑑賞に必要なアイルランドの歴史的背景について必要に応じて補足しておいた。

大変な数にのぼるアイルランドの短篇の中から一五篇を選ぶにあたって、文学作品として優れていることはもちろんであるが、歴史的事件をくっきりと浮かび上がらせているる作品もいくつか拾ってある。しかしそのような、戦争や殺人といった切迫した事件のみを題材とした作品ばかりでは息が詰まるので、同時に、いかにもアイルランドらしい民話風の作品やアイルランドの田舎に住む人たちの日常の経験を語った作品も入れた。また、アイルランドというといかにもヨーロッパ最後の田舎というイメージがあるだろうが、それがステレオタイプの固定観念となっても困るので、首都ダブリンを舞台にしたジェイムズ・ジョイスやショーン・オフェイロンの作品も収録してある。結果としてまさしくオムニバス(乗り合いバス)になるような選集をめざしたつもりである。このバスの出発地点は後に述べるように、訳あってエッジワースのイギリスであるが、その後はアイルランドの中を走る。つまり大部分の作品は、アイルランド人作家による、アイルランド人を登場人物とし、アイルランドを舞台とした作品である(エリザベス・ボウエンを入れなかったのもそのためである)。アイルランドの短篇というバスは走り続けて、以前なら発禁処分まちがいなしの同性愛とか、その他の赤裸々な性体験を題材とした作品を書いている若い作家も、多数乗車してきている。バスの終着地点がニューヨークだったり、ベルリンだったりする可能性もある昨今であるが、本短篇選では、あくまでこの原則に従った。最新の若手の作品集は、別の乗り合いバスの出発を期することにしたい。

アイルランドの歴史には、他のヨーロッパ諸国と異なり、ルネッサンスも宗教改革も産業革命も中産階級の勃興もなかったので、長篇小説というジャンルは成長しなかった。岩波文庫に収録されている『アイルランド――歴史と風土』(一九四七)の中でオフェイロンは、リアリズムに基づく読むに値する長篇小説は十指で数えられるほど少ないと述べ、エッジワースの『カースル・ラクレント』(一八〇〇)からジョイスの『ユリシーズ』(一九二二)にいたる具体例を挙げている。また『表象のアイルランド』(一九九五)で批評家のテリー・イーグルトンは、「イギリスにくらべ、アイルランドでリアリズム長篇小説の旺盛な盛り上がりが見られなかったことについては、もう少し特殊ないくつかの理由があった。リアリズム長篇小説は、まずなによりも定着と安定性の形式であって、個々の生を統合された全体に向けて集積するものである。そして、アイルランドにおける社会的諸条件は、そのような楽天的な和解に向かうようなものでなかった」(鈴木聡訳、紀伊國屋書店、一九九七年)と書いている。長篇小説に必要な「統合された全体」という視点ないし支点が熟成しなかったアイルランドでは、そのかわりに「個々の生」を物語る短篇小説が発展した。ジョイスの『ユリシーズ』もイギリス的な長篇小説というよりは短篇の集積であるといわれている。それは『ユリシーズ』の萌芽をはらんでいる、本書にも収録した『ダブリナーズ』(一九一四)中の「二人の色男」を読むと納得がいくだろう。

アイルランドで短篇が発達したことにはさらに別の理由もある。それは口承の伝統である。アイルランドには昔からシャナヒーと呼ばれる語部《かたりべ》が存在した。神話伝説や不思議な出来事を語る驚異譚、事物や地名の起源あるいは個人的体験談などを語る役目を彼らは果たしてきた。アイルランドの詩人ブレンダン・ケネリーは「アイルランドではリアリティが概念ではなくストーリーによって理解される」と書いているが、たしかに、ある人物のリアリティがその人物に関する物語やエピソードの集積によって成立している事情は、現代の日本でも同じである。しかしそれは固定したリアリティではない。肉声によって語られる物語は、絶えず作り替えられ、語り直されて、いくつものバリエーションを生み出していく。本書にもその作品を収録したトレヴァーが『オックスフォード版アイルランド短篇選集』(一九八九)の序文でおもしろいエピソードを披露しているので紹介しよう。

トレヴァーはメイヨー州のある警官に伝える用件があって、人里離れたところにある彼の家へ日曜日の昼頃に車で出かけた。出てきた家政婦によれば警官はミサからまだ戻っていないという。トレヴァーがミサから帰る彼と出会えるように四つ辻までのんびり車を運転していくと、自転車に乗って当人がやってきた。トレヴァーは知人から託された言伝《ことづて》を伝えた。自転車から降りた警官は遠くの山を指さしながら、要件とは別の物語を話し始めたという。それは何年も前にゴールウェイの大尉の妻と駆け落ちして山に隠れた行商人の話で、延々と二〇分も話し続けたそうである。前回、警官が話したときとは細部が違った話になっていて、話の場の状況によって、つまり時と場所、聞く相手によって変わる即興の部分があるという。トレヴァーは、訪問の要件よりもこの話を聞くことのほうがはるかに大事なことだったと書いている。アイルランドではこのような例は枚挙に遑《いとま》がないらしく、聞き手におもしろい話を語り聞かせる能力が高く評価されているのである。本短篇選ではリアム・オフラハティの「妖精のガチョウ」に伝統的語りの口調を聞き取ることができる。口承の伝統を引きつつ、一方に説教を主とする教訓譚がある。それは人に伝える道徳的教えを主眼とするもので、物語《ストーリー》というよりは説話《テイル》といったほうがよいかもしれない。あるいは、庶民に説教したり信仰を吹き込むための核となるモラルを物語というオブラートで包んだものが説話だといってもよいだろう。本短篇選ではエッジワースとウィリアム・カールトンの作品がこのような意味での説話といえるだろう。

アイルランドの現代的短篇小説の出発点はジョージ・ムアの『未耕地』(一九〇三)であるといわれている。ムアはフランスのモーパッサンやロシアのツルゲーネフの影響を受けて、新しい意匠を凝らした短篇の連作を書いた。厳格な規律と罪の意識を強調するカトリックに支配された貧困の国アイルランドの精神的麻痺がテーマである。本来、愛に基づくはずであるキリスト教が、教会と神父たちの抑圧の制度のもとで「生への不信」の宗教となっている現実を描いている。手法としては、リアリズムを基調にして象徴や暗喩を豊かに含んだ文体もジョイスの先駆である。本短篇選に収録した「塑像」は一九〇三年版の『未耕地』の冒頭の作品で、美を理解しない頑迷な神父と芸術家との対立の構図にはジョイスの作品にかなり類似したものがある。ところでジョイスに影響を与えたといわれるムアの『未耕地』は、ツルゲーネフの『猟人日記』(一八五二)から多大な影響を受けている。さらにツルゲーネフはエッジワースのアイルランドを題材とした短篇に刺激されているのだから、間接的にジョイスはエッジワースと影響関係にあることになる。

アイルランドの短篇小説は、ムアとジョイスの後、ダニエル・コーカリーを中継して一九二〇年代から一九三〇年代にかけてオフラハティとフランク・オコナーとオフェイロンの登場で最盛期を迎えた。三人の共通点は、口承のストーリー・テリングがまだ存続していた時代に生まれたこと、若い時代にナショナリズムに共鳴して、兵士として反英闘争や内戦に参加した経験を持つこと、海外での永い生活体験を持っていることである。さらにオコナーとオフェイロンは若い頃に共通の師としてコーカリーの影響を受け、後に離反したことも特筆に値するだろう。彼らがイギリスの作家よりはフランスやロシアやアメリカの作家の影響を受けていることは、ぜひとも心にとどめておきたいことである。また三人とも長篇小説を書いたが、傑作と呼べるものはなく、短篇小説において特殊から普遍へと通じるような傑作を数多く残した。アイルランドの国民性を強く呪縛してきた三つのもの、すなわち、宗教、ナショナリズム、土地、これらのものと植民地主義の残した禍根が三人の短篇には色濃くにじみでていることは、本書に収録した作品からも窺い知れるだろう。

その他の作家については個別の解説に回すが、ブライアン・フリールやマイケル・マクラヴァティの作品を見ると、アイルランドの短篇は子供の視点で描くのがうまい。アイルランドの作家には「ほのぼの」としていたり「ほろり」とするような情景を、真っ正面から直球で勝負するように扱う才能がある。それに対してイギリスの短篇での子供の世界の扱いは、例外もあることを承知でいえば、ラドヤード・キプリング、アンガス・ウィルソン、グレアム・グリーンなどの短篇を見ても、もっとひねくれていて(英語では wry)、情感や哀感にのめりこむことを忌避する、あるいはそれを抑制するような趣がある。

本書に作品を収録した作家以外にも、メアリ・ラヴァン、ベネディクト・カイリーなど数多くの優れた短篇作家がいることはもちろん承知している。彼らの作品を収録しなかったのは、ひとえに収録スペースの限界のためであり、他に理由はない。以下に、個々の作家と作品の紹介と、作品の歴史的背景についての補足説明をしておきたい。

(1)　マライア・エッジワース(一七六七―一八四九)

ルソーの思想に共鳴する教育思想家の三女としてイギリスに生まれる。ロンドンで女学校教育を終えた後、一七八二年から、所領があったアイルランドのロングフォード州のエッジワースタウンに父親と共に住んだ。最初は父親の影響で、教育に役立つ子供向けの物語を書いていた。一七九八年のユナイテッド・アイリッシュメンの蜂起の際には、それまで借地人に対して寛大な扱いをしてきたため、城館(アイルランドではイギリス系の地主の城館はビッグ・ハウスと呼ばれる)は焼き討ちを免れた。一七九九年に発表された「リメリック手袋」を読めば一目瞭然だが、イギリスとアイルランドの平和な合併を望む彼女の願望がよく現れている。一六〇五年のガイ・フォークスら過激なカトリック教徒による国会議事堂爆破未遂事件以来のイギリス人のカトリック嫌い、それとアイルランド人への蔑視が結び付いて、典型的イギリス庶民であるヒル氏のアイルランド人に対する偏見が生まれたこと、その偏見をいましめる目的で書かれたこの短篇は、まさしくモラル・テイルである。エッジワースの最も有名な作品は『カースル・ラクレント』である。これはアイルランドを舞台にした彼女にとって最初の長篇小説で、城館の数代の主人に仕えた執事の視点から見たその時代の地主の生活を主題としており、限定された視点からの語りが巧みな物語の謎やアイロニーを生み出し、魅力的な作品となっている。ウォルター・スコットが『ウェイヴァリー』(一八一四)の序文で、この小説に賛辞を捧げていることも文学史上、有名である。

(2) ウィリアム・カールトン(一七九四―一八六九)

ティローン州のアイルランド語を話すカトリック農民の末っ子として生まれる。子供の頃から土地の風俗、風習(寺子屋、通夜、結婚式、ダンス、ストーリー・テリングなど)を直接に体験、見聞したことが後の創作の基礎となった。一八一三年にカールトンの一家は地主から立ち退きを迫られ、彼はカトリック小作農の秘密結社、リボン会に参加した。「ワイルドグース・ロッジ」(一八三〇)はこのときの体験を基に書かれている。アイルランド各地で教師をした後ダブリンに行き、乞食生活をした。そのときに彼はカトリックからプロテスタントに改宗し、生涯それをつらぬいた。この作品を見ても明らかなように、リボン会の活動に対する批判的姿勢は、彼の反カトリック的姿勢の反映である。彼はダブリンで、アイルランド教会のプロテスタント牧師シーザー・オトウェイに出会い、作品を書き始めた。初期の作品はカトリック教徒の誤謬や迷信を批判したものが多い。しかし後の作品をみると彼の政治的および宗教的態度は、反英か親英か、あるいはプロテスタント対カトリック、というような二分法では決して計れない両義性を示している。最も著名な彼の作品集は『アイルランド農民の気質と物語』(一八三〇—一八三三)である。英語、アイルランド英語、まれにアイルランド語が混交した文体で書かれている彼の作品は、一九世紀アイルランドの地方生活を活写したものとして古典的価値がある。

(3) ジョージ・ムア(一八五二—一九三三)

カトリックの地主、ナショナリストの国会議員であった父親、ジョージ・ヘンリー・ムア(彼はエッジワースと親交があった)の所領のあったメイヨー州に生まれた。短期間、イギリスのバーミンガムの学校にいたが、退学となり、メイヨー州に戻って騎手になることを夢見た。一八六九年、父親と共にロンドンへ移り、軍隊に入るための試験準備をする一方で美術学校に通った。一八七三年、父親の死亡と同時に一万二〇〇〇エーカーの土地を相続し、画家になるべくパリへ向かった。しかし画才がないと分かり文学に転向、バルザック、ゴーティエ、ゾラらのフランス人作家の作品に読み耽った。不作や地代の未収により生活に困り、一八七九年にロンドンへ戻る。その後、彼はゾラに学んだ自然主義的手法でいくつかの小説を書いた。アイルランドを舞台にしたものに限ると、小説『モスリンのドラマ』(一八八六)が著名である。アイルランドの地主階級と社交界の偽善、娘たちの結婚、自分の道を選んでアイルランドを去っていく女主人公アリスの自立が描かれている。同時にレスビアンの女性などが登場し、時代に先駆けたフェミニズム小説でもある。

(4) ジョン・ミリントン・シング(一八七一—一九〇九)

ダブリンのラスファーナムの厳格なプロテスタントの家に生まれる。少年時代から自然に対する宗教的ともいえる愛情を抱いていた。棄教し、恋人のチェリー・マセソンとも疎遠になった。大学でアイルランド語を学び、後の創作の基礎を養った。彼は音楽に関心を持ち、ピアノとフルートとヴァイオリンを習った。ドイツに音楽留学をしたが、文学に転向し、一八九五年にパリへ移った。翌年、彼はアイルランドの詩人、W・B・

イェイツに出会い、フランス文学の研究者になるよりはアラン島へ行って「今まで表現されたことのない生活」について書くように勧められる。一八九八年、彼はアラン島を訪問し、アイルランド語と島の伝承を学んだ。その後も毎年アラン島を訪れ、紀行文として名高い『アラン島』（一九〇七）として出版した。彼はまた劇作家としても有名で、一九〇七年にダブリンのアビー座で初演された『西の国のプレイボーイ』が代表作である。

(5) **ジェイムズ・ジョイス**（一八八二―一九四一）

ジョイスは、あまりにも有名なアイルランドの作家であるから、伝記的な紹介は省略して、『ダブリナーズ』の「二人の色男」についてのみ解説する。ジョイスはこの作品を「アイルランドの風景」と呼んで『ダブリナーズ』の中でも最も重要な作品の一つに数えている。「二人の色男」の原題は *Two Gallants* である。ギャラントはいうまでもなく、婦人を守る堂々とした騎士あるいは紳士の意味が第一義である。しかし作中のレネハンとコーリーにいたっては、それどころか女を食い物にしている街のならず者である。女も美しく聡明な貴婦人ではなく、無知で品のない女中である。すでにタイトルからして、この短篇は騎士道のパロディーであることがわかる。さらに二人がダブリンの街で見かけるハープは複数の象徴的含意を持っている。ハープはアイルランドの代表的な楽器で、ここでは男の指に物憂げに応える女を示すと同時に、イギリスに永年支配され、無気力になっているアイルランドそのものを示している。覆いが膝にずり落ちているというのも、しどけない女の姿態と同時に、どうにでもなれという投げやりなアイルランドの国民を暗喩で示している。ジョイスがこの短篇を「アイルランドの風景」と言っているのは、このような象徴や暗喩によって表現された、麻痺した都市ダブリンの姿のことである。その他に月光と金貨の光も暗喩として機能している。このようにこの短篇に嵌《は》め込まれた象徴や暗喩が有効に生かされている理由は、「周到なる卑小さを狙った文体」という下地がジョイスの意図したとおり成功しているからである。

(6) ダニエル・コーカリー(一八七八―一九六四)

大工職人の子としてコーク市に生まれる。教員養成学校と美術学校に同時に通った。卒業後は地元で教師をやりながら、一九〇八年にはアビー座の例に刺激を受けてコーク演劇協会を仲間と設立した。彼は熱烈なゲール文化崇拝者であった。一九三一年にはコーク大学の修士号を得て、英文科の教授となった。演劇、短篇小説、歴史などあらゆる分野の著作を残したが、もっとも著名な作品は『隠れたアイルランド――一八世紀におけるマンスター地方のゲール文化の研究』(一九二四)である。アイルランドにはイギリスの歴史家の視点からは見えない隠れたゲール文化が残っていることを明らかにする試みであった。

短篇集は数冊あるが、質・量ともに充実した作品が多い。本書に収録した「高地にて」は、イギリス軍に追われたIRAメンバーが、逃げ込んだコークの山中でかつてフィニアンの闘士であった老人の小屋に泊めてもらい、アイルランド復興の夢を語り合うという物語である。ナショナリスト、コーカリーの、隠れたゲール精神の賛美が聞き取れる作品として採録した。コーカリーはコーク州西部のゲール語地区の生活や伝承にも詳しく、短篇集『嵐の山地』(一九二九)に収められている「石」などは、蒙昧《もうまい》なアイルランド農民の不気味な迷信の世界を巧みに表現していて傑作である。コーカリーの作品はほとんど日本に紹介されておらず、今後の翻訳が俟《ま》たれるところである。

(7)　**リアム・オフラハティ**(一八九六―一九八四)

アラン島のイニシモアで生まれる。父親は土地同盟の活動家であった。ティペラリの学校で聖職候補生となったが、一九一五年にアイリッシュ・ガーズ連隊に入隊した。第一次大戦で負傷し戦争神経症の治療を受けた。退役後はイギリス、カナダ、アメリカを転職しながら放浪する。一九二一年からは内戦に参加し、一九二二年にはリパブリカンの兵士としてダブリンの中央郵便局を三日間、占拠した。その後、ロンドンでモーパッサンをまねて社交界の女性を主人公にした小説を書こうとしていたオフラハティに「アイルランドに帰って牛を描け」と助言したのは、D・H・ロレンスら多くの作家を育てた名伯楽エドワード・ガーネットであった。一九二四年には出身地のアラン島を舞台にした記念すべき短篇集『春の播種《はしゅ》』が出た。シングの『アラン島』を除くと、アラン島が現代文学に登場したのはこれが初めてである。彼の長篇小説は『汝の隣人の妻』(一九二三)、『黒い魂』(一九二四)、『大飢饉』(一九三七)など一〇冊近くあるが、現在ではほとんど読まれていない。短篇において才能を発揮した彼は、写実的な手法で、文芸復興期に抱かれていたロマンチックな農民像をくつがえした。アラン島の動物の生態や自然を細密画風に克明に描いた作品も忘れ難い印象を残す。聖職者を罵倒し、共産主義に共鳴し、人妻と不倫の後、結婚し、世界中を放浪するという波瀾万丈の人生を送ったオフラハティも、晩年は人目を避けた静かな余生を送り、最後はカトリックの信仰を受け入れたといわれている。

本書に収められている「国外移住」(一九二四)のテーマはアイルランドの歴史の宿痾《しゅくあ》である。人口過剰と貧困による移民は一八世紀より始まっており、大飢饉(一八四五―一八四九年)から一八六〇年までの期間に二〇〇万人近くが主としてアメリカに移住した。オフラハティがこの作品を発表した一九二四年前後でも、毎年数万人の青年男女が国外に移住している。「妖精のガチョウ」(一九二七)については、オフラハティ自身の『アイルランド旅行案内』(一九二九)の次の言葉が参考になる。「私は旅行者にアイルランドの妖精、あるいは妖精をもてはやす輩《やから》とかかわらないように忠告申し上げる。妖精に手を出す者は神父を敵にまわすこと必至である。そしてそれはとても危険なことなのである。」これを読むと、アイルランドでは妖精と神父はよほど仲が悪いのだと納得がいくだろう。

(8)　ショーン・オフェイロン(一九〇〇―一九九一)

アイルランド南西部の都市コークに生まれた。父親は警官であった。コークのユニヴァーシティ・コレッジに入学したが、一九一八年にはＩＲＡのメンバーになった。しかし内戦後のアイルランドに失望して、奨学金を得てハーヴァード大学に留学した。一九二八年には、アメリカに呼び寄せたアイルランド人女性アイリーンと結婚した。留学期間が終わると、経済的な理由からロンドンで教職に就いた。その間に彼は創作を続け、一九三二年には初の短篇集『真夏の夜の狂気』を出した。イギリスでは好評であったが、アイルランドでは露骨な性表現があると見なされて発禁図書に指定された。その後、彼は文芸誌『ベル』を創刊し、自由で知的なアイルランド文化創造のために尽力した。著作には長篇小説三冊、短篇集八冊、『デ・ヴァレラ』(一九三九)など伝記が五冊、その他、旅行記、文芸批評などがある。オフェイロンの生涯については前述の『アイルランド――歴史と風土』の解説に詳しく書いたので、そちらを参照していただきたい。参考までに、なぜアイルランドでは長篇小説ではなく、短篇小説が好まれるかについてのオフェイロンの意見を引用しておこう。

「アイルランドは小説家に幅広い視野を与えてくれない。なぜならアイルランド社会はあまりにも堅苦しく、因襲的で、自己満足的であるからだ。登場人物が社会的規範に反抗する機会もほとんどない。すべてを自己満足的に解決しているので、アイルランド人は、天国以外にめざすところがない。厳格なイデオロギーを受け入れているすべての民族と同じように、アイルランド人は彼ら自身の完璧な因襲によって息の根をとめられている。他の国の小説が信仰を失った、さ迷える人の不安によって頓挫しているとすれば、アイルランドの小説は、魂が救われた人々によって頓挫しているのである。」（「イェイツ後のアイルランド」より）

オフェイロンによれば、自由国成立後のアイルランドで短篇小説が流行したのは、これと同じ理由による。つまり大きなテーマがなく、「小さな啓示」のテーマが多いからである。彼は、アイルランドの作家のモデルはチェーホフのようなロシアの作家であると考えた。アイルランドやロシアのような国では、作家が直面する相剋は「信仰」と「道徳」との間の、「安逸と黙認」と「個人的決断と行為」との間の相剋であると。本書に収録した「不信心と瀕死」（一九四七）は、まさしくこのような相剋をテーマとするチェーホフの影響を感じさせる短篇である。

(9)　マイケル・マクラヴァティ（一九〇四―一九九二）

モナハン州のキャリックマクロスに生まれる。ベルファストのクイーンズ大学を卒業し、一九二九年から一九五七年まで小学校の教員をつとめた。コーカリーとチェーホフの影響を受ける。一九三〇年代には子供や不遇の人々を主人公にした短篇小説を多く書き、その後は人間の善と悪をテーマにしたカトリック小説を何冊か書いた。同じ学校に勤めて、励ましを受けたことのある詩人シェイマス・ヒーニー(一九三九―)はマクラヴァティの死去に際し『アイリッシュ・タイム』に追悼文を書いている。

(10) フランク・オコナー(一九〇三―一九六六)

コーク市に生まれる。父親は大酒飲みで暴力を振るう人格破綻者であった。母親はそれを補って余りある愛情でオコナーを育ててくれた。母親との親密な関係は自伝『一人っ子』(一九六一)に詳しく書かれているほか、多くの短篇の題材ともなっている。正規の学校教育は一二歳で終わったが、その後はコーカリーの指導の下にロシア文学、ゲール語の詩などを含む多くの書物を精読した。内戦時代はリパブリカンとして参戦した。その経験が本書に収録した「国賓」(一九三一)に反映されている。その後、彼は司書となった。イェイツとともに文芸協会を作り、検閲法に反対した。またアビー座の座長を一九三五年から一九三九年までつとめた。一九四〇年代の末にはオコナーは貧窮と離婚に苦しんだ。幸いアメリカでの講演を依頼され、渡米し再婚した。さらにいくつかの大学で講師をつとめた。大学での講義録は後に小説論『道路に置かれた鏡』(一九五六)、短篇小説研究『孤独な声』(一九六二)、アイルランド文学史『振り返る視線』(一九六七)として出版された。その他、ゲール文学の英語への翻訳も多数ある。しかしなんといってもオコナーはアイルランドを代表する短篇作家として有名である。短篇集は『国賓』(一九三一)をはじめ、全部で一〇冊ある。彼の作家としての特質については、良きライヴァルであったオフェイロンの自伝中の次の言葉が的確に言い当てている。

「オコナーと私は多くの点で補い合う関係にある。彼の想像力は火の玉である。私のほうは燃焼力に劣るが、安定している。彼の記憶力は間違いがないが、関心の幅が狭い。知力は一級だが、まったく鍛えられていない。法則というものが分かっていないのだ。彼の直観的な理解力は驚嘆に値するが、同時に信頼できない。しかし賢明な人間なら深く尊敬するだろう。彼が深く潜って古靴と海草を持ってくると思っていると、必ず純金の塊を手に海面に出てくる。彼は何事も理屈で割り出すことはしない。彼は射撃場にマシンガンを持ってくる男のようだ。皆が一斉に伏せる。射撃場の経営者は素早く逃げ出す。終わってから恐る恐る覗いてみるとあたりは目茶苦茶だが、しかし完璧に三つの的は射貫《いぬ》かれているのだ。」

⑾　ブライアン・フリール(一九二九―)

現在のアイルランドの最も著名な劇作家フリールは短篇作家でもある。彼はティローン州のオマーに生まれた。一九六〇年まではデリーで教員をしていた。作家活動を始めてからはドニゴールに移り住んだ。初期の短篇作品は彼の土地観をよく示している。南北に引き裂かれたアイルランドの田舎と都市の対立、恵まれない環境で毅然と生きる人々がテーマである。歴史の変化についていけないアイルランドの名家の崩壊をテーマとした短篇「ファンドリ・ハウス」は後に戯曲『貴族たち』(一九七九)に改編された。

一九六四年の『フィラデルフィアにやってきた!』は国際的な成功を収めた。北アイルランド紛争が激化すると、フリールは『都市の自由』(一九七三)、『志願兵』(一九七五)などアイルランドの歴史に題材を求めた戯曲を数多く書いた。一九八〇年には彼も創立に参加したフィールド・デイ・シアター・カンパニーで『翻訳』が上映され、話題を集めた。これは一八三〇年代のアイルランドにおけるイギリスの土地測量と英語教育の導入による騒動と恋愛事件を描いたものである。一九八八年の『歴史を作る』では、一六世紀の悲劇のアイルランド貴族ヒュー・オニールを劇化した。日本でも上演された『ルナサの踊り』(一九九〇)は、一九三〇年代のアイルランドの地方に住む女性たちの運命を、歌や踊りを織り交ぜて表現した哀感の深い作品である。

⑿ エドナ・オブライエン(一九三一―)

クレア州に生まれる。ゴールウェイの修道女学校を卒業後、ダブリンで薬剤師の勉強をする。一九五一年に結婚しロンドンに移住したが、一九六七年に離婚した。彼女を作家として有名にしたのは『カントリー・ガール』(一九六〇)、『緑の瞳』(一九六二)、『愛の歓び』(一九六三)の三部作である。アイルランドの地方で生まれ育った二人の女性たちがダブリンに出て修道院に入り、ロンドンへ移って、一人は大学生になり、一人は女店員となって、恋をし、失恋し、様々な遍歴をしながら自立していく姿を描いたものである。アイルランドでは露骨な性表現がある危険図書として発禁となった。

オブライエンには『母なるアイルランド』(一九七六)という前半生を扱った自伝がある。個人的情報は隠した散漫な(アイルランド的)文章であるが、あらゆる経験が抽象化されず、常に具体的なイメージをともなって描き出されている。これを読んで分かることは、オブライエンの育った時代でもアイルランドの地方の生活は決して牧歌的で平和だったということはなく、恋愛もしづらく、変質者もいて、精神的糧《かて》といえば十字架上のキリストだけ、という極めて閉塞した社会だったということである。

⒀ ジョン・モンタギュー（一九二九―）

ニューヨークのブルックリンで生まれたが、四歳のときティローン州の叔母の家に預けられる。ダブリンのユニヴァーシティ・コレッジ、イエール大学で学んだ。『毒された土地』（一九六二）に収められた初期の詩は個人的経験、家族、地域社会をテーマとしている。ロバート・ブライやゲリー・スナイダーら現代アメリカ詩人と親交のあるモンタギューは、コスモポリタンの目でアイルランドを見ることのできる詩人である。北アイルランドを眺望的に見る叙事詩『荒蕪地《こうぶち》』（一九七二）にはウォルト・ホイットマンやウィリアム・カーロス・ウィリアムの影響が見られる。自然詩、恋愛詩にも優れたものが多い。彼の短篇集は、九つの作品を収めた『部族長の死、ほか』（一九六四）のみである。本書に収録した「罪なこと」は、アイルランド人と結婚したフランス人女性が「ピューリタン・アイルランド」（清教徒以上に厳格な内的規律を求め、殊に性的な事柄に厳格なカトリックによって支配されたアイルランドのこと）に直面したエピソードである。オフラハティ、オフェイロン、オコナーを苦しめた「ピューリタン・アイルランド」が一九五〇年代、六〇年代にも続いていたことを示している。モンタギューの中篇小説『失われたノートブック』(一九八七)は、主人公のアイルランド人青年と性的に解放されたアメリカ人女性とのフィレンツェでの邂逅《かいこう》とエロチックな関係を赤裸々に綴ったノートを、語り手が回想的に叙述する形式になっている。官能的なものの解放と詩的充溢《じゅういつ》が一致する瞬間を追求する詩人らしい小説である。

⒁　ウィリアム・トレヴァー(一九二八―)

コーク州で銀行員の息子として生まれる。プロテスタントの家系である。教員生活ののち彫刻家をめざすが、一九五八年に小説『行動基準』を出す。『オールド・ボーイ』(一九六四)ではブラック・コメディーのタッチで奇人たちを描く。ディケンズのように登場人物のキャラクターをはっきりとした輪郭で描くのがうまい。その他に一九八〇年代には、アイルランドの紛争と暴力の歴史に翻弄されるプロテスタント地主の城館の運命を描くビッグ・ハウス・ノヴェル(エッジワースの『カースル・ラクレント』を嚆矢《こうし》とし、ムアの『モスリンのドラマ』などを含む)、『運命の愚者たち』(一九八三)、『庭園の静寂』(一九八八)を発表した。本書に収録した「ロマンスのダンスホール」をはじめ、彼の短篇はテレビドラマ化されて人気を呼んだ。

最後に、本短篇選の編集および装丁にいろいろアイデアを出してくれた岩波文庫編集部の市こうた氏、また各作品の扉頁を飾るカット写真のいくつかを提供してくれた藤沢陽子さん、そしてアイルランドに関する疑問点について相談にのって下さった森ありささんに厚く御礼を申し上げます。

アイルランド短篇選《たんぺんせん》

2000年7月14日 第1刷発行
2021年7月13日 第4刷発行

編訳者 橋本槙矩《はしもとまきのり》

発行者 坂本政謙

発行所 株式会社 岩波書店
〒101-8002 東京都千代田区一ツ橋 2-5-5

案内 03-5210-4000 営業部 03-5210-4111
文庫編集部 03-5210-4051
https://www.iwanami.co.jp/

印刷・三陽社 カバー・精興社 製本・中永製本

ISBN 4-00-322871-5 Printed in Japan

読書子に寄す

——岩波文庫発刊に際して——

岩波茂雄

真理は万人によって求められることを自ら欲し、芸術は万人によって愛されることを自ら望む。かつては民を愚昧ならしめるために学芸が最も狭き堂宇に閉鎖されたことがあった。今や知識と美とを特権階級の独占より奪い返すことはつねに進取的なる民衆の切実なる要求である。岩波文庫はこの要求に応じそれに励まされて生まれた。それは生命ある不朽の書を少数者の書斎と研究室とより解放して街頭にくまなく立たしめ民衆に伍せしめるであろう。近時大量生産予約出版の流行を見る。その広告宣伝の狂態はしばらくおくも、後代にのこすと誇称する全集がその編集に万全の用意をなしたるか。千古の典籍の翻訳企図に敬虔の態度を欠かざりしか。さらに分売を許さず読者を繋縛して数十冊を強うるがごとき、はたしてその揚言する学芸解放のゆえんなりや。吾人は天下の名士の声に和してこれを推挙するに躊躇するものである。このときにあたって、岩波書店は自己の責務のいよいよ重大なるを思い、従来の方針の徹底を期するため、すでに十数年以前より志して来た計画を慎重審議この際断然実行することにした。吾人は範をかのレクラム文庫にとり、古今東西にわたって文芸・哲学・社会科学・自然科学等種類のいかんを問わず、いやしくも万人の必読すべき真に古典的価値ある書をきわめて簡易なる形式において逐次刊行し、あらゆる人間に須要なる生活向上の資料、生活批判の原理を提供せんと欲する。この文庫は予約出版の方法を排したるがゆえに、読者は自己の欲する時に自己の欲する書物を各個に自由に選択することができる。携帯に便にして価格の低きを最主とするがゆえに、外観を顧みざるも内容に至っては厳選最も力を尽くし、従来の岩波出版物の特色をますます発揮せしめようとする。この計画たるや世間の一時の投機的なるものと異なり、永遠の事業として吾人は微力を傾倒し、あらゆる犠牲を忍んで今後永久に継続発展せしめ、もって文庫の使命を遺憾なく果たさしめることを期する。芸術を愛し知識を求むる士の自ら進んでこの挙に参加し、希望と忠言とを寄せられることは吾人の熱望するところである。その性質上経済的には最も困難多きこの事業にあえて当たらんとする吾人の志を諒として、その達成のため世の読書子とのうるわしき共同を期待する。

昭和二年七月

《イギリス文学》〔赤〕

ユートピア　トマス・モア　平井正穂訳
完訳カンタベリー物語 全三冊　チョーサー　桝井迪夫訳
ヴェニスの商人　シェイクスピア　中野好夫訳
ジュリアス・シーザー　シェイクスピア　中野好夫訳
十二夜　シェイクスピア　小津次郎訳
ハムレット　シェイクスピア　野島秀勝訳
オセロウ　シェイクスピア　菅泰男訳
リア王　シェイクスピア　野島秀勝訳
マクベス　シェイクスピア　木下順二訳
ソネット集　シェイクスピア　高松雄一訳
ロミオとジューリエット　シェイクスピア　平井正穂訳
リチャード三世　シェイクスピア　木下順二訳
対訳シエイクスピア詩集 ―イギリス詩人選(1)　柴田稔彦編
から騒ぎ　シェイクスピア　喜志哲雄訳
言論・出版の自由 他一篇 ―アレオパジティカ　ミルトン　原田純訳
失楽園 全二冊　ミルトン　平井正穂訳

ロビンソン・クルーソー 全二冊　デフォー　平井正穂訳
ガリヴァー旅行記　スウィフト　平井正穂訳
ジョウゼフ・アンドルーズ 全二冊　フィールディング　朱牟田夏雄訳
トリストラム・シャンディ 全三冊　ロレンス・スターン　朱牟田夏雄訳
ウエイクフィールドの牧師 ―むだばなし　ゴールドスミス　小野寺健訳
幸福の探求 ―アビシニアの王子ラセラスの物語　サミュエル・ジョンソン　朱牟田夏雄訳
マンフレッド　バイロン　小川和夫訳
対訳ブレイク詩集 ―イギリス詩人選(4)　松島正一編
対訳ワーズワス詩集 ―イギリス詩人選(3)　山内久明編
湖の麗人　スコット　入江直祐訳
キプリング短篇集　橋本槙矩編訳
対訳コウルリッジ詩集 ―イギリス詩人選(7)　上島建吉編
高慢と偏見 全二冊　ジェーン・オースティン　富田彬訳
説きふせられて　ジェーン・オースティン　富田彬訳
ジェイン・オースティンの手紙　新井潤美編訳
対訳テニスン詩集 ―イギリス詩人選(5)　西前美巳編
虚栄の市 全四冊　サッカリー　中島賢二訳

床屋コックスの日記・馬丁粋語録　サッカレ　平井呈一訳
デイヴィッド・コパフィールド 全五冊　ディケンズ　石塚裕子訳
ディケンズ短篇集　小池滋　石塚裕子訳
炉辺のこほろぎ　ディケンズ　本多顕彰訳
ボズのスケッチ 短篇小説篇 全二冊　ディケンズ　藤岡啓介訳
アメリカ紀行 全二冊　ディケンズ　伊藤弘之・下笠徳次・隈元貞広訳
イタリアのおもかげ　ディケンズ　伊藤弘之・下笠徳次・隈元貞広訳
大いなる遺産 全二冊　ディケンズ　石塚裕子訳
荒涼館 全四冊　ディケンズ　佐々木徹訳
鎖を解かれたプロメテウス　シェリー　石川重俊訳
ジェイン・エア 全二冊　シャーロット・ブロンテ　河島弘美訳
嵐が丘 全二冊　エミリー・ブロンテ　河島弘美訳
アルプス登攀記 全二冊　ウィンパー　浦松佐美太郎訳
アンデス登攀記 全二冊　ウィンパー　大貫良夫訳
ハーディ テス 全二冊　井上宗次・石田英二訳
緑の木蔭 和蘭派田園画　トマス・ハーディ　阿部知二訳
緑の館 ―熱帯林のロマンス　ハドソン　柏倉俊三訳

- ジーキル博士とハイド氏　スティーヴンスン　海保眞夫訳
- プリンス・オットー　スティーヴンスン　小川和夫訳
- 新アラビヤ夜話　スティーヴンスン　佐藤緑葉訳
- 南海千一夜物語　スティーヴンスン　中村徳三郎訳
- 若い人々のために 他十一篇　スティーヴンスン　岩田良吉訳
- マーカイム・壜の小鬼 他五篇　スティーヴンソン　高松雄一・高松禎子訳
- 怪談 —不思議なことの物語と研究　ラフカディオ・ハーン　平井呈一訳
- 心 —日本の内面生活の暗示と影響　ラフカディオ・ハーン　平井呈一訳
- ドリアン・グレイの肖像　オスカー・ワイルド　富士川義之訳
- サロメ　ワイルド　福田恆存訳
- 嘘から出た誠　ワイルド　岸本一郎訳
- 童話集 幸福な王子 他八篇　オスカー・ワイルド　富士川義之訳
- 人と超人　バーナド・ショー　市川又彦訳
- 分らぬもんですよ　バアナード・ショウ　市川又彦訳
- ヘンリ・ライクロフトの私記　ギッシング　平井正穂訳
- 南イタリア周遊記　ギッシング　小池滋訳
- 闇の奥　コンラッド　中野好夫訳
- 密偵　コンラッド　土岐恒二訳
- コンラッド短篇集　中島賢二編訳
- 対訳 イエイツ詩集　高松雄一編
- 月と六ペンス　モーム　行方昭夫訳
- 人間の絆 全三冊　モーム　行方昭夫訳
- サミング・アップ　モーム　行方昭夫訳
- モーム短篇選 全二冊　行方昭夫編訳
- アシェンデン —英国情報部員のファイル　モーム　中島賢二・岡田久雄訳
- お菓子とビール　モーム　行方昭夫訳
- 荒地　T・S・エリオット　岩崎宗治訳
- 悪口学校　シェリダン　菅泰男訳
- オーウェル評論集　小野寺健編訳
- パリ・ロンドン放浪記　ジョージ・オーウェル　小野寺健訳
- 動物農場 —おとぎばなし　ジョージ・オーウェル　川端康雄訳
- 対訳 キーツ詩集 —イギリス詩人選(10)　宮崎雄行編
- キーツ詩集　中村健二訳
- 阿片常用者の告白　ド・クインシー　野島秀勝訳
- 20世紀イギリス短篇選 全二冊　小野寺健編訳
- イギリス名詩選　平井正穂編
- タイム・マシン 他九篇　H・G・ウエルズ　橋本槇矩訳
- トーノ・バンゲイ 全二冊　ウェルズ　中西信太郎訳
- 回想のブライズヘッド 全二冊　イーヴリン・ウォー　小野寺健訳
- 愛されたもの　イーヴリン・ウォー　中村健二・出淵博訳
- イギリス民話集　河野一郎編訳
- フォースター評論集　小野寺健編訳
- 白衣の女 全三冊　ウィルキー・コリンズ　中島賢二訳
- 対訳 ブラウニング詩集 —イギリス詩人選(6)　富士川義之編
- 灯台へ　ヴァージニア・ウルフ　御輿哲也訳
- 船出 全二冊　ヴァージニア・ウルフ　川西進訳
- 夜の来訪者　プリーストリー　安藤貞雄訳
- アーネスト・ダウスン作品集　南條竹則編訳
- ヘリック詩鈔　森亮訳
- フランク・オコナー短篇集　阿部公彦訳
- たいした問題じゃないが —イギリス・コラム傑作選　行方昭夫編訳

英国ルネサンス恋愛ソネット集　岩崎宗治編訳
文学とは何か
—現代批評理論への招待　全二冊　テリー・イーグルトン　大橋洋一訳
D・G・ロセッティ作品集　南條竹則　松村伸一編訳
真夜中の子供たち　全二冊　サルマン・ラシュディ　寺門泰彦訳

《アメリカ文学》〔赤〕

ギリシア・ローマ神話 付インド・北欧神話　ブルフィンチ　野上弥生子訳
中世騎士物語　ブルフィンチ　野上弥生子訳
フランクリン自伝　松本慎一・西川正身訳
フランクリンの手紙　蕗沢忠枝編訳
スケッチ・ブック 全二冊　アーヴィング　齊藤昇訳
アルハンブラ物語 全二冊　アーヴィング　平沼孝之訳
ウォルター・スコット邸訪問記　アーヴィング　齊藤昇訳
ブレイスブリッジ邸　アーヴィング　齊藤昇訳
エマソン論文集 全二冊　酒本雅之訳
完訳 緋文字　ホーソーン　八木敏雄訳
哀詩 エヴァンジェリン　ロングフェロー　斎藤悦子訳
黒猫・モルグ街の殺人事件 他五篇　ポオ　中野好夫訳
対訳 ポー詩集 —アメリカ詩人選(1)　加島祥造編
ユリイカ　ポオ　八木敏雄訳
ポオ評論集　八木敏雄編訳
森の生活（ウォールデン） 全二冊　ソロー　飯田実訳

市民の反抗 他五篇　H・D・ソロー　飯田実訳
白鯨 全三冊　メルヴィル　八木敏雄訳
ビリー・バッド　メルヴィル　坂下昇訳
ホイットマン自選日記 全二冊　杉木喬訳
対訳 ホイットマン詩集 —アメリカ詩人選(2)　木島始編
対訳 ディキンソン詩集 —アメリカ詩人選(3)　亀井俊介編
不思議な少年　マーク・トウェイン　中野好夫訳
王子と乞食　マーク・トウェーン　村岡花子訳
人間とは何か　マーク・トウェイン　中野好夫訳
ハックルベリー・フィンの冒険 全二冊　マーク・トウェイン　西田実訳
いのちの半ばに　ビアス　西川正身訳
新編 悪魔の辞典　ビアス　西川正身編訳
ビアス短篇集　大津栄一郎編訳
ヘンリー・ジェイムズ短篇集　大津栄一郎編訳
あしながおじさん　ジーン・ウェブスター　遠藤寿子訳
荒野の呼び声　ジャック・ロンドン　海保眞夫訳
どん底の人びと —ロンドン1902　ジャック・ロンドン　行方昭夫訳

死の谷（ノリス マクティーグ） 全二冊　石田英二・井上宗次訳
赤い武功章 他三篇　クレイン　西田実訳
シカゴ詩集　サンドバーグ　安藤一郎訳
熊 他三篇　フォークナー　加島祥造訳
響きと怒り 全二冊　フォークナー　平石貴樹・新納卓也訳
アブサロム、アブサロム！ 全二冊　フォークナー　藤平育子訳
八月の光 全二冊　フォークナー　諏訪部浩一訳
ブラック・ボーイ —ある幼少期の記録 全二冊　リチャード・ライト　野崎孝訳
オー・ヘンリー傑作選　大津栄一郎訳
黒人のたましい　W・E・B・デュボイス　木島始・鮫島重俊・黄寅秀訳
フィッツジェラルド短篇集　佐伯泰樹編訳
アメリカ名詩選　亀井俊介・川本皓嗣編
魔法の樽 他十二篇　マラマッド　阿部公彦訳
青白い炎　ナボコフ　富士川義之訳
風と共に去りぬ 全六冊　マーガレット・ミッチェル　荒このみ訳
対訳 フロスト詩集 —アメリカ詩人選(4)　川本皓嗣編
とんがりモミの木の郷 他五篇　セアラ・オーン・ジュエット　河島弘美訳

《東洋文学》〔赤〕

- 王維詩集　小川環樹・都留春雄・入谷仙介選訳
- 杜甫詩選　黒川洋一編
- 李白詩選　松浦友久編訳
- 李賀詩選　黒川洋一編
- 蘇東坡詩選　小川環樹・山本和義選訳
- 陶淵明全集　全二冊　松枝茂夫・和田武司訳注
- 唐詩選　全三冊　前野直彬注解
- 完訳 三国志　全八冊　小川環樹・金田純一郎訳
- 完訳 水滸伝　全十冊　吉川幸次郎・清水茂訳
- 西遊記　全十冊　中野美代子訳
- 菜根譚　洪自誠・今井宇三郎訳注
- 浮生六記 ―浮生夢のごとし　沈復・松枝茂夫訳
- 阿Q正伝・狂人日記 他十二篇（吶喊）　魯迅・竹内好訳
- 魯迅評論集　竹内好編訳
- 家　全二冊　巴金・飯塚朗訳
- 寒い夜　巴金・立間祥介訳
- 新編 中国名詩選　全三冊　川合康三編訳
- 遊仙窟　張文成・今村与志雄訳
- 唐宋伝奇集　全二冊　今村与志雄訳
- 聊斎志異　全二冊　蒲松齢・立間祥介編訳
- 白楽天詩選　全二冊　川合康三訳注
- 文選　全六冊　川合康三・富永一登・釜谷武志・和田英信・浅見洋二・緑川英樹訳注
- リグ・ヴェーダ讃歌　辻直四郎訳
- マハーバーラタ ナラ王物語 ―ダマヤンティー姫の数奇な生涯　鎧淳訳
- バガヴァッド・ギーター　上村勝彦訳
- 朝鮮民謡選　金素雲訳編
- 尹東柱詩集 空と風と星と詩　金時鐘編訳
- アイヌ神謡集　知里幸惠編訳
- アイヌ民譚集 付 えぞおばけ列伝　知里真志保編訳

《ギリシア・ラテン文学》〔赤〕

- ホメロス イリアス　全二冊　松平千秋訳
- ホメロス オデュッセイア　全二冊　松平千秋訳
- イソップ寓話集　中務哲郎訳
- アンティゴネー　ソポクレース・中務哲郎訳
- ソポクレス オイディプス王　藤沢令夫訳
- ヒッポリュトス ―パイドラーの恋　エウリーピデース・松平千秋訳
- バッカイ ―バッコスに憑かれた女たち　エウリーピデース・逸身喜一郎訳
- ヘシオドス 神統記　廣川洋一訳
- アリストパネース 蜂　高津春繁訳
- 女の議会　アリストパネース・村川堅太郎訳
- アポロドーロス ギリシア神話　高津春繁訳
- ギリシア・ローマ抒情詩選 ―花冠　呉茂一訳
- 黄金の驢馬　アープレーイユス・呉茂一・国原吉之助訳
- オウィディウス 変身物語　全二冊　中村善也訳
- ギリシア・ローマ神話 付 インド・北欧神話　ブルフィンチ・野上弥生子訳
- ギリシア・ローマ名言集　柳沼重剛編
- ローマ諷刺詩集　ペルシウス・ユウェナーリス・国原吉之助訳
- 内乱 ―パルサリア　全二冊　ルーカーヌス・大西英文訳

《南北ヨーロッパ他文学》〔赤〕

ダンテ 新生	山川丙三郎訳
抜目のない未亡人	ゴルドーニ 平川祐弘訳
珈琲店・恋人たち	ゴルドーニ 平川祐弘訳
カヴァレリーア・ルスティカーナ 他十一篇	G・ヴェルガ 河島英昭訳
ルネッサンス巷談集	フランコ・サケッティ 杉浦明平訳
カルヴィーノ イタリア民話集 全二冊	河島英昭編訳
むずかしい愛	カルヴィーノ 和田忠彦訳
パロマー	カルヴィーノ 和田忠彦訳
カルヴィーノ アメリカ講義 —新たな千年紀のための六つのメモ	米川良夫 和田忠彦訳
まっぷたつの子爵	カルヴィーノ 河島英昭訳
魔法の庭・空を見上げる部族 他十四篇	カルヴィーノ 和田忠彦訳
愛神の戯れ —牧歌劇『アミンタ』	トルクァート・タッソ 鷲平京子訳
ペトラルカ ルネサンス書簡集	近藤恒一編訳
わが秘密	ペトラルカ 近藤恒一訳
ペトラルカ 無知について	近藤恒一訳
美しい夏	パヴェーゼ 河島英昭訳
流刑	パヴェーゼ 河島英昭訳
祭の夜	パヴェーゼ 河島英昭訳
月と篝火	パヴェーゼ 河島英昭訳
休戦	プリーモ・レーヴィ 竹山博英訳
ウンベルト・エーコ 小説の森散策	和田忠彦訳
バウドリーノ 全二冊	ウンベルト・エーコ 堤康徳訳
タタール人の砂漠	ブッツァーティ 脇功訳
七人の使者・神を見た犬 他十三篇	ブッツァーティ 脇功訳
ラサリーリョ・デ・トルメスの生涯	会田由訳
ドン・キホーテ 前篇 全三冊	セルバンテス 牛島信明訳
ドン・キホーテ 後篇 全三冊	セルバンテス 牛島信明訳
セルバンテス短篇集	牛島信明編訳
恐ろしき媒	ホセ・エチェガライ 永田寛定訳
エスピノーサ スペイン民話集	三原幸久編訳
三大悲劇集 血の婚礼 他二篇	ガルシーア・ロルカ 牛島信明訳
エル・シードの歌	長南実訳
娘たちの空返事 他一篇	モラティン 佐竹謙一訳
プラテーロとわたし	J・R・ヒメーネス 長南実訳
オルメードの騎士	ロペ・デ・ベガ 長南実訳
父の死に寄せる詩	ホルヘ・マンリーケ 佐竹謙一訳
サラマンカの学生 他六篇	エスプロンセーダ 佐竹謙一訳
セビーリャの色事師と石の招客 他一篇	ティルソ・デ・モリーナ 佐竹謙一訳
ティラン・ロ・ブラン 全四冊	J・マルトゥレイ M・J・ダ・ガルバ 田澤耕訳
ダイヤモンド広場	マルセー・ルドゥレダ 田澤耕訳
完訳 アンデルセン童話集 全七冊	大畑末吉訳
即興詩人 全二冊	アンデルセン 大畑末吉訳
アンデルセン自伝	大畑末吉訳
ここに薔薇ありせば 他五篇	ヤコブセン 矢崎源九郎訳
ヴィクトリア	クヌート・ハムスン 冨原眞弓訳
フィンランド叙事詩 カレワラ 全二冊	リョンロット編 小泉保訳
イプセン 人形の家	原千代海訳
令嬢ユリェ	ストリンドベルク 茅野蕭々訳
ポルトガリヤの皇帝さん	ラーゲルレーヴ イシガオサム訳
アミエルの日記 全四冊	河野与一訳

岩波文庫の最新刊

郡司正勝校注
歌舞伎十八番の内 勧進帳

五代目市川海老蔵初演の演目を、明治の「劇聖」九代目市川団十郎が端正な一幕劇に昇華させた、歌舞伎十八番屈指の傑作狂言。
〔黄二五六-二〕 **定価七二六円**

大髙保二郎・松原典子編訳
ゴヤの手紙(上)

美と醜、善と悪、快楽と戦慄……人間の表裏を描ききった巨匠の素顔とは。詳細な註と共に自筆文書をほぼ全て収める、ゴヤを知るための一級資料。(全二冊)
〔青五八四-一〕 **定価一一一一円**

J・S・ミル著／関口正司訳
功利主義

最大多数の最大幸福をめざす功利主義は、目先の快楽追求に満足しないソクラテスの有徳な生き方と両立しうるのか。J・S・ミルの円熟期の著作。
〔白一一六-一一〕 **定価八五八円**

道簱泰三編
葉山嘉樹短篇集

特異なプロレタリア作家である葉山嘉樹(一八九四―一九四五)は、最下層の人たちに共感の眼を向けたすぐれた短篇小説を数多く残した。新編集により作品を精選する。
〔緑七二-三〕 **定価八九一円**

……今月の重版再開……

フェルドウスィー作／岡田恵美子訳
王書 ―古代ペルシャの神話・伝説―

定価一〇六七円
〔赤七八六-一〕

ベルクソン著／平山高次訳
道徳と宗教の二源泉

定価一一一一円
〔青六四五-七〕

岩波文庫の最新刊

梶山雄一・丹治昭義・津田真一・田村智淳・桂紹隆 訳注
梵文和訳 **華厳経入法界品**（上）

大乗経典の精華。善財童子が良き師達を訪ね、悟りを求めて、遍歴する雄大な物語。梵語原典から初めての翻訳、上巻は序章から第十七章を収録。（全三冊）
〔青三四五－一〕 **定価一〇六七円**

大髙保二郎・松原典子編訳
ゴヤの手紙（下）

近代へと向かう激流のなかで、画家は何を求めたか。本書に編んだゴヤ全生涯の手紙は、無類の肖像画家が遺した、文章による優れた自画像である。（全二冊）
〔青五八四－二〕 **定価一一一一円**

マックス・プランク著／西尾成子訳
熱輻射論講義

量子論への端緒を開いた、プランクによるエネルギー要素の仮説。新たな理論の道筋を自らの思考の流れに沿って丁寧に解説した主著。
〔青九四九－一〕 **定価一一七七円**

小南一郎訳注
楚辞

『詩経』と並ぶ中国文学の源流。戦国末の動乱の世に南方楚に生まれ、屈原伝説と結びついた楚辞文芸。今なお謎に満ちた歌謡群は、悲哀の中にも強靱な精神が息づく。
〔赤一－一〕 **定価一三二〇円**

ヴァルター・ベンヤミン著／今村仁司、三島憲一 他訳
パサージュ論（四）

産業と技術の進展はユートピアをもたらすか。「サン＝シモン、鉄道」「フーリエ」「マルクス」「写真」「社会運動」等の項目を収録。断片の伝えるベンヤミンの世界。（全五冊）〔赤四六三－六〕 **定価一一七七円**

……今月の重版再開……

イブン＝ハルドゥーン著／森本公誠訳 **定価一三八六円**
歴史序説（一）
〔青四八一－一〕

イブン＝ハルドゥーン著／森本公誠訳 **定価一三八六円**
歴史序説（二）
〔青四八一－二〕

定価は消費税 10% 込です

2021.6